腾讯博客原名：西望红楼

与大观园里那些**美丽女人**的**心灵私语**

红消香断有谁怜

红楼十二钗 典评

西岭雪/著

我承认我对《红楼梦》的痴迷。20多年来，这份执着的热爱，让我似乎是与那些红楼女子们一路生活过来的。而且我相信，我还将继续与她们在一起。

——西岭雪

友情推荐 |

西岭雪与红楼梦

我的朋友西岭雪不像这个朝代的，穿冶艳的衣裳，披搭也很夸张，头发是很多年没变过的垂腰长发，而且，最让人受不了的是，她迷恋《红楼梦》。

迷恋到什么程度，就如香菱学诗，有点痴呆了。

西岭雪交友的条件之一是，必须熟读《红楼梦》。某一天，一个美女作家来看西岭雪，西岭雪和人家说了两句话，就考开了《红楼梦》。对方答不出。西岭雪很失望地评价道：你可真没文化。

杂志社招聘编辑，西岭雪招聘的条件是：1、俊男美女；2、熟读《红楼梦》。就为这个，她没少挨埋怨，有应聘者问：难道不是俊男美女，不懂《红楼梦》就编不好杂志？西岭雪回道：西岭雪手下的编辑不能这么文盲，也不能丑得拿不出手。

她还真如愿了，一个编辑部，都是80后的，竟然全是红迷，熟得能把《红楼梦》的章节背下来。这也成了杂志社的一道风景，进了他们编辑部，常常听到聊天中蹦出一两句古香古色的话，跟到了大观园似的。午间休息，西岭雪便和编辑玩纸牌，这不是一般的纸牌玩法，而是西岭雪发明的《红楼梦》扑克玩法。如果不熟《红楼》是完全不能玩的。

西岭雪虽然对编辑要求严格，她的编辑却没有说她不好的。有一回西岭雪过生日，编辑们瞒着给她庆生，她到酒店时，被现场意外的气氛感动了。做游戏时，大家宣布，这一晚什么都可以做，唯独不能谈《红楼梦》，这也是对她平日折磨编辑的一个小小的惩罚。

红学家邓遂夫是西岭雪在北京偶然认识的。她当时激动得见到组织一般，迫不及待地与邓老交流。《红楼梦》让他们跨越时空，成为知己。邓老在聊天中，惊喜地发现，西岭雪对红楼有很多独特的观点，有的新发现竟然涉及专家领域。

西岭雪为《红楼梦》写书。计划写四本，目前已完成了《黛玉之死》和《宝玉出家》。

西岭雪写得很辛苦。那段日子，她仿佛回到过去的时空，终日游荡在大观园里，她是那里的一道风景，或是一个说故事的人。写得似乎有点通灵了，她穿着现代的衣裳，灵魂却留给了那本泛黄的线装书。闭门不见人，于都市中仿佛归隐。赋古诗，喝的茶煮过，陶杯是烫了的。

在她完成《黛玉之死》时，也是陈晓旭病逝的那段日子。整个世界一片哀伤，她分不清是梦是真。

这本书是在完成《黛玉之死》及《宝玉出家》后的又一本红学著作。不同的是，这本书是由短篇集成，每篇短文都是她思想的火花，她对红楼多少年的爱与痴迷都融在关于十二钗的文字里，见解不凡。

平日，同事都说西岭雪是个凤姐一样的人物，个头高，语速快，总是未见其人，先闻其声，当然，这声音是她啪嗒啪嗒的高跟鞋声。她的脾气也有点凤姐的架势，急性子，做事快。而我正与她相反，常常是她三件事做完，我一件事还未做完，为这她总是急的不行。

她说最喜欢的是妙玉，妙玉有凡人的心思，外冷内热，又冰清玉洁。我却不以为她是真的喜欢妙玉，我想，她还是喜欢黛玉的吧，至情至性，冰雪聪颖，就是一个为爱而生的女子。

西岭雪也有着文人惯常的感性，会为遇到一个文字上的知己而激动。记得一个读者买了她的《黛玉之死》，邮寄给她请她签名。她翻开书惊呆了，从第一页至最后一页全部是密密麻麻的批注。她有些激动又有些得意地让我看。我翻了翻书对她说：不稀罕，把书都弄脏了。嘴里这样说吧，哪个写字的人会不稀罕别人如此懂自己写出的字呢？

那晚，她说看读者的批注到深夜，一边感叹一边浅酌。想起了胡适批张爱玲的文字。

这就是西岭雪吧。她常说的一句话是：为心而写。写出的每一个字不负我心。

对待《红楼梦》更是如此。

叶细细

目录 CONTENTS

孤标傲世偕谁隐 黛玉篇

淡极始知花更艳 宝钗篇

目录 CONTENTS

可叹停机德，应怜咏絮才。
玉带林中挂，金簪雪里埋。

孤标傲世偕谁隐
黛玉篇

然而一天天大起来，自以为历尽沧桑，看透世事，便都抛弃了少时情怀，煞有介事地品评起薛宝钗、贾探春来，还有很多人喜欢王熙凤，甚或奉可卿为偶像的。若是哪个成年人自称喜欢黛玉，便会获得一片善意的嘲笑声。

然而我却的的确确，是在结婚后才开始重新喜欢上黛玉的。少年时自命清高，以为只有妙玉才可为知己，黛玉则是太心狭了些，太多眼泪，太多醋意，自寻烦恼。待至成年，才知道专心一意地爱一个人其实有多么不容易。

黛玉的爱情是纯粹而彻底的，她从看见宝玉的第一眼就爱上了他，从未思虑怀疑过，一生之中没有一分钟摇摆。不像宝钗，是在入宫失败后才退而求其次地选择了做贾家媳妇的。

· 林黛玉的爱情 ·

> 少女多半会有林黛玉情结，多愁多嗔，自怜自艾，敏感又伤感。

对黛玉来说，爱便是爱，爱的是这个人，不是他的背景，他的前途，因此从未对宝玉有过任何要求或劝诫。只要他是他，她便希望与他永远厮守，两相情悦。她想的是“你只管你，你好我自好，你失我自失”，生命的设置永远以宝玉为前提。

黛玉的爱如此澄明清澈，高贵得莫可名状，曹雪芹唯有给她设定了一段前世姻缘：离恨天灵河岸三生石畔有绛珠仙草，生得袅娜可爱，神瑛侍者见了，日以露水灌溉，使其得换人形，修成女体。那草衔恩未报，遂发下一段宏愿：倘若他下世为人，我也跟他走一遭，将一生的眼泪还他，也还得过了——

仿佛惟有这样的理由，才可以解释世上怎么会有那么绝对的爱情。

曹雪芹为林黛玉的眼泪找到了缘由，却找不到归宿。她写：“眼空蓄泪泪空垂，暗洒闲抛更为谁？”全不能为自己的爱做主。

她是孤身一人投在外祖母膝下寻求依傍的，上无父母怜恤，下无兄弟扶持，倘若宝玉辜负了她的爱，她便贫穷得一无所有，又怎能不多嗔，不多愁，不多疑？

疑心的最集中表现便是伤心宝玉“见了姐姐就忘了妹妹”，因此她每每讥讽宝钗，察言观色。然而一旦“蘅芜君兰言解疑癖”，宝钗送来燕窝，又说了许多知心话儿之后，她便立刻视宝钗如亲姐，推心置腹地做起知己来，再不想与她争竞。她认了薛姨妈做母亲，对宝琴直呼妹妹，甚至袭人奉茶时，宝钗喝了一口才递给她，她也毫不计较地接过来喝了——如此含蓄又坦然地表白了敬爱之情。

最初看到那一回时只觉得好，觉得两个女孩子亲密无间。长大后再看，才觉触目惊心——袭人手上只有一杯茶，世上也只有一个贾宝玉。袭人说：“那位渴了那位先接了，我再倒去。”宝钗抢先喝了一口，却将剩下的半杯递在黛玉手中。连袭人也觉得不妥，且知黛玉是素性好洁的，遂说：“我再倒去。”然而黛玉竟坦然饮干，将杯放下。

这一段描写真是不敢往深里想，越想越觉得心疼。茶，在中国礼仪上的讲究实在是太丰富了。一授一递，一敬一饮，莫不有诸多含义，从端茶送客到斟茶赔礼，茶都是重要的道具。《红楼梦》里是很在意茶道的，也很在乎茶礼，王熙凤开黛玉玩笑：“你既吃了我家的茶，怎么还不给我们家作媳妇？”就指的是下聘的“茶订”。新妇进门，一杯媳妇茶是省不了的；收房纳妾，那妾也要先给正室敬茶；宝钗喝过的半杯茶，几乎相当于开出的题目，而黛玉竟然将它接受了下来——从某种意义上来说，这几乎可以理解为黛玉愿意与宝钗平分秋色，共事一夫，正如《儿女英雄传》中的何玉凤承认了张金凤。

想到这一层，不能不让人心惊。可惜后四十回的续稿不见了，不然我相信宝、黛、钗之间的感情交流必然有更丰富的层次，不只是三角纷争那么简单。高鹗简化了黛玉情感的层次，又给写回到最初的小女儿心性，将黛玉的形象定格在小心眼爱吃醋的调调上了，其实做不得准。前八十回里宝钗和黛玉都是有过挣扎与妥协的，连同他们身边的人也都在寻找一个成全的方法，所谓薛姨妈提到的“四角俱全”。

喜爱黛玉的人必不能接受我的这种猜想，我自己也不相信黛玉最终会肯与别人分享爱情。她的结局注定是泪尽人亡，然而在泪尽之前，她是想过委曲求全的吧？不然就无法解释为什么她突然不再追究“金玉良姻”的传言了。

爱一个人，爱到了极处，便是无嗔，无怨，无悔，甚至无妒，只是一心一意地为他着想，想他好，想他快乐，想他活得轻松。

林黛玉，不单是因为吃醋和伤心而流泪，更煎熬的是这个退让与思考的过程。她在爱情上，其实是相当的隐忍和明决，除了爱，什么也不想要。

这样的决绝与大度，有多少人能做到呢？尤其在爱情失传的现世，黛玉的专一，便格外可贵了。

觉得她清高自许，目无下尘，看不见贫苦大众，瞧不起下层人民，其集中表现就是讥讽刘姥姥为“母蝗虫”一段。

其实不是这样的。黛玉貌似尖刻，心底里自有她的一份宽容与大度，慈悲与怜悯。只是，曹雪芹对她的形象刻画往往故作白描之笔，把真正的激赏全藏在轻描淡写之中，表现得相当含蓄。

宝玉那么好性子，也曾骂过晴雯，撵过茜雪，踢过袭人。可是黛玉呢？什么时候跟紫鹃红过脸儿？可以说是从来没当作丫环看的，最多害羞的时候，说一句“与你这蹄子什么相干？”傻子也听得出是开玩笑，爱极之语。

宝玉来见，要茶吃，黛玉道：“别理他，你先给我舀水去罢。”紫鹃笑道：“他是客，自然先倒了茶来再舀水去。”绝对有主张，自行自事，口气中几乎是在教训黛玉待客之道。

宝黛二人为了张道士提亲的事闹不和，紫鹃私下里劝黛玉：“若论前日之事，竟是姑娘太浮躁了些。”这已经是非常尖刻的批评了，而黛玉仍能悉心听教，并不曾回一句“用你管？”

正劝着，宝玉来叫门，黛玉不许开，紫鹃道：“这又是姑娘的不是了。这么热天毒日头地下，晒坏了人家，怎么样呢？”再次派了黛玉一个“不是”，然后施施然开门去了。

紫鹃如此“独断专行”，是因为她胆大妄为不知礼吗？

· 谁说黛玉小性子 ·

一提到林妹妹，我们总是想到一个尖酸刻薄小性子的形象，当然不是。她曾对宝玉有一番剖腹之言："你知道，我并不是林家的人，我也和袭人鸳鸯是一伙的，偏把我给了林姑娘使。偏生他又和我极好，比他苏州带来的还好十倍，一时一刻我们两个离不开。我如今心里却愁，他倘或要去了，我必要跟了他去的。我是合家在这里，我若不去，辜负了我们素日的情常；若去，又弃了本家。所以我疑惑，故设出这谎话来问你，谁知你就傻闹起来。"

这一番话，说得坦荡真诚，不卑不亢。她并不是站在一个陪嫁丫环的立场上，认为自己是奴才，没有自由身，只能随了主子走，而是出于"若不去，辜负了我们素日的情常"的考虑，一切出于本愿，绝无勉强。这是把黛玉当知己，故而替她向宝玉问个准主意的。

而对黛玉，她也有一番剖白："我倒是一片真心为姑娘。替你愁了这几年了，无父母无兄弟，谁是知疼着热的人？趁早儿老太太还明白硬朗的时节，作定了大事要紧。俗语说'老健春寒秋后热'，倘或老太太一时有个好歹，那时虽也完事，只怕耽误了时光，还不得趁心如意呢。公子王孙虽多，那一个不是三房五妾，今儿朝东，明儿朝西？要一个天仙来，也不过三夜五夕，也丢在脖子后头了，甚至于为妾为丫头反目成仇的。若娘家有人有势的还好些，若是姑娘这样的人，有老太太一日还好一日，若没了老太太，也只是凭人去欺负了。所以说，拿主意要紧。姑娘是个明白人，岂不闻俗语说：'万两黄金容易得，知心一个也难求'。"

这一番话，更是推心置腹，体贴之至，哪是一个丫环能想得到、说得出的？完全是好姐妹在谈心事。"替你愁了这几年了"，是把自己和黛玉当成了一个人，一条心。而紫鹃能对黛玉这样，自然是因为黛玉将心比心，对下人够体贴、够宽和之故。而且，她的宽和还不是宝钗的面子活儿，是出于真心的。

书中明写宝钗"行为豁达，随分从时，不比黛玉孤高自许，目无下尘，故比黛玉大得下人之心。便是那些小丫头子们，亦多喜与宝钗去顽。"

然而真落实到具体情节上，全书何曾见到宝钗与丫环顽过？倒是有一回小丫头靛儿因不见了扇子，和宝钗笑道："必是宝姑娘藏了我的。好姑娘，赏我罢。"宝钗正和宝玉怄气，便机带双敲，指着他骂道："你要仔细！我和你顽过，你再疑我。和你素日嘻皮笑脸的那些姑娘们跟前，你该问他们去。"

不但把靛儿骂得一溜烟跑了，且把别的姑娘也连带捎上了。这时候，宝钗的大度涵养跑到哪里去了？

金钏儿投井死了，王夫人也自愧悔落泪，宝钗却轻飘飘地说："姨娘是慈善人，固然这么想。据我看来，他并不是赌气投井。多半他下去住着，或是在井跟前憨顽，失了脚掉下去的。他在上头拘束惯了，这一出去，自然要到各处去顽顽逛逛，岂有这样大气的理！纵然有这样大气，也不过是个糊涂人，也不为可惜。"何等冷漠无情？又何曾把丫头当人？

而黛玉呢，不但肯与香菱这样妾侍出身的半个主子平等论交，诲人不倦；对邢岫烟这样的穷亲戚真心对待，同病相怜；便是对小丫头们也很大方亲切。

第二十六回，怡红院小丫头佳蕙同红玉说过一件小事："我好造化！才刚在院子里洗东西，宝玉叫往林姑娘那里送茶叶，花大姐姐交给我送去。可巧老太太那里给林姑娘送钱来，正分给他们的丫头们呢。见我去了，林姑娘就抓了两把给我，也不知多少。你替我收着。"

林姑娘给一个三等小丫头打赏钱，是一把一把地给，何等手笔！

婆子在大观园中是最没地位的，连玉钏这样的大丫头都可以随意指使，自己端汤怕烫，便叫个婆子来，将汤饭等物放在一个捧盒里，令他端了跟着，自己空手走。

然而黛玉呢？却对园中最没地位的婆子也一般体恤和气。第四十五回，宝钗打发婆子给黛玉送燕窝。黛玉同婆子道："我也知道你们忙。如今天又凉，夜又长，越发该会个夜局，痛赌两场了。"命人给他几百钱，打些酒吃，避避雨气。又是何等怜下！

至于绝无仅有的讽刺刘姥姥做"母蝗虫"一例，也绝非是因为黛玉欺贫，而是因为刘姥姥胡诌了一个"茗玉"还是"若玉"的故事，让宝玉这个多情种子十分上心，私下里拉了姥姥细问长短。这使得黛玉暗暗着恼，打趣宝玉道："咱们雪下吟诗？依我说，还不如弄一捆柴火，雪下抽柴，还更有趣儿呢。"可见对这件事很有意见。至少是在潜意识中，黛玉已经开始吃那个莫须有的若玉的醋，并且迁怒刘姥姥。

这也就难怪后来别人再提起刘姥姥时，她会忍不住口出不逊道："他是那一门子的姥姥，直叫他是个'母蝗虫'就是了。"这种心理，说穿了就和张道士给宝玉提亲因而惹怒宝玉是一样的。“谁知宝玉一日心中不自在，回家来生气，嗔着张道士与他说了亲，口口声声说从今以后不再见张道士了，别人也并不知为什么原故。”

“别人”不知宝玉嗔着张道士的缘故，也不知黛玉嫌着刘姥姥的缘故。其实，追根究底，都是一个“情”字使然，这里，哪有什么“阶级”“贫富”可言呢？

再说黛玉的小心眼儿。书中一再明写黛玉为了宝钗、湘云等与宝玉多疑吃醋，然而宝钗就不会设防存心了吗？

第三十二回《诉肺腑心迷活宝玉　含耻辱情烈死金钏》中，开篇提到宝玉拾了个金麒麟，黛玉十分留意：“近日宝玉弄来的外传野史，多半才子佳人都因小巧玩物上撮合，或有鸳鸯，或有凤凰，或玉环金珮，或鲛帕鸾绦，皆由小物而遂终身。今忽见宝玉亦有麒麟，便恐借此生隙，同史湘云也做出那些风流佳事来。因而悄悄走来，见机行事，以察二人之意。”这是明写黛玉的心事。好在她恰巧听见宝玉颂扬自己的一番言论，两人尽释前嫌，互诉肺腑。

接着文锋一转，写到袭人给宝玉送扇子，待宝玉去了，自己正在出神，忽见宝钗从那边走来，闲谈两句后，便拐弯抹角地打听：“宝兄弟这会子穿了衣服，忙忙的那去了？”又问：“云丫头在你们家做什么呢？”

可见宝钗存的是和黛玉一样的心，也是来怡红院打探消息的，只不过曹雪芹故意用了暗写罢了。文中写宝钗说贾雨村：“这个客也没意思，这么热天，不在家里凉快，还跑些什么！”这话，倒不用在她自己身上？这么热天，不在家里凉快，跑些什么呢？

元春端午赐节礼，独宝钗和宝玉的一样，文字表面上说宝钗“心里越发没意思起来”，“总远着宝玉”，然而早早晚晚，“有事没事跑了来坐着”（晴雯语）的却正是宝钗，不仅如此，甚至还大中午的跑了来，明知道宝玉在睡觉也不回避，倒坐在一旁替人家绣肚兜，那可是男人贴身的东西，也是大家小姐动得针线的？

那一幕落在了黛玉和湘云眼中。湘云想笑，却忙又掩住了，因为想到宝钗对自己的好，不忍调笑。

“扬钗贬黛”，是史湘云一向的态度和立场，壁垒分明。她一片挚诚地向袭人赞扬宝钗说，“我天天在家里想着，这些姐姐们再没一个比宝姐姐好的。可惜我们不是一个娘养的。我但凡有这么个亲姐姐，就是没了父母，也是没妨碍的。”而说起黛玉，却是明嘲暗讽不断，说她“小性儿，行动爱恼人，会挟制宝玉”。这番话说得相当刻薄，又偏偏被黛玉听见了，焉得不恼？然而恼过之后，见了宝玉“无我原非你，从他不解伊”的偈句，却又特意拿去与宝钗、湘云同看，完全不记仇。真是小孩子心性，说恼便恼，转身便忘，多么天真可爱！这一番交锋，黛玉表现得可比“幸生来，英豪阔大宽宏量”的湘云大度多了。

相反，那个比亲姐姐还亲的宝钗究竟对湘云怎么样呢？那湘云正式搬进大观园时，贾母原要单给她分房的，湘云却只要跟宝钗住；然而，后来抄检大观园的事情出来，宝钗为了避嫌，立刻便要搬出去，完全不管湘云的感受，甚至没想过要把蘅芜苑留给湘云，而是向李纨道：“依我的主意，也不必添人过去，竟把云丫头请了来，你和他住一两日，岂不省事。”

——她自己倒省事了，可是生性活泼的湘云，搬去跟青春守寡、“槁木死灰”一般的李纨同住，难道会开心吗？

正如曹雪芹在明面上一味写宝钗如何端庄自重，“远着宝玉”，细节中却屡屡白描宝钗之不拘小节一样；写到宝钗与湘云的情分时，也是明面上一片褒扬之词，骨子里却每每透出悲凉之气。难怪中秋夜湘云同黛玉联诗时，会感慨说：“可恨宝姐姐，姊妹天天说亲道热，早已说今年中秋要大家一处赏月，必要起社，大家联句，到今日便弃了咱们，自己赏月去了。社也散了，诗也不作了。倒是他们父子叔侄纵横起来。你可知宋太祖说的好：‘卧榻之侧，岂许他人酣睡。’他们不作，咱们两个竟联起句来，明日羞他们一羞。”

——到这时，湘云已经很清楚宝钗以往对她的好不过是面儿上客套，其实从来都是陌路之人，“他们”是“他们”，“咱们”是“咱们”了。

因此说，雪芹对宝钗的描写是明褒实贬，对黛玉却是明贬实褒，正所谓“实则虚之，虚则实之”。读者若因此以为黛玉是醋坛子，小心眼儿，那就真是冤枉了黛玉，被雪芹的狡狯之笔给瞒过了。

然而这妙景后却藏着一明一暗两宗小阴谋。明的是小红与坠儿在滴翠亭里计议私相授受之事，暗的则是宝钗的“嫁祸”：

(宝钗)逶迤往潇湘馆来，忽然抬头见宝玉进去了，宝钗便站住低头想了想：宝玉和林黛玉是从小儿一处长大，他兄妹间多有不避嫌疑之处，嘲笑喜怒无常；况且林黛玉素习猜忌，好弄小性儿的。此刻自己也跟了进去，一则宝玉不便，二则黛玉嫌疑。罢了，倒是回来的妙。想毕抽身回来。

刚要寻别的姊妹去，忽见前面一双玉色蝴蝶，大如团扇，一上一下迎风翩跹，十分有趣。宝钗意欲扑了来玩耍，遂向袖中取出扇子来，向草地下来扑。只见那一双蝴蝶忽起忽落，来来往往，穿花度柳，将欲过河去了。倒引的宝钗蹑手蹑脚的，一直跟到池中滴翠亭上，香汗淋漓，娇喘细细。宝钗也无心扑了，刚欲回来，只听滴翠亭里边嘁嘁喳喳有人说话。

原来这亭子四面俱是游廊曲桥，盖造在池中水上，四面雕镂槅子糊着纸。宝钗在亭外听见说话，便煞住脚往里细听，只听说道：“你瞧瞧这手帕子，果然是你丢的那块，你

第二十七回《滴翠亭杨妃戏彩蝶》是看上去很美的一场戏，

就拿着；要不是，就还芸二爷去。”又有一人说话：“可不是我那块！拿来给我罢。”又听道：“你拿什么谢我呢？难道白寻了来不成。”又答道：“我既许了谢你，自然不哄你。”又听说道：“我寻了来给你，自然谢我；但只是拣的人，你就不拿什么谢他？”又回道：“你别胡说。他是个爷们家，拣了我的东西，自然该还的。我拿什么谢他呢？”又听说道：“你不谢他，我怎么回他呢？况且他再三再四的和我说了，若没谢的，不许我给你呢。”半晌，又听答道：“也罢，拿我这个给他，算谢他的罢。——你要告诉别人呢？须说个誓来。”又听说道：“我要告诉一个人，就长一个疔，日后不得好死！”又听说道：“嗳呀！咱们只顾说话，看有人来悄悄在外头听见。不如把这槅子都推开了，便是有人见咱们在这里，他们只当我们说顽话呢。若走到跟前，咱们也看的见，就别说了。”

宝钗在外面听见这话，心中吃惊，想道：“怪道从古至今那些奸淫狗盗的人，心机都不错。这一开了，见我在这里，他们岂不臊了。况才说话的语音，大似宝玉房里的红儿的言语。他素昔眼空心大，是个头等刁钻古怪东西。今儿我听了他的短儿，一时人急造反，狗急跳墙，不但生事，而且我还没趣。如今便赶着躲了，料也躲不及，少不得要使个‘金蝉脱壳’的法子。”犹未想完，只听“咯吱”一声，宝钗便故意放重了脚步，笑着叫道：“颦儿，我看你往那里藏！”一面说，一面故意往前赶。那亭内的红玉坠儿刚一推窗，只听宝钗如此说着往前赶，两个人都唬怔了。宝钗反向他二人笑道：“你们把林姑娘藏在那里了？”坠儿道：“何曾见林姑娘了。”宝钗道：“我才在河那边看着林姑娘在这里蹲着弄水儿的。我要悄悄的唬他一跳，还没有走到跟前，他倒看见我了，朝东一绕就不见了。别是藏在这里头了。”一面说，一面故意进去寻了一寻，抽身就走，口内说道：“一定是又钻在山子洞里去了。遇见蛇，咬一口也罢了。”一面说一面走，心中又好笑，这件事算遮过去了，不知他二人是怎样。

谁知红玉听了宝钗的话，便信以为真，让宝钗去远，便拉坠儿道：“了不得了！林姑娘蹲在这里，一定听了话去了！”（庚辰侧批：移东挪西，任意写去，却是真有的。）坠儿听说，也半日不言语。红玉又道："这可怎么样呢？"坠儿道："便是听了，管谁筋疼，各人干各人的就完了。"红玉道："若是宝姑娘听见，还倒罢了。林姑娘嘴里又爱刻薄人，心里又细，他一听见了，倘或走露了风声，怎么样呢？"二人正说着，只见文官、香菱、司棋、侍书等上亭子来了。二人只得掩住这话，且和他们顽笑。

这小红只是宝玉房里的下等丫环，连宝玉也记不清她姓甚名谁，薛宝钗倒不但听到声音就知道人物，而且深知其脾气性格，"素昔眼空心大，是个头等刁钻古怪东西。"岂不怪哉？

这是从反面写出宝钗对宝玉的一举一动，乃至怡红院人事的熟悉程度，可见心机之深。虽然多少喜爱宝钗的人都用"潜意识"和"本能"来替宝钗开脱，说她随口说出黛玉的名字只是因为刚好要去找黛玉，所以便会随口说起，并无恶意，然而我却不相信为人深沉稳重的宝钗会是无心之失。

要知道，宝钗此前去寻黛玉而半路中止，正是因为看到了宝玉进了潇湘馆，她明知自己前往不便，遂抽身回来，心中其实不无悻悻之意。而这时候又恰好听到宝玉房里的红儿在计议私相授受的丑事，生怕她"人急造反，狗急跳墙"，遂要使个"金蝉脱壳"的法子，嫁祸于人——这一刻功夫，她的心思其实转了好几个弯儿，决不是什么"潜意识"，而是计划周密的"移花接木"，有意要把偷听之名卸给黛玉，好让"头等刁钻古怪"的小红与黛玉结怨，使她将来"生事"。

可想而知，那红玉就此与黛玉结下嫌隙，后来她去了凤姐处做事，很难说不在通传消息这些细务上挟私报复，多多少少做下些对黛玉不利的事情，只可惜我们看不到了。

凤姐也是很习惯于用黛玉做挡箭牌的，第四十六回《尴尬人难免尴尬事 鸳鸯女誓绝鸳鸯偶》中，鸳鸯向邢夫人告状说袭人抢白自己时，平儿也在一旁，凤姐故意发作起来：

凤姐儿忙道："你不该拿嘴巴子打他回来？我一出了门，他就逛去了；回家来连一个影儿也摸不着他！他必定也帮着说什么呢！”金家的道：“平姑娘没在跟前，远远的看着倒象是他，可也不真切，不过是我白忖度。”凤姐便命人去：“快打了他来，告诉他我来家了，太太也在这里，请他来帮个忙儿。”平儿忙上来回道：“林姑娘打发了人下请字请了三四次，他才去了。奶奶一进门我就叫他去的。林姑娘说：‘告诉你奶奶，我烦他有事呢。’”凤姐儿听了方罢，故意的还说：“天天烦他，有些什么事！”

然而林黛玉何曾天天烦过平儿来？倒是凤姐送了黛玉一筒茶，立刻就说还有事要烦她帮忙。

凤姐和平儿主仆两个一唱一和，默契得很，拿谁做借口不好，偏偏很“顺手”地牵出个林姑娘来，为什么呢？

正是因为黛玉太清高，人人都可以很顺手顺口地抬她出来做盾牌，反正没有人会找到黛玉去理论，那么谎言也就可以永远不被揭穿了。真个是百试百灵，要多好用有多好用。

宝钗与凤姐还罢了，郁闷的是连宝玉也拿她来垫背。第五十八回《杏子阴假凤泣虚凰　茜纱窗真情揆痴理》中，藕官烧纸被婆子看见，宝玉忙替她遮掩——

宝玉忙道：“他并没烧纸钱，原是林妹妹叫他来烧那烂字纸的。你没看真，反错告了他。”藕官正没了主意，见了宝玉，也正添了畏惧，忽听他反掩饰，心内转忧成喜，也便硬着口说道：“你很看真是纸钱了么？我烧的是林姑娘写坏了的字纸！”那婆子听如此，亦发狠起来，便弯腰向纸灰中拣那不曾化尽的遗纸，拣了两点在手内，说道：“你还嘴硬，有据有证在这里。我只和你厅上讲去！”说着，拉了袖子，就拽着要走。宝玉忙把藕官拉住，用拄杖敲开那婆子的手，说道：“你只管拿了那个回去。实告诉你：我昨夜作了一个梦，梦见杏花神和我要一挂白纸钱，不可叫本房人烧，要一个生人替我烧了，我的病就好的快。所以我请了白钱，巴巴儿的和林姑娘烦了他来，替我烧了祝赞。原不许一个人知道的，所以我今日才能起来，偏你看见了。我这会子又不好了，都是你冲了！你还要告他去。藕官，只管去，见了他们你就照依我这话说。等老太太回来，我就说他故意来冲神祇，保佑我早死。”藕官听了益发得了主意，反倒拉着婆子要走。那婆子听了这话，忙丢下纸钱，陪笑央告宝玉道：“我原不知道，二爷若回了老太太，我这老婆子岂不完了？我如今回奶奶们去，就说是爷祭神，我看错了。”宝玉道：“你也不许再回去了，我便不说。”婆子道：“我已经回了，叫我来带他，我怎好不回去的。也罢，就说我已经叫到了他，林姑娘叫了去了。”宝玉想了一想，方点头应允。那婆子只得去了。

宝玉要替藕官脱罪，张口便说“他并没烧纸钱，原是林妹妹叫他来烧那烂字纸的”，这也犹可，因藕官是黛玉的丫环，总不能是替别人烧东西；但当婆子拣出不曾化尽的遗纸证明确是纸钱时，宝玉仍然强辞夺理地拉住不许去，这才牺牲自我，说藕官乃是替自己烧纸还神，逼得婆子只得改口说自己看错了，又说：“我已经回了（奶奶们），叫我来带他，我怎好不回去的。也罢，就说我已经叫到了他，林姑娘叫了去了。”宝玉想了一想，方点头应允。

又是“林姑娘叫了去了”，想来那婆子去回上边，说林姑娘拦着人家不许审她的丫环，那奶奶少不得又记恨了黛玉的不给面子——这一点宝玉不会不知道，所以是“想了一想，方点头应允”，他想的是什么呢？大概是：林黛玉脾气大心眼窄，又有老太太的疼爱偏宠，想来那些奶奶们纵生气，也不好跟她较真儿，多半就放过藕官了。

这时候，宝玉是只想着用这个办法可以救藕官，却未顾及到损害了黛玉的人缘，又或许是觉得无伤大雅，即便奶奶们因此厌恶黛玉也无所谓吧？反正黛玉为人孤傲，也不在乎人家是不是喜欢她。

可见，越是清高孤傲，不屑与众为伍的人，就越容易被人利用，设计，架空，孤立，所谓“高处不胜寒”，原因是太多人在四周放冷箭之故。

她的故事，就好比一段黛玉前传，虽不完整，差不远矣。

她出身自乡宦之家，“家中虽不甚富贵，然本地便也推他为望族了。”父亲甄士隐禀性恬淡，不以功名为念，是神仙一流人品。年过半百，膝下无儿，只有一女，乳名英莲。

三岁那年，有个和尚要化她出家，当街向她父亲疯疯癫癫地喊：“舍我罢，舍我罢。”不肯给，就赠了四句诗：“惯养娇生笑你痴，菱花空对雪澌澌。好防佳节元宵后，便是烟消火灭时。”

不但预言了她将来的噩运，连她将会改名叫“香菱”,要嫁给姓“雪”的人都说出来了。

而黛玉呢，是兰台寺大夫、巡盐御史、前科探花林如海之女，“虽系钟鼎之家，却亦是书香之族”。林家人丁不盛，年已四十，又死了儿子，只得一女，乳名黛玉，从会吃饮食时便吃药。

三岁那年，也有个癞头和尚要化她出家，她父母自然也不从，那和尚便也给了句话儿：“既舍不得他，只怕他的病一生也不能好的了。若要好时，除非从此以后总不许见哭声，除父母之外，凡有外姓亲友之人，一概不见，方可平安了此一世。”

也把她的命运给提前订下了：不但会一辈子啼哭，而且是为了一个人。

《红楼梦》八十回中，一僧一道虽然时不时地就冒出来客串一回人间指南，然而要化小孩子出家，却只有这么无独有偶的两次。

香菱是十二钗中第一个出场的，当然，是副册之钗。

这之外虽然接引过甄士隐，度化过柳湘莲，但二人均已是成人，且是在历劫幻灭后的主动选择，不能作数。

那为什么只有黛玉和香菱会得到和尚的特别眷顾，在她们懂事前就着意化她们出家，以期使她们避开人世的诸般厄运呢？

或许，正因为这两个人一个是十二钗正册之首，一个是副册之首的缘故吧。如果阻止了她们两人的厄运，可能就救得下全天下的薄命女儿了。

那么，把黛玉和香菱联系起来的人是谁呢？

很遗憾，是贾雨村，全书中出现的第一个“奸雄”。

这贾化原系在葫芦庙借宿的一个贫寒秀才，得到甄士隐接济，方才有银子进京赴考，求取功名的。然而他做了官后，回过头来干的第一件事却不是报答甄家，而是谋了自己久已觊觎的甄家丫头娇杏为妾；听说英莲走失的消息后，又给甄夫人封氏开了一张空头支票：“不妨，我自使番役务必探访回来。”

后来这贾雨村因“生情狡猾，擅纂礼仪，且沽清正之名，而暗结虎狼之属，致使地方多事，民命不堪”被参，贬了官，无所事事，因人举荐去今科盐政林老爷家做了西宾，成了林黛玉的启蒙恩师。

这样子，行文便从副册第一钗的故事自然过度到正册第一钗的故事了。

贾雨村在林家再次遇到贵人，借着林如海的一封举荐信，随从黛玉进京，结识贾政、王子腾，遂得复官。而他在应天府就职后接的第一件案子，就是薛蟠为争买丫头打死冯渊一案。

行文在浓墨重彩地插叙了一段宝黛初见的重头戏后，又从林黛玉身上再次转回到甄英莲身上了。

这第四回的回目非常直白而有力量，就叫做《薄命女偏逢薄命郎　葫芦僧乱判葫芦案》，同时对香菱和贾化做了判断：一个是薄命女儿，一个是糊涂贪官。

贾雨村听了门子的话，明知道恩公的女儿就在眼前，却非但不实现他从前向甄夫人封氏许过的诺言，反而枉法乱判，任由香菱随了薛蟠这个呆霸王进京，等于是一手将香菱推进虎口了。

这是贾雨村与香菱的全部交往，想来直到香菱之死，二人也不会再有什么瓜葛了。

然而贾雨村和林黛玉的故事却又是怎样的呢?

之后的贾雨村凭借王子腾保举，一路扶摇之上，一直做到大司马，协理军机，参赞朝政。在飞黄腾达之后，他会对林家、贾家和王家做些什么呢?难道会懂得报恩吗?

八十回中，从黛玉进了京，我们再未看到贾雨村后来与这个女徒弟还有过什么来往，倒反而回回来贾府都要见宝玉。但是可以想象，就同他受了甄士隐的恩却误了香菱的一生一样，他枉得了林如海的荐举，却决不会知恩图报，必然将会做些对黛玉不利的事情。或者，就是另一出“判断葫芦案”吧。

在他听说了冯渊与香菱的故事，曾假惺惺地给过两句评语：“这正是梦幻情缘，恰遇着一对薄命儿女。”

这句话，是说香菱与冯渊，但也切切实实，可以放在黛玉和宝玉的头上。

黛玉在听到宝玉向湘云、袭人夸奖自己的一番言语后，曾流泪自叹：“你我虽为知己，但恐自不能久待；你纵为我知己，奈我薄命何！”

这可不正是“梦幻情缘”，“薄命儿女”吗?

巧的是，这一番自白，正是在贾雨村拜访荣国府，指着名儿要见宝玉引起的。事见第三十二回《诉肺腑心迷活宝玉》：

正说着，有人来回说：“兴隆街的大爷来了，老爷叫二爷出去会。”宝玉听了，便知是贾雨村来了，心中好不自在。袭人忙去拿衣服。宝玉一面蹬着靴子，一面抱怨道：“有老爷和他坐着就罢了，回回定要见我。”史湘云一边摇着扇子，笑道：“自然你能会宾接客，老爷才叫你出去呢。”宝玉道：“那里是老爷，都是他自己要请我去见的。”湘云笑道：“主雅客来勤，自然你有些警他的好处，他才只要会你。”宝玉道：“罢，罢，我也不敢称雅，俗中又俗的一个俗人，并不愿同这些人往来。”湘云笑道：“还是这个情性不改。如今大了，你就不愿读书去考举人进士的，也该常常的会会这些为官做宰的人们，谈谈讲讲些仕途经济的学问，也好将来应酬世务，日后也有个朋友。没见你成年家只在我们堆里搅些什么！”宝玉听了道：“姑娘请别的姊妹屋里坐坐，我这里仔细污了你知经济学问的。”袭人道：“云姑娘快别说这话。上回也是宝姑娘也说过一回，他也不管人脸上过的去过不去，他就咳了一声，拿起脚来走了。这里宝姑娘的话也没说完，见他走了，登时羞的脸通红，说又不是，不说又不是。幸而是宝姑娘，那要是林姑娘，不知又闹到怎么样，哭的怎么样呢。提起这个话来，真真的宝姑娘叫人敬重，自己讪了一会子去了。我倒过不去，只当他恼了。谁知过后还是照旧一样，真真有涵养，心地宽大。谁知这一个反倒同他生分了。那林姑娘见你赌气不理他，你得赔多少不是呢。”宝玉道：“林姑娘从来说过这些混账话不曾？若他也说过这些混账话，我早和他生分了。”

这一番私心褒奖之言，恰被黛玉隔帘听见，于是引发了一番知音薄命之叹。抽身走时，又被宝玉随后赶上，于是，两人有了全书中绝无仅有的一次“诉肺腑”，宝玉说出了那句千钧之重的“你放心”，又把随后赶来送扇子的袭人错当成黛玉，大胆表白：“睡里梦里也忘不了你！”吓得袭人魂飞魄散，只叫：“神天菩萨，坑死我了！”

宝玉一时醒过来，方知是袭人送扇子来，羞的满面紫涨，夺了扇子，便忙忙的抽身跑了。这里袭人见他去了，自思方才之言，一定是因黛玉而起，如此看来，将来难免不才之事，令人可惊可畏。想到此间，也不觉怔怔地滴下泪来，心下暗度如何处治方免此丑祸。正犹疑间，忽有宝钗从那边走来，笑道：“大毒日头地下，出什么神呢？”袭人见问，忙笑道：“那边两个雀儿打架，倒也好玩，我就看住了。”宝钗道：“宝兄弟这会子穿了衣服，忙忙的那去了？我才看见走过去，倒要叫住问他呢。他如今说话越发没了经纬，我故此没叫他了，由他过去罢。”袭人道：“老爷叫他出去。”宝钗听了，忙道：“嗳哟！这么黄天暑热的，叫他做什么！别是想起什么来生了气，叫出去教训一场。”袭人笑道：“不是这个，想是有客要会。”宝钗笑道：“这个客也没意思，这么热天，不在家里凉快，还跑些什么！”袭人笑道：“倒是你说说罢。”

这场戏中，湘云、黛玉、宝玉、宝钗、袭人，一个个地来，一个个地去，“乱哄哄你方唱罢我登场”，好不热闹。而宝钗最后补的一句“这个客也没意思”，再次点出贾雨村来访之事。这样，就把宝、黛、钗、湘、袭几个人同贾雨村都联系到一起了。

那么，在这几个人的情感纠葛之中，贾雨村到底扮演过一个什么样的角色呢？这个“吃谁家饭，砸谁家锅”的贪官后来究竟会做些什么对宝、黛二人不利的事情呢？

他大抵是没什么机会替黛玉判案的，但很有可能，他会以老师的身份为黛玉做媒，为了巴结高官而乱点鸳鸯谱，就像把香菱推给薛蟠那样，把黛玉推向某个有权有势之人以谋取私利；又或者，当贾家落势的时候，他非但不会报恩，反而会加踏一只脚，对宝玉不利，而这两种情况，都足以逼得黛玉心碎泪尽而死。

和尚对林黛玉的预言“凡有外姓亲友之人，一概不见，方可平安了此一世。”我们都认为这个“外姓亲友之人”是指贾宝玉，只因她见了宝玉，才会一世伤心，不得安宁。然而，又焉知这不该见的“外姓人”中没有贾雨村呢？倘若黛玉不曾拜过贾雨村做老师，也许就不会落得后边的悲惨结局了。

因此说，香菱的故事好比一段黛玉前传，而通过香菱的命运，我们可以大致推测黛玉之死，或者与贾雨村有关。

彼此见过面。黛玉先随邢夫人去拜见贾赦，贾赦不见，只命家人传话说："连日身上不好，见了姑娘倒彼此伤心，暂且不忍相见。"黛玉站着听过，告辞回去，又拜见贾政，王夫人也说："你舅舅今日斋戒去了，再见罢。"又未见到。

为何外甥女大老远地从江南过来，赦、政两位亲娘舅却都避而不见呢？以往我一直觉得是二人太拿大了，冷淡摆架子。后来看过许多评论文章，也都说林家孤贫，故而贾赦、贾政懒怠招呼，倘或富贵亲戚上门，看他们还是这般嘴脸不？说到底，是"势利"二字。又举了薛家进京来，贾家一团和气地招呼叮嘱为证，且看原文：

过了几日，忽家人传报："姨太太带了哥儿姐儿，合家进京，正在门外下车。"喜的王夫人忙带了女媳人等，接出大厅，将薛姨妈等接了进去。姊妹们暮年相会，自不必说悲喜交集，泣笑叙阔一番。忙又引了拜见贾母，将人情土物各种酬献了，合家俱厮见过，忙又治席接风。

薛蟠已拜见过贾政，贾琏又引着拜见了贾赦，贾珍等。贾政便使人上来对王夫人说："姨太太已有了春秋，外甥年轻不知世路，在外住着恐有人生事。咱们东北角上梨香

· 林黛玉进贾府，赦、政二舅父为何不见 ·

林黛玉进贾府，贾母与邢、王二夫人，迎、探、惜三位姑娘，都一早都等在堂上，

院一所十来间房，白空闲着，打扫了，请姨太太和姐儿哥儿住了甚好。”王夫人未及留，贾母也就遣人来说“请姨太太就在这里住下，大家亲密些”等语……从此后，薛家母子就在梨香院住了。

乍一看，贾家待薛家确似比接待黛玉时热情多了。然而细看却别有道理，第一，黛玉只是小女孩，贾母、邢王二夫人俱是长辈，却一早已经等候多时，可见隆重；而薛姨妈合宅来见，不过只是亲姐姐王夫人接了进去，然后才引着来拜见贾母，分明亲疏有别；第二，这里写得分明，拜见贾政、贾赦、贾珍的人乃是薛蟠，可没说薛宝钗也拜会了。须知赦、政二人乃是黛玉的舅舅，却是薛蟠、宝钗的姨父，关系隔了一层，故而宝钗不便拜会男性长辈，只有薛蟠一人来拜会。而黛玉与贾政虽是至亲舅甥关系，亦有男女之别，故而在黛玉则非拜见不可，在贾政却是能不见则最好不见为礼。

这就好比古时许多贵公子拜会朋友，先得拜会对方母亲、妻子，但只是口里说着拜见，人却往往只到对方阁楼下行礼即回，并不需真的见面。

近日读《歧路灯》，谭绍闻往堂兄谭绍衣府上拜访，提出要与嫂嫂请安。谭绍衣道：“吾弟差矣。咱家南边祖训：从来男女虽至戚不得过通音问。姻亲往来庆贺，男客相见极为款洽，而于内眷，不过说‘禀某太太安’而已。内边不过使奉茶小厮禀道‘不敢当’，尊行辈，添上‘谢问’二字。虽叔嫂亦不过如此。从未有称姨叫妗，小叔外甥，穿堂入舍者。”这便是大家之风。

林黛玉进贾府，行的便是那“禀舅舅安”之礼，而贾赦遵的，便是“使奉茶小厮谢问”之道。

后文贾府过中秋讲笑话，贾母觉得冷清，叫姑娘们一同共坐，也只是叫过迎春、探春、惜春来，而未叫黛玉、湘云，这也是礼。直等贾赦、贾珍等都散了，才撤去屏风，相席相并。

又有元宵猜灯谜，贾母与众孙子取乐。贾政备席前往，这是至亲家宴，黛玉、宝钗等虽未回避，却都默然无语。都足可证贾府钟鼎之家，规矩森严，即使亲舅舅外甥女儿，亦有男女大防，能不见则不见的。

《红楼梦》里与男亲戚不避嫌疑，“小叔外甥，穿堂入舍者”，惟有王熙凤一人。故而贾琏抱怨她：“他防我象防贼的，只许他同男人说话，不许我和女人说话，我和女人略近些，他就疑惑，他不论小叔子侄儿，大的小的，说说笑笑，就不怕我吃醋了。以后我也不许他见人！”平儿道：“他醋你使得，你醋他使不得。他原行的正走的正，你行动便有个坏心，连我也不放心，别说他了。”

这是平儿在替熙凤向贾琏分辩，也是向读者解释：凤姐是当家人，见男亲是不得已而为之，但她行的正走的正，不算违规。

又如第十三回《秦可卿死封龙禁尉　王熙凤协理宁国府》，贾珍来上房请凤姐理事，人报：“大爷进来了。”唬的众婆娘呼的一声往后藏之不迭，独凤姐款款站了起来。

在这一句中间，有朱笔旁批“素日行止可知”，这是说贾珍素日之不遵情礼，“把个宁国府都翻过个儿来了”。宁国府的礼节一向疏松，贾蓉与二尤调笑一场着重描写。所以只有贾珍这种又不遵礼节又是族长的人物才敢想去哪去哪，都不管上房里坐的是谁。因此才“唬的众婆娘藏之不迭”，而王熙凤因是管家，平素里与本家爷们并不避讳，故而独有她不躲不避，“款款站了起来”。这是一处反衬。

但是这些女人中倘或有宝钗黛玉湘云等，就非得“藏之不迭”不可。虽然听起来好像不够从容大方似的，但是姑娘家见到亲戚大哥，不躲出去，还要“款款站了起来”，就很不合适。这同宝玉自小在内帏厮混是两回事。

茜香罗、红麝串写于一回，盖琪官虽系优人，后回与袭人供奉玉兄、宝卿得同终始者，非泛泛之文也。

茜香罗是琪官赠与宝玉，宝玉转赠袭人之物；红麝串是元妃赐与宝钗之物。而这两个物件，关乎两段婚姻：琪官与袭人后来“供奉玉兄、宝卿得同终始”，可见袭人嫁了琪官，宝钗嫁了宝玉。

如今先说这“茜香罗”的故事，说的是宝玉到冯紫英府上做客，席间行酒令时，伶人蒋玉菡念了句“花气袭人知昼暖”，被薛蟠叫出来，说“袭人”是“宝贝”，妓女云儿忙向蒋玉菡说明缘故。其后宝玉出来解手，蒋玉菡追出来赔不是。宝玉趁机向他打听名闻天下的伶人琪官，得知就是蒋玉菡小名，

· 茜香罗与鹌鸰珠 ·

书中第二十八回《蒋玉菡情赠茜香罗　薛宝钗羞笼红麝串》有一段回前批：

宝玉听说，不觉欣然跌足笑道：“有幸，有幸！果然名不虚传。今儿初会，便怎么样呢？”想了一想，向袖中取出扇子，将一个玉琚扇坠解下来，递与琪官，道：“微物不堪，略表今日之谊。”琪官接了，笑道：“无功受禄，何以克当！也罢，我这里得了一件奇物，今日早起方系上，还是簇新的，聊可表我一点亲热之意。”说毕撩衣，将系小衣儿一条大红汗巾子解了下来，递与宝玉，道：“这汗巾子是茜

香国女国王所贡之物，夏天系着，肌肤生香，不生汗渍。昨日北静王给我的，今日才上身。若是别人，我断不肯相赠。二爷请把自己系的解下来，给我系着。”宝玉听说，喜不自禁，连忙接了，将自己一条松花汗巾解了下来，递与琪官。

那怡红院名曰“怡红快绿”，而这里宝玉恰是拿松花（绿）汗巾换了蒋玉菡的大红汗巾子。无怪乎脂砚这里戏批了一句：“红绿牵巾，是这样用法。一笑。”

然而故事到这里还没完，交代了这大红汗巾子的曲折来源：原是“茜香国女国王进贡——北静王赏赐蒋玉菡——琪官转赠宝玉”之后，却又写到原来宝玉的松花汗巾也并非他本人所有，而是袭人之物：

宝玉回至园中，宽衣吃茶。袭人见扇子上的坠儿没了，便问他：“往那里去了？”宝玉道：“马上丢了。”睡觉时只见腰里一条血点似的大红汗巾子，袭人便猜了八九分，因说道：“你有了好的系裤子，把我那条还我罢。”宝玉听说，方想起那条汗巾子原是袭人的，不该给人才是，心里后悔，口里说不出来，只得笑道：“我赔你一条罢。”袭人听了，点头叹道：“我就知道又干这些事！也不该拿着我的东西给那起混账人去。也难为你，心里没个算计儿。”再要说几句，又恐怄上他的酒来，少不得也睡了，一宿无话。

至次日天明，方才醒了，只见宝玉笑道：“夜里失了盗也不晓得，你瞧瞧裤子上。”袭人低头一看，只见昨日宝玉系的那条汗巾子系在自己腰里呢，便知是宝玉夜间换了，忙一顿把解下来，说道：“我不希罕这行子，趁早儿拿了去！”宝玉见他如此，只得委婉解劝了一回。袭人无法，只得系在腰里。过后宝玉出去，终久解下来掷在个空箱子里，自己又换了一条系着。

这样子，袭人的松花汗巾就和琪官的大红汗巾子经由宝玉之手做了交换。原来，“红绿牵巾”的并不是宝玉和琪官，而是袭人与琪官。其间又夹着北静王的恩泽。

少年时自命清高，以为只有妙玉才可为知己，黛玉则是太心狭了些，太多眼泪，太多醋意，自寻烦恼。诗至成年，才知道专心一意地爱一个人其实有多么不容易。

她是天生的胜利者。她的名字就是一个标志——别人出尽全力也只做到了十二钗之一，而她，生来就叫作宝钗，钗中之宝。

全书中，北静王明出暗出的次数不少，赏赐宝玉的东西也不少。第十四回《林如海捐馆扬州城　贾宝玉路谒北静王》，是全书中北静王的第一次出场，却在水溶提出要见宝玉后戛然而止，到第十五回开篇才重新浓墨重彩地描写二人初会情形，可见重视：

（第十五回）话说宝玉举目见北静王水溶头上戴着洁白簪缨银翅王帽，穿着江牙海水五爪坐龙白蟒袍，系着碧玉红鞓带，面如美玉，目似明星，真好秀丽人物。宝玉忙抢上来参见，水溶连忙从轿内伸出手来挽住。见宝玉戴着束发银冠，勒着双龙出海抹额，穿着白蟒箭袖，围着攒珠银带，面若春花，目如点漆。水溶笑道："名不虚传，果然如'宝'似'玉'。"……水溶又将腕上一串念珠卸了下来，递与宝玉道："今日初会，仓促竟无敬贺之物，此系前日圣上亲赐鹡鸰香念珠一串，权为贺敬之礼。"宝玉连忙接了，回身奉与贾政。贾政与宝玉一齐谢过。

那水溶见宝玉的情形，与宝玉见琪官何其相似：水溶是夸赞"果然如宝似玉"，宝玉是笑称"果然名不虚传"；水溶是卸了腕上一串念珠，说："今日初会，仓促竟无敬贺之物。"宝玉则说是"今儿初会，便怎么样呢？"解下扇坠，说："微物不堪，略表今日之谊"；而水溶的香串原来并不是自己之物，而是"前日圣上亲赐"的，这又和琪官的大红汗巾子，"昨日北静王给我的"不谋而合。

——两段描写如此相似，难道是曹雪芹笔乏吗？

脂砚将"茜香罗"与"红麝串"相提并论，而我则以为这条大红汗巾子的情形，同"鹡鸰香念珠"更加合拍。

大红汗巾子从出现后，只在忠顺府长史官上门的时候照应了一次，写忠顺府长史官往贾府搜寻琪官下落，宝玉矢口否认，那长史官冷笑道："既云不知此人，那红汗巾子怎么到了公子腰里？"

而赐鹡鸰香念珠出现后，也在第十六回黛玉回京后照应了一次：

盼至明日午错，果报："琏二爷和林姑娘进府了。"见面时彼此悲喜交接，未免又大哭一阵，后又致喜庆之词。宝玉心中品度黛玉，越发出落的超逸了。黛玉又带了许多书籍来，忙着打扫卧室，安插器具，又将些纸笔等物分送宝钗、迎春、宝玉等人。宝玉又将北静王所赠鹡鸰香串珍重取出来，转赠黛玉。黛玉说："什么臭男人拿过的！我不要他。"遂掷而不取。宝玉只得收回。

又一次写宝玉将北静王赏赐之物转赠他人。

然而与茜香罗不同的是，那汗巾子原不是北静王直接赏给宝玉的，而宝玉最终也并没有据为己有，两个人都只是转了一道手，最终的获益者是袭人，并成就了袭人与琪官的一段婚姻；如今这香珠串是北静王直接赠与宝玉的，宝玉想拿来送黛玉，却没送出去，反被黛玉讥斥道："什么臭男人拿过的！"

这"臭男人"固然不是说宝玉，而是此前拥有此珠串的人，是谁呢？

是将珠串赠给宝玉的北静王，还是将珠串赐给北静王的当今圣上。换言之，黛玉骂的人，是皇上。

宝玉送出手的"茜香罗"成就了袭人、琪官的婚姻，那么没送出手的"鹡鸰珠"呢？莫非会带来一段悲剧？皇上或者北静王，会与黛玉有着什么千曲百折的关系呢？难道，那就是致黛玉于死地的真正原因？

此前宝玉葬花，是用衣襟兜着花瓣直接撒进水里去，黛玉却说水里不干净，"未若锦囊收艳骨，一抔净土掩风流"，要用土葬——而北静王，正是姓"水"，这里面，是否暗示着什么呢？

"鹡鸰珠"是惟一一件明写的北静王赠与宝玉之物，至于暗出之物，除"茜香罗"外，还有一套雨具。事见第四十五回《金兰契互剖金兰语风雨夕闷制风雨词》，说风雨之夜，黛玉闷闷填词，宝玉突然披蓑来访：

（宝玉）脱了蓑衣，里面只穿半旧红绫短袄，系着绿汗巾子，膝下露出油绿绸撒花裤子，底下是掐金满绣的绵纱袜子，靸着蝴蝶落花鞋。黛玉问道："上头怕雨，底下这鞋袜子是不怕雨的？也倒干净。"宝玉笑道："我这一套是全的。有一双棠木屐，才穿了来，脱在廊檐上了。"黛玉又看那蓑衣斗笠不是寻常市卖的，十分细致轻巧，因说道："是什么草编的？怪道穿上不象那刺猬似的。"宝玉道："这三样都是北静王送的。他闲了下雨时在家里也是这样。你喜欢这个，我也弄一套来送你。别的都罢了，惟有这斗笠有趣，竟是活的。上头的这顶儿是活的，冬天下雪，带上帽子，就把竹信子抽了，去下顶子来，只剩了这圈子。下雪时男女都戴得，我送你一顶，冬天下雪戴。"黛玉笑道："我不要他。戴上那个，成个画儿上画的和戏上扮的渔婆了。"及说了出来，方想起话未忖夺，与方才说宝玉的话相连，后悔不及，羞的脸飞红，便伏在桌上嗽个不住。

又是一句"我不要他"！我们都知道，《红楼梦》的章回，逢九为重，每到"九"的倍数时，那一回内容便格外重要。因此，红学家们对这回多有讨论文章，然而重点只在"钗黛一体"上，便是谈到宝玉夜探潇湘馆这一段时，也往往都被脂砚斋批的"画儿中爱宠"吸引了去，却往往忽略了"北静王"这个暗出的人物，忽略了那套重墨描写的雨衣原是北静王相赠，宝玉很想送一套给黛玉，却被拒绝。这已经是第二次黛玉拒绝北静王的礼物了。

而黛玉在拒绝了宝玉的蓑衣之后，却反过来送了宝玉一样东西，玻璃绣球灯——难道是"彩云易散玻璃脆"？

如今，我们再回头来说"红麝串"的故事，那是紧接在"茜香罗"之后的。

袭人又道："昨儿贵妃打发夏太监出来，送了一百二十两银子，叫在清虚观初一到初三打三天平安醮，唱戏献供，叫珍大爷领着众位爷们跪香拜佛呢。还有端午儿的节礼也赏了。"说着命小丫头子来，将昨日所赐之物取了出来，只见上等宫扇两柄，红麝香珠二串，凤尾罗二端，芙蓉簟一领。宝玉见了，喜不自胜，问："别人的也都是这个？"袭人道："老太太的多着一个香如意，一个玛瑙枕。太太、老爷、姨太太的只多着一个如意。你的同宝姑娘的一样。林姑娘同二姑娘、三姑娘、四姑娘只单有扇子同数珠儿，别人都没了。大奶奶、二奶奶他两个是每人两匹纱，两匹罗，两个香袋，两个锭子药。"宝玉听了，笑道："这是怎么个原故？

怎么林姑娘的倒不同我的一样，倒是宝姐姐的同我一样！别是传错了罢？”袭人道：“昨儿拿出来，都是一份一份的写着签子，怎么就错了！你的是在老太太屋里的，我去拿了来了。老太太说了，明儿叫你一个五更天进去谢恩呢。”宝玉道：“自然要走一趟。”说着便叫紫鹃来：“拿了这个到林姑娘那里去，就说是昨儿我得的，爱什么留下什么。”紫鹃答应了，拿了去，不一时回来说：“林姑娘说了，昨儿也得了，二爷留着罢。”宝玉听说，便命人收了。

仍是黛玉拒绝宝玉转赠的礼物。只不过，上次是北静王的礼，这次是元贵妃的赏，黛玉屡屡“抗旨”，不知意味着什么。

《寿怡红群芳开夜宴》时，黛玉占花名抽中的签是“莫怨东风当自嗟”，这句诗原出自《明妃曲》，“东风”在这里借指皇权。而诗的前一句乃是“红颜胜人多薄命”。脂批曾经说过：“黛玉一生是聪明所误”。或许，红颜胜人，聪明绝顶，就是黛玉最大的悲剧了。所谓“木秀于林，风必摧之”吧？

偏偏，她又姓“林”。

甚至有人长篇大论地写了整本书来论证这一点。并且有人提出，便有人附论，一时几成定议。

然而遍查其书，其理由不过以下几点：

理由一：书中一再将林黛玉比成西施，说她“病如西子胜三分”，而黛玉又曾作《五美吟》，咏西施“一代倾城逐浪花”。故而黛玉也该死在浪花里。

然而回目中亦曾有《埋香冢飞燕泣残红》的比喻，是否说黛玉应该是赵飞燕才对呢？

黛玉占花名时，抽中了“莫怨东风当自嗟”的诗句，这句诗原出自宋人欧阳修的《明妃曲》，而黛玉《五美吟》除了西施，亦有咏明妃绝句，那又是否可以认为黛玉就是明妃呢？何以所有的红学家都把明妃一诗派给了贾探春？

《五美吟》同时还写了虞姬、绿珠、红拂，难道黛玉也要一一照搬她们饮剑、私奔、跳楼的命运？

另外，书中还曾一再将薛宝钗比作杨贵妃，难道宝钗将来要死在马嵬坡，被皇上下令用白绫勒死？何以红学家们又通通将这段历史加在元妃身上，不提宝钗半字？

理由二：金钏投井而死，宝玉去水仙庵祭了回来，黛玉讽刺他：“天下的水总归一源，不拘那里的水舀一碗看着哭去，也就尽情了。”故而推测宝玉将来也会到江边去哭黛玉。

可是脂批中早有“对景悼颦儿”的暗示，乃是在潇湘馆中，“落叶萧萧，寒烟漠漠”之地，

近年来，一种关于“林黛玉沉湖说”的理论甚嚣尘上，

而不是什么江边。

况且那个投井死的金钏，死后穿的乃是宝钗的衣裳，如果因为金钏儿是投井死的就要说有人也是死在水里，只怕那个人只能是宝钗，怎么也扯不到黛玉头上吧？

理由三：黛玉和湘云月下对诗，有“寒塘渡鹤影，冷月葬花魂”一句，故而可以推断黛玉死在一个月夜的湖中……

可是“寒塘渡鹤影”明明是史湘云的句子，书中说湘云“鹤势螂形”，可见鹤是用来形容湘云的。故而，如果因为这样一个句子就说有人死在寒塘，那也只能是湘云；黛玉只不过对了句“冷月葬花魂”，与她的《葬花吟》相照应，从哪里看得出那花是落在水里的？

更何况，林黛玉葬花时清楚地说过：“撂在水里不好。你看这里的水干净，只一流出去，有人家的地方脏的臭的混倒，仍旧把花糟蹋了。”

她连落花都不肯撂在水里，倒把自己冰清玉洁的身子撂在水里去听从糟蹋？

理由四：黛玉听《西厢》，有“花落水流红，闲愁万种”之句，故而黛玉也是死在水中。

这何其牵强？西厢记的故事说的乃是崔莺莺与张生幽欢如梦，事实上宝玉也曾用《西厢记》的句子打趣黛玉，那是不是就代表黛玉也会抱个枕头去赴宝玉之约呢？更何况，就算将黛玉比作悲剧《会真记》里的崔莺莺，那莺莺也是病死的，不曾投湖。

……

所以，西施也好，崔莺莺也好，飞燕也好，甚至明妃也好，都不过是在某一点体貌性情特征上，或病，或痴，或体态纤盈，或红颜薄命，从而象征了黛玉的某一特点，而绝不能拿对方的模子去硬往黛玉身上套，更不能断章取义地找论点。

这么浅显的一个道理，可是硬有些哗众取宠的红学家们要睁着眼睛说瞎话地推出一种“林黛玉沉湖说”的论调，自欺欺人。其实，这些人往往是先有了一个假定的结局设想，然后再努力在八十万字中寻找例据支持。想想看，八十回的长篇巨著啊，这样翻找起来还了得？别说黛玉沉湖了，你就说黛玉远嫁，也不难找到论据啊。

然而，书中当真没有关于黛玉死因的蛛丝马迹，而要劳师动众地让红学家绕远去寻找论据吗？

且看庚辰本第二十二回，写湘云说龄官“倒像林妹妹的模样儿”，惹出一场口舌纷争来。黛玉向宝玉发作道：“你又怕他得罪了我，我恼他。我恼他，与你何干？他得罪了我，又与你何干？”其下有一段双行夹批：“问的却极是，但未必心应。若能如此，将来泪尽夭亡已化乌有，世间亦无此一部《红楼梦》矣。”

这里说得何其明白，那黛玉“将来泪尽夭亡”，而不是什么含恨自杀。

甲戌本二十八回末还有一句脂批透露：“自闻曲回后，回回写药方，是白描颦儿添病也。”可见黛玉病势日渐沉重，泪尽夭亡是顺理成章的。

病死，是一早已经定了的格局，又有什么理由非要自杀来多此一举呢？

除了黛玉“一抔净土掩风流”的志愿和脂批“泪尽夭亡”的事例外，清朝文人富察明义的《红楼梦》二十首也可以作为“黛玉不可能沉湖而死”的佐证。

明义乃是满洲镶黄旗人，其诗集《绿烟琐窗集》中有《题红楼梦》绝句二十首，序言是这样写的：

“曹子雪芹出所撰《红楼梦》一部，备记风月繁华之盛，盖其先人为江宁织府，其所谓大观园者，即今随园故址，惜其书未传，世鲜知者，余见其钞本焉。”

这段话很重要的一点，就是指出了“惜其书未传，世鲜知者”。换言之，明义看到《红楼梦》时，高鹗和程伟元的伪续本还没有面市。因为他们是印刷刊行的，等到续书出来的时候，已经不算“世鲜知”，更不叫“书未传”了。这也就是说，明义看到的绝对是真本红楼梦，是有结局或至少部分结局的红楼梦真本。

明义说“曹子雪芹出所撰《红楼梦》一部”，这话有点含糊，可以理解成是曹雪芹亲手向他出示了一本书，也可以理解成曹雪芹出了一本书，至于出给谁，对象不定。但他又提到“盖其先人为江宁织府”，可见是知情者，或为世交也不一定。当时的《红楼梦》是在王室贵族中间传抄的，所以明义不论是从曹雪芹本人那里或者是从朋友处借阅而得都不奇怪，重要的是，他看到了真正的原作。

那么，他提到黛玉之死的那首诗就显得非常重要了，因为那才是黛玉之死的真正谜底：

伤心一首葬花词，似谶成真自不知。
安得返魂香一缕，起卿沉痼续红丝。

这首诗明确地告诉了我们，黛玉的结局就像她的《葬花吟》里写的那样，是一语成谶了。“一朝春尽红颜老，花落人亡两不知。”黛玉是死在春末，而不是什么《秋窗风雨夕》中说的秋天。

《红楼梦》里黛玉写了大量诗词，篇篇都有含义，但真正能作为她死亡谶言的，却只有《葬花吟》，所以劳鹦鹉重复了再重复。可惜的是，有些红学家就是假装听不见。

明义诗的第三句“安得返魂香一缕”，是用了明代才女叶小鸾的典故。《图绘宝鉴续纂 · 西泠闺咏 · 列朝诗集小传》中载：明末才女叶小鸾，字琼章，江苏吴江人。四岁能诵《楚辞》，能诗擅画，年十七未婚卒。殁后其父仲诏刻其遗作，名为《返生香》。

那叶小鸾生前曾有“勉弃珠环收汉玉，戏捐粉盒葬花魂”的雅举，有人以为“黛玉葬花”的创意便从此得来，所以这个典故是用得非常恰当的。叶小鸾是病死的，黛玉也同样是病死，而非什么投水自尽。诗中最后一句“起卿沉痼续红丝”已经把她的死因说得很明白，乃是“沉痼”，即病重而死，再怎么也扯不到“沉湖”上去。

《葬花吟》里写得明明白白：“未若锦囊收艳骨，一抔净土掩风流。”偏执的红学家，又何必定要违背她“质本洁来还洁去”纯真心愿，非要将清清白白的黛玉推进水里，使她“污淖陷渠沟”呢？

馔玉炊金未几春，
王孙瘦损骨嶙峋。
青蛾红粉归何处？
惭愧当年石季伦。

石季伦即石崇，为西晋巨富，得名妓绿珠为妾，藏于“金谷园”中，夜夜笙歌艳舞，有《昭君曲》与《懊侬歌》传世。赵王羡慕石崇人财两得，遂以猎艳为名，兵围金谷园，向石崇索要绿珠。石崇向绿珠道：“我为你成了罪人了。”绿珠听了，坠楼而死。

黛玉在《五美吟》中也有一首咏绿珠的绝句：

瓦砾明珠一例抛，
何曾石尉重娇娆？
都缘顽福前生造，
更有同归慰寂寥。

两人都借用绿珠故事，绝非偶然。而要弄清谁是绿珠，就必须先知道谁是石崇？

这个在书中倒有明确暗示的。

宝玉在诔晴雯时，曾有“梓泽余衷，默默诉凭冷月”的句子，梓泽是金谷园的别名，亦可代替石崇。而脂批又说：“观此知虽诔晴雯，实乃诔黛玉也。”可见宝玉即石崇，而黛玉即绿珠。

明义诗中说“王孙瘦损骨嶙峋”，可与甄士隐所注《好了歌》中的“金满箱，银满箱，转眼乞丐人皆谤"之语对看，脂砚在这句后面原有"甄玉、贾玉一干人"的批语，可见宝玉此后一度沦为乞丐；而"青蛾红粉归何处？"指的当然是黛玉，也就是说宝玉瘦骨嶙峋之际，黛玉已死；"惭愧当年石季伦"，则暗示了黛玉之死正与石崇祸累绿珠一样，或为宝玉所累——当然，也可以反过来说是绿珠的美名替石崇招祸，宝玉是被黛玉所累。

大概可以做出这样一种推测来：

宝玉把黛玉的诗传扬出去，被权高位贵者闻知，又听说诗人貌美如仙，遂慕名求聘，以致黛玉泪尽而死。

如此，害死黛玉的始作俑者，正是贾宝玉，亦是黛玉自己的美貌和才气所致。

故而黛玉占花名时，才会抽中了那样一句谶语：

"莫怨东风当自嗟。"

这句诗原出自《明妃曲》，前一句乃是"红颜胜人多薄命"。可见黛玉的悲剧，与人无关，正是因为她自己的美貌所招致。

而明妃，亦是黛玉所咏《五美吟》中的另一个主人公，且看原诗：

绝艳惊人出汉宫，红颜命薄古今同。
君王纵使轻颜色，予夺权何畀画工？

这首诗里，明确地点出了"红颜薄命"的概念，由此可见明妃代表的正是黛玉自己，而不是红学家们所猜测的探春。不能因为探春的结局是和番远嫁，就认定明妃代表探春，因为抽中《明妃曲》诗句的人正是黛玉。

此前黛玉的柳絮词中也有过"嫁与东风春不管，凭尔去，忍淹留。"的句子，也旁证了黛玉的确有过"嫁东风"的可能。

然而花名签上又偏偏劝她"莫怨东风"，那么该怨谁呢？宝玉？还是她自己？

西施也是奉旨远嫁的，然而好像没有人怀疑西施是代表黛玉的吧？

且来看看黛玉咏西施的绝句：

一代倾城逐浪花，吴宫空自忆儿家。

效颦莫笑东村女，头白溪边尚浣纱。

综合所有红学家的看法，没有人怀疑西施指的就是黛玉，甚至还有人因此得出黛玉沉湖自尽的谬论来。然而真要根据字面或者故事来验证黛玉命运，其实全然不搭。

倘若“一代倾城逐浪花”就意味着黛玉要自杀的话，那么“效颦莫笑东村女”是什么意思呢？那个“头白溪边尚浣纱”的东施又该借指谁？况且“吴宫空自忆儿家”是在西施嫁入吴国之后，难道是说黛玉已经嫁了人？

因此，每首诗所咏之女子，只是命运的某一个点上暗示了黛玉的命运，而不能亦步亦趋地去照葫芦画瓢。

西施也罢，明妃也罢，都是在“奉旨远嫁”这一点上不谋而合。如果我们认定西施是影射黛玉的话，那便必须接受明妃也是在写黛玉。

同样的，虞姬的命运亦与绿珠极为相似，都是在意中人穷途末路之际，不愿拖累对方，故而殉情。而这一点，又和黛玉咏红拂的“美人巨眼识穷途”不谋而合。

让我们来看看这余下的两首诗：

虞姬

肠断乌骓夜啸风，虞兮幽恨对重瞳。
黥彭甘受他年醢，饮剑何如楚帐中。

红拂

长揖雄谈态自殊，美人巨眼识穷途。
尸居余气杨公幕，岂得羁縻女丈夫。

因为红拂诗中有“岂得羁縻女丈夫”一句，红学家们认为“女丈夫”只能是史湘云，便把红拂当成了湘云的代言——这又犯了一个“丢了西瓜捡芝麻”的毛病儿，如果仅仅因为一个字眼而判断人物命运的话，那么岂不是说湘云将来的结局是嫁了一个老头子为妾后，又伙同某人私奔？

其实，黛玉这首诗说的只是不愿接受命运束缚，要追求更高远的自由天地的意思。同绿珠跳楼、虞姬自刎一样，都是不肯接受强加于己的命运。

而这命运是什么呢？就是西施入吴、明妃出塞，就是奉旨下嫁。

所以，《五美吟》所写的五个人，其实都是林黛玉自己，是她对自己悲剧命运的慨叹与控诉。五首诗要连起来看，才能明白作者想要暗示的黛玉结局：不肯接受强权的安排，以死殉情。

可叹停机德，应怜咏絮才。
玉带林中挂，金簪雪里埋。

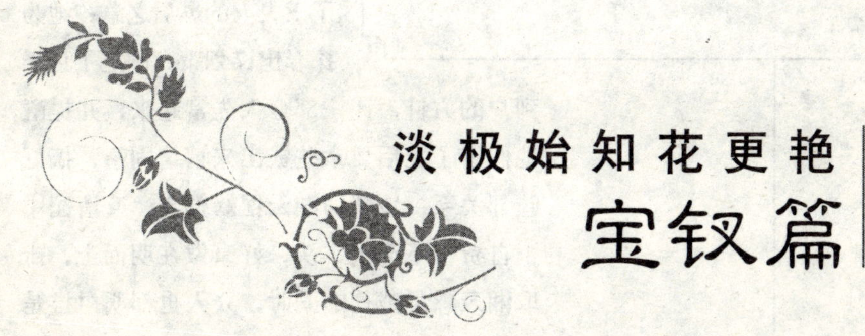

淡极始知花更艳

宝钗篇

宝钗的洞房花烛之夜，想必是意气风发的。她终于是赢了黛玉，以活着的姿态，大婚的事实，以凤冠霞帔的行头，举案齐眉的身段，敬告天地亲友——她，薛宝钗，终于名正言顺做了贾宝玉的妻。

木石前盟，终究敌不过金玉良缘。

她是天生的胜利者。她的名字就是一个标志——别人出尽全力也只做到了十二钗之一，而她，生来就叫作宝钗，钗中之宝。当万艳千红争奇斗紫之际，她只闲闲袖手，已稳坐花魁之位——淡极始知花更艳。掣此签者，为群芳之冠——花名签上批得多么清楚明白，理所当然。

她甚至无须争美，因她本身就是完美。她晨昏定省，自进荣府起行止礼仪已经一如贾家儿媳；她承欢取悦，点戏捡热闹的，点心要甜软的，一味投着老太太的脾胃；她毫不忌惮地将自己的新衣拿去给投井而死的金钏装裹，解了王夫人的燃眉之急；她为探春出谋划策，制定了包干到户的方针，让一部分人先富起来，并提醒她们富了之后要拿些钱出来请请同事，搞好睦邻关系；她帮助湘云摆螃蟹宴，遍请园中上自贾母下至大丫头，好事做在明面上，赚取湘云感恩戴德的同时，众人也都明白谁是真正的东道；她还把湘云送给自己的戒指分赠袭人，含蓄地表达了认同之情；甚至连她的丫头莺儿，也认了宝玉贴身小厮茗烟的母亲做干娘……真是四面八方都埋伏下了。

敲断玉钗红烛冷。冷的是玉，还是钗？

人们都说金童玉女，她却偏要金娃玉郎。她和他的关系中，一开始就占了主导。她成功了，做了他明媒正娶举案齐眉的妻。

黄土陇中埋白骨，红绡帐底卧鸳鸯。她胜得多么彻底明白！

——然而慢着，红烛，红灯，红衣，红帐，可是帐底，却是鸳鸯不成双。

新婚之夜，宝玉心里想的人，只有林黛玉。于是，便发生了潇湘馆“对境悼颦儿”的凄凉一幕。

生与死，隔断了婚姻，却斩不断情缘。

黛玉，岂止是他心口的朱砂痣，她根本就是他心底最深处永不愈合的一道伤。

至于宝钗，她等到了婚姻，却等不来爱情。

她对他太好了，因此他一直在逃，直到出家，从没有完整地爱过她一天。

——也许有过某些刹那，当他初次识金锁的时候，向她讨冷香丸吃的时候，看到她腕上红麝串的时候，他捱打她托着一丸药前来探望的时候……虽然只是片段，然而她便错当成爱情了。她以为可以把片段接连，定格，延伸，然后刻进光阴写就完美人生。

她一直目标明晰地为着婚姻而努力，只是，她却从不为爱情而努力。她甚至都不屑于和他争吵，而只是一味宠着他，让着他，管着他，劝着他。可他是这样的不合作，始终游离于她的世界之外，她的宠，他不置一哂；她的劝，他却抗拒之至。当她用尽全力终于靠近他的时候，他却把自己的心放在了离她最远的地方。

窗外，海棠无故枯了一半；床上，鸳枕无辜少了一只。她期待中的婚姻生活终究未能实现。就像《四张机》里唱的：四张机，织就鸳鸯欲双飞。可怜未老头先白……

她到死都是孤独的。脂砚斋在《好了歌》里“说什么脂正浓粉正香，如何两鬓又成霜”一句下面批着宝钗的名字，可见宝钗一直活到了两鬓成霜。宝玉出了家，她这个名誉妻子顶着贾门宜人的头衔，守着冷帐孤衾，直到红颜成槁，白发苍苍。这真是最残酷的结局。

而她惟一的过错，不过是在宝玉爱上她之前，先爱上了宝玉。于是，她一心要嫁他，并努力使他变得更完美，更上进，以配得上她名贵隐忍的爱情。虽然他一再令她失望，他不务正业，他沾惹优伶，他贪花恶学……

她却仍然一再地原谅，容忍，以坚定的姿态站在原地等他回头。

镜头摇回到三年前：

赤日炎炎芭蕉冉冉的夏日午后，薛宝钗信步走入鸦雀无声的怡红院，丫头们都睡熟了，宝玉也香梦正酣，袭人坐在旁边绣肚兜。宝钗见那活计实在是精致，忍不住拿过来接着绣了几针。

肚兜上的图案，正是鸳鸯。

如果鸳鸯可以说话，一定会说：记住，永远不要在对方爱上你之前，就早早地决定爱上他！

说黛玉住下，问起宝玉的玉之来历，袭人要拿给她看——

> 黛玉忙止道："罢了！此刻夜深，明日再看不迟。"大家又叙了一回，方才安歇。
>
> 次日起来，省过贾母，因往王夫人处来，正值王夫人与熙凤在一处拆金陵来的书信看……黛玉虽不知原委，探春等却都晓得，是议论金陵中所居的薛家姨母之子姨表兄薛蟠，倚财仗势打死人命，现在应天府案下审理。如今母舅王子腾得了信息，故遣人来告诉这边，意欲唤取进京之意。

·黛玉、宝钗进贾府隔了多少年·

《红楼梦》第三回《荣国府收养林黛玉》最后一段，

从字面看，似乎黛玉进贾府第二天，薛蟠打死人命案的书信已到了京城，衔接得十分紧凑。然而仔细一想，却不可能。

因为黛玉是贾雨村送来京城的，贾政受妹丈林如海之托，"竭力内中协助，题奏之日，轻轻谋了一个复职候缺。不上两个月，金陵应天府缺出，（贾雨村）便补了此缺，拜辞了贾政，择日到任去了。"

这就已经过了至少两个多月。

后来又说这贾雨村，"因补授了应天府，一下马就有一件人命官司详至案下。"即薛蟠强抢香菱打死冯渊一案，也就是我们中学课本里学过的《葫芦僧判断葫芦案》。贾雨村听从门子之计，草率结案后，方“急忙作书信二封，与贾政并京营节度使王子腾，不过说‘令甥之事已完，不必过虑’等语。”王子腾到这时候才得知薛蟠一案，复又写信给贾府。这其中信件辗转，少说也要再过几个月。

换言之，从黛玉进京住下，为宝玉摔玉哭了一场，推脱袭人说“明日再看不迟”，到那个“次日起来”，看到王夫人拆阅金陵家书之间，至少经过了以下事件：“贾雨村进京、等候补职——两个月后应天府缺出、雨村补缺、辞了贾政、择日上任——从京城到应天府上任、接审薛蟠一案——案子落定、写信与王子腾与贾政——王子腾得了信息，再遣人来告诉王夫人。”——这么多事情，少说也要过个小半年吧？

然而雨村和黛玉同一天到京城，黛玉却第二天便看着王夫人收到了那封半年后的信，难道黛玉进了时间隧道？

很明显这里的时间是混乱的，少了一大段内容。

张爱玲在《红楼梦魇》中曾经揣测过，《石头记》是每章回单独装订的，因而曹雪芹如有改动，尽量在每回的回前或末尾进行修补。这就是各种版本之不同处多在回前末尾有歧文的缘故。

我想这个猜测是很可能的，这样便可以解释这第三回末为何如此混乱——想必这一回末尾，原本应该还有一大篇文字的，或者至少曹雪芹本来计划要写一大篇文字，但那些文字没来得及写出或者写完后丢掉了，脂砚斋整理时，无法补缀，只好漏掉大段文章，从“大家又叙了一回，方才安歇”后直接缀了“次日起来”一段，把两件隔了不知多久的事情生生给连到一起去了。

这之间少掉的，大概是黛玉进府后同宝玉及诸姐妹相处的一段闺阁文字，想必旖旎可观，很可惜见不到了。文章直接过渡到宝钗来后，“黛玉心中便有些悒郁不忿之意”，时时同宝玉拌嘴，宝玉只得“打叠起千百样的款语温言来劝慰”：

> 宝玉听了忙上来悄悄的说道：“你这么个明白人，难道连‘亲不间疏，先不僭后’也不知道？我虽糊涂，却明白这两句话。头一件，咱们是姑舅姊妹，宝姐姐是两姨姊妹，论亲戚，他比你疏。第二件，你先来，咱们两个一桌吃，一床睡，长的这么大了，他是才来的，岂有个为他疏你的？”

这里明白地指出宝玉和黛玉相处了多年后，宝钗才来的。可见两个进来贾府应该是隔了很多年的。

到底隔了多少年呢？

文中介绍薛蟠时曾说他“今年方十有五岁，性情奢侈，言语傲慢”，妹妹薛宝钗“比薛蟠小两岁，乳名宝钗，生得肌骨蒙润，举止娴雅。”故而薛蟠“送妹待选”，一家人“在路不计其日”，来至京城。

换言之，宝钗进京时十三岁，在路走了“不计时日”，也许跨了个年，十四岁的时候才来到贾府，而且必须是过了正月后才到的。因为第二十二回《听曲文宝玉悟禅机》中说，“谁想贾母自见宝钗来了，喜他稳重和平，正值他才过第一个生辰，便自己蠲资二十两，唤了凤姐来，交与他置酒戏。”凤姐便与贾琏商量，说二十一是薛妹妹的生日，问他该怎么操办？

> 贾琏听了，低头想了半日道：“你今儿糊涂了。现有比例，那林妹妹就是例。往年怎么给林妹妹过的，如今也照依给薛妹妹过就是了。”凤姐听了，冷笑道：“我难道连这个也不知道？我原也这么想定了。但昨儿听见老太太说，问起大家的年纪生日来，听见薛大妹妹今年十五岁，虽不是整生日，也算得将笄之年。老太太说要替他作生日。想来若果真替他作，自然比往年与林妹妹的不同了。”

这里点明薛宝钗进府后过的第一个生日是十五岁。很可能宝钗是十三岁那年年底动身，走了几个月，第二年春天才来到京城的，那时十四岁生日已经过了。而这也很符合宫廷选秀的规定年龄。

贾琏说“那林妹妹就是例，往年怎么给林妹妹过的”，意思是林妹妹已经过了好几个生日了。也从侧面证明了林妹妹已经来了很多年，不可能在进府第二天便听到薛家进京的消息。

且算宝钗进府是十四岁，她比宝玉大两岁，宝玉又比黛玉大一岁，那么这年黛玉已经是十一岁了。而黛玉进府的时候只有六岁。换言之，两人进京的时间隔了五年。

第三回末尾“方才安歇”与“次日起来”之间，竟然整整少了五年的时间。这一觉睡得可真长呀。

王夫人接待甚周，并殷勤挽留，贾政也使人上来对王夫人说："姨太太已有了春秋，外甥年轻不知世路，在外住着恐有人生事。咱们东北角上梨香院一所十来间房，白空闲着，打扫了，请姨太太和姐儿哥儿住了甚好。"

这是全书中梨香院的第一次出场。甲戌本有侧批："好香色。"极赞这名字取得好，但是怎么个好法呢？却没提。书中也只是简单地介绍："原来这梨香院即当日荣公暮年养静之所，小小巧巧，约有十余间房屋，前厅后舍俱全。"关于种植装饰，一字不提。

联想到薛宝钗之"薛"通"雪"，而古人诗中多以梨花代雪，比如温庭筠的"梨花雪压枝"，岑参的"忽如一夜春风来，千树万树梨花开"等，我便原以为这梨香院的名字是为薛宝钗而取，至于原是用作"荣公暮年养静之所"，则只是随手一笔。

· 宝钗初来为何住在梨香院 ·

第四回，薛家一家子人浩浩荡荡进了贾府，

然而到了第十八回元妃省亲之前，薛家搬了住处，将梨香院腾作他用——

原来贾蔷已从姑苏采买了十二个女孩子，并聘了教习，以及行头等事来了。那时薛姨妈另迁于东北上一所幽静房舍居住，将梨香院早已腾挪出来，另行修理了，就令教习在此教演女戏。

到这时，梨香院再次换了主人，而"梨香院"的含义似乎也发生了转折，即是"梨园"

的意思，原来一早就预备着要给戏子搬进来住的。

然而，如果“梨香院”的名目只是为了“梨园”而起，为什么一开始要让宝钗住进去呢，宝钗与“梨园”何干？荣公又岂能在“梨园”里养静？这不是顾此失彼么？

我们都知道，红楼中每个庭院房屋的名字都含有深意，比如后来宝钗住的蘅芜苑就深合她的身份。至于其间曾一度停留的“东北上一所幽静房舍”，因为是过渡性质，连冠名都省了。

如此可知，曹公让宝钗住进梨香院，必有深意。更何况，梨香院的名字还在回目中出现两次，而两次都与宝钗有关。

第一次是第八回，这个在不同版本是有分歧的，甲戌本作《薛宝钗小恙梨香院　贾宝玉大醉绛云轩》，庚辰本与梦稿本（己卯本）则改成《比通灵金莺微露意　探宝钗黛玉半含酸》，甲辰本作《贾宝玉奇缘识金锁　薛宝钗巧合认通灵》，戚序本是《拦酒兴李奶母惹厌　掷茶杯贾公子含嗔》。

此因故事发生时，宝钗还住在梨香院里。但是既然各本回目不统一，这里也就不细加评论了。

但到了第三十六回《绣鸳鸯梦兆绛芸轩　识分定情悟梨香院》，宝钗已经搬走了，梨香院的名字却再次出现在回目中，而且，仍然与“绛芸轩”相对。

早有多位红学家论证过，红楼八十回中，凡逢“九”便有深意，比如十八回《大观园试才题对额》，二十七回《埋香冢飞燕泣残红》，四十五回《金兰契互剖金兰语》，六十三回《寿怡红群芳开夜宴》，都是比较明显的例子。

那么，这第三十六回的重要章目说的是什么故事呢？

其上半回的情节，是说宝钗去怡红院探访，恰值宝玉睡午觉，她便坐在一旁接过袭人的针线绣起鸳鸯来，忽然听见宝玉说梦话：“和尚道士的话如何信得？什么是金玉姻缘，我偏说是木石姻缘！”

这里明确地提出了“金玉姻缘”和“木石姻缘”两个对立的说法，于是，宝钗“不觉怔了”。

——宝钗“怔了”，宝玉却“悟了”。

接下来，写到宝玉去梨香院请龄官唱曲，被拒绝，并旁观了龄官与贾蔷的一场缠绵，从而意识到“情”之一事，“只是各人各得眼泪罢了”，故曰“情悟”。

宝玉情悟之地是梨香院，可见这地方何等重要。

也正因为这个“悟”字,让我想到了“梨”的另一层含义,可能不是“梨园”,而是“阇梨”。据佛书《翻译名义集》讲,和尚有五年以上的受戒经历,即可称“阇梨”。这是个梵文的音译词，原意为教授、轨范正行等，在古书中使用很普遍，比如《儿女英雄传》中就以“阇梨”代替和尚。

梨香院最初既然为荣公“养静之处”，那么很可能取这名字的含意，暗指参禅悟道。

而让宝钗住在梨香院，是因为宝玉的第一次通禅正是因宝钗而起，事见第二十二回《听曲文宝玉悟禅机》：

> 宝钗笑道：“要说这一出热闹，你还算不知戏呢。你过来，我告诉你，这一出戏热闹不热闹。是一套北《点绛唇》，铿锵顿挫，韵律不用说是好的了，只那词藻中有一支《寄生草》，填的极妙，你何曾知道。”宝玉见说的这般好，便凑近来央告：“好姐姐，念与我听听。”宝钗便念道：“漫揾英雄泪，相离处士家。谢慈悲剃度在莲台下。没缘法转眼分离乍。赤条条来去无牵挂。那里讨烟蓑雨笠卷单行？一任俺芒鞋破钵随缘化！”宝玉听了，喜的拍膝画圈，称赏不已，又赞宝钗无书不知……

后来宝玉因此了悟，大发禅兴，也填了一支《寄生草》：

> 无我原非你,从他不解伊。肆行无碍凭来去。茫茫着甚悲愁喜,纷纷说甚亲疏密。从前碌碌却因何，到如今回头试想真无趣！

这是宝玉的第一次“悟”，宝钗知道后，很是后悔，叹道：“这个人悟了。都是我的不是，都是我昨儿一支曲子惹出来的。这些道书禅机最能移性。明儿认真说起这些疯话来，存了这个意思，都是从我这一只曲子上来，我成了个罪魁了。”

——真是一语成谶。联想到宝玉出家，宝钗守寡的大结局，让我们怎能不扼腕长叹？

原来，将宝玉送入“阇梨”的人，正是住在“梨香院”的薛宝钗！

后来，戏班解散，十二官离开梨香院，分配入各门各院中。梨香院在全书中的最后一次出现，是在第六十九回《弄小巧用借剑杀人　觉大限吞生金自逝》，说的是尤二姐死后——

> 贾琏便回了王夫人，讨了梨香院停放五日，挪到铁槛寺去，王夫人依允。贾琏忙命人去开了梨香院的门，收拾出正房来停灵。贾琏嫌后门出灵不象，便对着梨香院的正墙上通街现开了一个大门。两边搭棚，安坛场做佛事。

这还不算，后来那贾琏又“自在梨香院伴宿七日夜，天天僧道不断做佛事。”

至此，梨香院终于明明白白与僧道佛事联系起来了，在“养静之所”与“教演之地”外，又有了第三个用场：“停灵之处”。

此后，这地方就像不存在了似的，再也没出现过。然而梨香院的故人们，故事还在继续。

第七十七回《俏丫鬟抱屈夭风流　美优伶斩情归水月》中写到芳官等三个的干娘向王夫人求情，说“芳官自前日蒙太太的恩典赏了出去，他就疯了似的，茶也不吃，饭也不用，勾引上藕官蕊官，三个人寻死觅活，只要剪了头发做尼姑去。”当下刚好水月庵的智通与地藏庵的圆心正在王夫人处闲话，“听得此信，巴不得又拐两个女孩子去做活使唤”，便花言巧语哄得王夫人答应，“从此芳官跟了水月庵的智通，蕊官藕官二人跟了地藏庵的圆心，各自出家去了。”

——出自梨香院的芳官、藕官、蕊官，最终的结局竟是削发为尼。那么，“情悟梨香院”的宝玉，又怎能不出家为僧呢？

要特别提醒的是：芳官、藕官、蕊官这三个人，正恰恰分别是宝玉、黛玉、宝钗的丫头。这种影射，何其明显？

因此，我认为“梨香院”命名的含义，不在宝钗之“雪”，不在戏子之“梨园”，而是与佛教的“阇梨”有关，又可能暗指“离乡”二字。

那曾经住在梨香院的人，宝钗、十二官、死后的尤二姐，可不都是背井离乡之人么？

近因今上崇诗尚礼，征采才能，降不世出之隆恩，除聘选妃嫔外，凡仕宦名家之女，皆亲名达部，以备选为公主、郡主入学陪侍，充为才人、赞善之职。……薛蟠素闻得都中乃第一繁华之地，正思一游，便趁此机会，一为送妹待选，二为望亲，三因亲自入部销算旧帐，再计新支——实则为游览上国风光之意。

——这么着，薛家一门三口便住进了贾家，说是暂住，可是一呆数年，没有搬迁的意思，连薛蟠娶亲，都仍然在贾府之内。并且“金玉良姻”的传言愈来愈盛，到薛宝钗协理大观园，小惠全大体的时候，几乎已经以宝二奶奶自居了。

· 宝钗是几时落选的 ·

薛宝钗进贾府，理由是进京待选。

然而宝钗是从什么时候知道自己入宫无望，转而向宝二奶奶的宝座发起进攻的呢？

书中没有明写。最大的可能是曹雪芹自己写着写着就写忘了，而电视剧里则给安排了一个后续，加了个选妃结束的尾巴，然后才正儿八经给宝钗提起亲来。

我却以为，关于宝钗的落选在前八十回里是有明显透露的。就在第二十八、二十九、三十数回间，只不过写得非常隐晦罢了。大概是考虑宝钗的面子，坚持一惯的正写黛玉、侧写宝钗的章法。

第二十八回末，借着袭人跟宝玉的对话

写出元妃打发夏太监出来，送了一百二十两银子，叫在清虚观打三天平安醮。又赏了端午的节礼，宝玉和宝钗的礼份一样，林黛玉和三春逊着一层。甲戌本于此侧批："金姑玉郎是这样写法。"这是第一次明确提出"金姑玉郎"的说法，红线露了头儿，喜巾揭了盖儿。

为什么是端午的礼呢？我查了一下，原来端午前是选秀的一个重要时节。看来宝钗是落了选，而元春心知肚明，正中下怀：当不成妃子正好，可以给我们家当弟媳妇啊。于是就以赏赐暗示了提亲之意。倘若宝钗还是待选秀姑的身份，元春是没理由这样做的。

然而当时的宝钗还满心做着飞黄腾达的宫廷梦。元妃省亲时，宝钗曾打趣宝玉："谁是你姐姐？那上头穿黄袍的才是你姐姐，你又认我这姐姐来了。"可见对"黄袍"是充满羡慕的。黄袍梦落了空，她的心理是窝火的，委屈的，恼怒的。落选已经是件没面子的事，而贾母在紧接着的清虚观打醮时又故意跟张道士提起宝玉婚事来，显然并不赞成元妃赐婚的主意。这真是两头揸牌不落听，宝钗性情再沉稳，也终于有些坐不住，发起焦躁来。

这便有了第三十回"宝钗借扇机带双敲"的一幕。导火索是在看戏时，宝玉没话找话地说了句："怪不得他们拿姐姐比杨妃，原来也体丰怯热。"这真叫哪壶不开提哪壶。宝钗刚刚落选，分明这辈子都没有做杨妃的机会了，宝玉这样打趣，岂不是点眼药吗？

> 宝钗听说，不由的大怒，待要怎样，又不好怎样。回思了一回，脸红起来，便冷笑了两声，说道："我倒象杨妃，只是没一个好哥哥好兄弟可以作得杨国忠的！"

"大怒"、"回思"、"脸红"，这情绪三叠很有层次，是越想越气又不好说明的愤怒，只得不软不硬回了个钉子，给宝玉闹个没脸。然而宝钗还不解气，正余怒未消呢，倒霉的小小丫头靓儿忒没眼色没运气，好死不死，偏偏赶在这时候跑上来问宝钗见到她的扇子没有，不过白问了句"必是宝姑娘藏了我的。好姑娘，赏我罢。"宝钗便借题发挥，指着她声严色厉地发作道："你要仔细！我和你顽过，你再疑我。和你素日嘻皮笑脸的那些姑娘们跟前，你该问他们去。"说得个小丫头一溜烟儿跑了。

全书八十回，薛宝钗就这么一次当众发作，前面明明说她敬上怜下，不拿架子的，如今跟个小丫头也这么着，大为反常。为什么反常呢？就是因为落选了，气的。

不过后来宝钗慢慢气平了，顺了，认清现实，也就接受了要做宝二奶奶的命运。所以接下来宝玉捱打的时候，她来送丸药，第一次流露了真情，手捻着衣带娇羞脉脉地说："早听人一句话，也不至今日。别说老太太、太太心疼，就是我们看着，心里也……"何等亲近柔腻。

这还罢了，后来宝玉睡在炕上，她进来时，丫环们七仰八叉地都睡熟了，连袭人也托辞脖子酸要出去走走。她非但不避嫌疑，还"一蹲身，刚刚的也坐在袭人方才坐的所在"，拿起宝玉的肚兜绣起鸳鸯来。

那可是肚兜呀，宝玉的贴身亵衣，何等隐秘的物事。按说宝钗这样自重身份的一个大家闺秀，看一眼都应该别过脸儿去才对，怎么倒亲手绣了起来呢？原因很简单：她心里已经认定自己是宝玉的未婚妻子，妻子给丈夫绣肚兜，天经地义，所以才本能地坦荡。

心无杂念，正是因为胸有成竹。

袭人与宝玉初试云雨情时，心中打的主意是"素知贾母已将自己与了宝玉的，今便如此，亦不为越礼"；而宝钗坐在袭人方才坐的地方代绣鸳鸯，想必也是觉得元妃已有赐婚之意，"今便如此，亦不为越礼"吧？

二十年来辨是非，榴花开处照宫闱。
三春争及初春景，虎兕相逢大梦归。

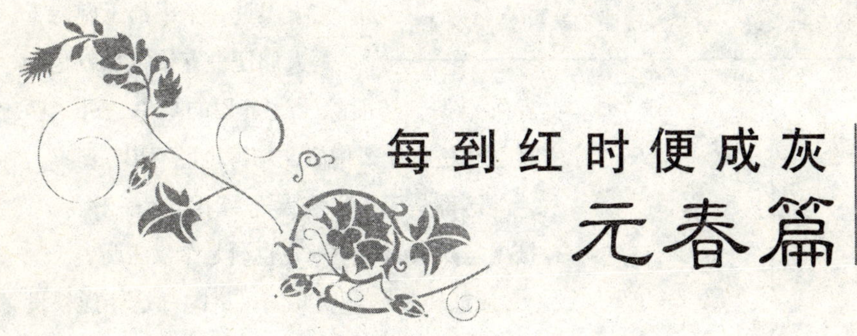

每到红时便成灰
元春篇

然而小说就是小说，既不可能完全照搬现实，也不可能一味述史。因为作者一落笔，笔下的主人公就会拥有自己的人物性格与命运，即使作者的原意真是想用笔下人物来影射某个历史人物，在写作过程中，也会格于书中特定环境与故事发展，而使得书中人物距离历史人物越来越远。

然而与此同时，曹雪芹的家族经历过那样一个翻天覆地、由盛转衰的命运，他一生所见、所闻、所感，无不是皇室秘闻与今昔之比，难免会在书中发出末世之叹来。这样，书中人物就会或多或少地带了真实的影子，这其中有他的身边的人，也自然会有皇室人物。

因此，书中每个人虽然出自虚拟，却也会自然地有其原型。有时候，几个人出自同一原型；又有时候，一个人身上集中着几个原型的遭遇。

· 元春的原型 ·

《红楼梦》是一部小说。虽然向来都有“射史派”与“自传说”两种索隐观点，

至于元春，由于曹家历史上出过一个平郡王妃，于是人们便一直认定那就是元春的原型。然而除了这贵妇的身份之外，两者之间还有什么相似，却再也说不出来。

这都是因为思路太过局限之故——其实，谁规定女人的原型一定也要是个女人呢？

《红楼梦》是女儿国，讲的却是朝廷权贵的大事件大纠葛，这就使作者在描写男性历史时，有时不得不投影在女儿身上，用一个女人的身份来表现一个重要的男人的故事与遭遇。这是出于写作手法与结构的需要，同

时也是考虑到政治因素，不得不回避真正的史实。

元春，便是这样。她是四大家族中身份最高的人，其原型绝不仅仅是个郡王福晋这样的边缘人物，而应该在历史上扮演着更为尊贵更为重要的角色，这个人是谁呢？

倘若可以确定这原型，大抵就可以根据史实来推断小说中元春的结局了。

且看第二十八回《蒋玉菡情赠茜香罗　薛宝钗羞笼红麝串》，宝玉赴宴归来，袭人交代了小红被凤姐选走一事后，似乎很不经意地提及：“昨儿贵妃打发夏太监出来，送了一百二十两银子，叫在清虚观初一到初三打三天平安醮，唱戏献供，叫珍大爷领着众位爷们跪香拜佛呢。还有端午儿的节礼也赏了。”

端午是五月初五，故而这里打平安醮的准确时间是五月初一到初三。无巧不巧，废太子胤礽的生日正是康熙十三年五月初三——仅仅是个巧合吗？

让我们来看看元春的判词：

> 二十年来辨是非，榴花开处照宫闱。
> 三春争及初春景，虎兔相逢大梦归。

太子胤礽因生于五月，故偏爱石榴，曾有咏榴花诗曰：“上林开过浅深丛，榴火初明禁院中。”

很明显，这里化用的是“五月榴花照眼明”的句子；而元春判词的第二句，“榴花开处照宫闱”显然用的是同一典故，更点明了胤礽诗中的“禁院”即是“宫闱”。

第三句“三春争及初春景”，强调的是个“元”字，元春为长女，而胤礽为太子。

胤礽生于康熙十三年，这年是甲寅年，肖虎；失势后，皇四子胤禛夺权称帝，即雍正。而雍正元年为癸卯年，是兔年；雍正之接班人乾隆又生于辛卯年，属兔——这可不正是“虎兔相逢大梦归”吗？

最不好解的是第一句“二十年来辨是非”。这个“二十年”指的是什么呢？

我第一个猜想是元春的有生之年，也就是她活了二十年，才懂得辨是非，识进退，遂发出“须要退步抽身早”的感悟。清朝秀女入宫的年龄在不同史料中有不同说法，有说12至16岁的，也有说13至17岁的。即以最小年龄算，假设元春12岁进宫，20岁去世，那么中间最多不超过八年。然而第二回《贾夫人仙逝扬州城　冷子兴演说荣国府》时，黛玉只有五岁，这时元妃已经进宫了，不然冷子兴不会向贾雨村谈起；而到第四十五回《金兰契互剖金兰语　风雨夕闷制风雨词》之际，黛玉说：“我长了今年十五岁。”可见中间已经十年过去了。

当然，书中的年龄往往不大准确，事实上一回一回地推算下来，黛玉这年最多十二三岁。黛玉说这话时是秋天，从这回往后，第五十三回《宁国府除夕祭宗祠　荣国府元宵开夜宴》过去了一年，第六十七回《见土仪颦卿思故里　闻秘事凤姐讯家童》是第二个秋天，而到第七十五回《开夜宴异兆发悲音　赏中秋新词得佳谶》是第三个秋天，这之后宝玉得了一场大病，百日后方能出门行走，可见又一年过去了——这样，倘若《红楼梦》不曾中断，哪怕接下来第八十一回就写元春之死，离黛玉进府怎么也够十个年头了。而元春这年决不止二十岁。

我第二个猜想是“二十年”指元妃进宫的时间。仍以元春12岁进宫计算，那年宝玉不到八岁——因为黛玉进贾府时只有六岁，而宝玉只比黛玉大一二岁。然而宝玉也不会太小，因为他已经师从大姐开始读书习字了。假设元妃入宫时宝玉五岁，那么元春入宫二十年后去世，宝玉应当已有25岁。而第二十五回《魇魔法姊弟逢五鬼　红楼梦通灵遇双真》中，和尚给宝玉驱魔，抚摸着通灵说：“青埂峰一别，展眼已过十三载矣！”说明宝玉这年十三岁，则到第八十回结束时，宝玉的年龄大约是十五六岁，岂不是距离元春之死还有十年的功夫？而从各种迹象来看，第八十回时已经风声鹤唳，“悲凉之雾，遍布华林”（鲁迅语），可见“元妃之死”与“贾家之败”这两件大事眼见就要接踵而至，决不可能再过十年那么久。

既然不论是从元春的生年还是按元春入宫的年份，都怎么也算不出这个“二十年”之数来，那么这个“二十年”的说法到底从何而来呢？

如果把元春和胤礽联系起来，则疑团便可迎刃而解：

康熙于四十七年七月往塞外巡幸，诸皇子及王公大臣随行。九月，皇帝回銮至布尔哈苏时，忽然召集众臣，宣布将皇太子胤　废为庶人，并予以幽禁，且说："朕包容二十年矣，乃其恶愈张！……天下断不可以付此人！"

——原来这就是"二十年来辨是非"！

凡此种种，差不多已经可以让我肯定：废太子胤礽，即是元春的原型。

那么胤礽在历史上的下落是怎么样的呢？

胤礽被立为太子时，只有两岁。然而他越长大，与康熙的隔阂就越深。康熙生性多疑，常担心太子受到周围人的不良影响，一旦发现可疑之人，立即严惩。礼部尚书沙穆哈因讨好皇子，被处革职；内务府官员们到东宫走动，以悖乱之罪圈禁或处死；大学士索额图因为是太子的外公，更被视为重点怀疑对象，最终以"本朝第一罪人"被圈禁至死。

随着皇上与太子的矛盾日益加深，康熙的戒心也日益加重，甚至怀疑太子有意刺杀于他，并趁他外出巡行时，夜夜逼近帐篷，裂缝向内窥视。于是，四十七年七月，康熙宣布将太子废为庶人，罪名是"专擅威权，纠聚党羽，窥测朕躬起居行动"。

此后，围绕着皇太子之位，众皇子展开了激烈的竞争，其情形正如《红楼梦》中所说的"诟谇谣诼，布满书房内外"，"诼谣謑诟，出自屏帏，荆棘蓬榛，蔓延户牖"，形势越来越严峻。康熙为了避免让皇子们自相残杀，遂采纳群臣建议，释放幽禁的胤礽，重新立为皇太子，并解释先前太子的悖乱行为是因为受到巫蛊诅咒所致，也就是《魇魔法姊弟逢五鬼》的情形。

然而皇太子虽然废而复立，康熙的疑心却并未解除，并于五十年十月下令追查太子党，牵连者众，其中最为效力的齐世武被铁钉钉其五体于壁，慢慢死去。次年九月，康熙再次下令将皇太子锁拿，御笔废除，并命禁锢于紫禁城西部的咸安宫。

胤礽在禁宫中度过了半世幽闭生涯，"既忳幽沉于不尽，复含罔屈于无穷"，最终于雍正登基的第二年神秘猝死，完成了一段"虎兔相逢大梦归"的历史悬案。

而元春的命运，也同样是"喜荣华正好，恨无常又到。眼睁睁，把万事全抛；荡悠悠，把芳魂消耗。"她曾有过极度辉煌的日子（立为太子），后来却因为命运无常（两度被废），终于落得一无所有，含恨而死。而且，死的地方不在皇宫，而是"望家乡，路远山高"之处，这正是因为胤礽的被废与塞外行猎有关，并且在废后被长期圈禁，不能回宫。

故而，我们可以猜测元春的真正死因，是因受到群妃或者敌对势力的谣诟，而使得皇上见疑，将其冷落在行宫别苑，遂至抑郁而死。

元春死了，贾家的靠山也就倒了。“忽喇喇似大厦倾”，这个大厦，是指贾府，指贾家的靠山元春，更是指曹家的靠山胤礽——太子失势，荣宁府也就“树倒猢狲散”了。

她是四大家族中身份最高的人，其原型绝不仅仅是个郡王福晋这样的边缘人物，而应该在历史上扮演着更为尊贵更为重要的角色，这个人是谁呢？

然而，比起迎春、惜春等，已经算是求仁得仁，终于超越自己的出身，飞上枝头变凤凰了。难怪，她放飞的风筝是只凤凰。

而整个荣宁府也主要是借由元春与皇宫发生关系的。

故而，我在上篇文章中推测元春的原型绝不仅仅是一个郡王妃那么简单，而应具有更高的身份，更深的意义，因为正是她的生死决定了贾府的荣衰。

这样，就不得不先说说曹雪芹的家族背景，以及曹家与皇室的关系。

我曾写过两部清史小说《后宫》和《建宁公主》（尚未最后修订完成），因此对清朝初期的那段历史比较熟悉，对照起来也格外亲切。曹家隶属满洲正白旗，其带领者正是《后宫》的主人公多尔衮。当年多尔衮率领清兵入关，打败李自成、占领紫禁城，从某种意义来说，他才应该是入主中原的第一个满洲皇帝。只是他并没有居功登基，而是在稳定朝局后接了六岁的幼主顺治入京，自己退居摄政王之位。

·曹家的皇亲国戚·

《红楼梦》中的最高权力中心是元妃。

但是多尔衮究竟对皇权还是不甘心放手的，成年后的顺治也越来越不满足于自己的傀儡帝位，于是“亲政”与“摄政”强强对峙，最终由于多尔衮的离奇堕马，顺治不战而胜——多尔衮原是在马背上长大的人，多年来驰骋拼杀，什么阵仗没经过，怎么会从马背上摔下来，而且一摔致命呢？这个千古悬疑迄今未决，不过，想来在皇公贵族间必然会有许多传闻吧？

况且，在多尔衮死后，顺治先是将其风光大葬，不久却又派了他许多罪名，将其掘墓鞭尸，连他的兄长阿济格也被迫害至死。这截然不同的两种态度，也为历史留下了许多悬案。

阿济格之孙敦诚、敦敏后来和曹雪芹成了莫逆之交，并在其死后写下多首挽诗，成为今天“曹学”研究的重要依据。那么敦诚、敦敏在与曹雪芹交往中，会不会提起祖上的秘史，抒发一些对当今朝廷的不满呢？而这些秘史，又会不会自觉不自觉地流露在曹雪芹笔下呢？

前“索隐派”曾有一个观点，说贾赦娶妻邢夫人，贾政娶妻王夫人，四个人的名姓合起来就是“摄（赦）行（邢）政王”，岂不就是多尔衮么？并且由此断定《红楼梦》是在影射顺治王朝。

——这种说法不能成立的地方在于：曹雪芹生于雍正初年，与顺治朝隔着三个朝代，即使其祖曹寅也只是康熙朝的重臣，可以说无论顺治朝有着什么样的秘密，都与曹家毫无关系，他有什么理由专门撰写洋洋百万文字来影射那段并不熟悉的历史呢？

然而，若说曹雪芹从顺治的故事启发了某些联想，借鉴了一些灵感，从而使笔下人物更加充实、完整，或者借文字游戏隐藏某些秘闻来与好友敦诚、敦敏共赏，却是完全有可能的。

记得那年去故宫，看到顺治书房的御笔题字“绛雪轩”时，我的心忽悠一下，不禁想起了宝玉亲题的“绛芸轩”。顺治所以将书房命名“绛雪轩”，是因为门前有几株古本海棠，每到花期，便如落了一树红雪，故而得名；而宝玉爱红的“毛病儿”故然人人皆知，怡红院之所以得名，亦是因为蕉、棠两植。后来贾芸又特地送了他两盆海棠花，大观园的海棠诗社也由此而起。

——这两者之间，是偶然的巧合，还是不经意的借用呢？

顺治是个短命皇帝，25 岁时年纪轻轻地便离奇死掉了，一说是出家。总之，是另一个历史疑案。而这也为“索隐派”认为宝玉出家的结局即影射顺治出家提供了更为重要的依据。

顺治之后，新任幼主康熙登基为帝，而曹家的发家史也由此开始。

曹家原本出身“包衣”，也就是鸳鸯所说的“家生子”；然而由于跟随着多尔衮南征北战，像焦大一样，立下一点战功；等到满人坐了紫禁城，凡“从龙入关”者，身份俱得以提升，得到些体面职使，即如管家林之孝的情形；而其子孙更承受了主子隆恩，得以读书做官，挣得一官半职，便如同书中赖嬷嬷之孙一般。

——也许曹雪芹未必真是按照这样的逻辑和思路来塑造人物的，然而这些故事早已烂熟于心，则在下笔撰文时，必会有意无意，将自己家族发展史的不同阶段，本能地表现在不同人物身上；或者说，是在塑造笔下人物时，不自觉地借鉴到自家发展史的不同片段。

有趣的是，若以整个曹家史来对应书中人物的话，那么最能反应真实的并不是贾府的故事，而是贾家奴才赵嬷嬷、赖嬷嬷的情形。

赵嬷嬷是贾琏的乳母，故而其子赵天梁、赵天栋得以重用，用凤姐的话说是："现放着两个奶哥哥，比谁不强？"正是朝中有人好做官，反正那么多银子，给谁赚不是赚，与其便宜了不相干的人，拿着皮肉往外人身上贴，倒不如照顾自己从小一块玩到大的奶哥哥呢。

而赖嬷嬷则是贾府的老奴才，三代服侍主子，到孙子这一辈儿，得主子恩典放出来，削了奴籍，可以"公子哥儿似的读书认字"，甚至做官。

曹家也是差不多情形：雪芹曾祖曹玺，娶妻孙氏，曾做过康熙乳母，死后赐封一品夫人。显然康熙对这个乳母是很有感情的，他于八岁登基，次年即命自己的"奶哥哥"曹寅出任江南织造，委以重任。曹寅在任时，曾经四次接驾。康熙帝见到年迈的孙夫人，欣然说"此吾家老人也"，并为其住处亲笔题名"萱瑞堂"，可见其眷顾之心。

曹寅娶妻李氏，内兄李煦与他既是同旗，也是同事，曾互代两淮巡盐御史与苏州织造之职，并协同曹寅接驾，花费得"银子成了土泥"，"凭是世上所有的，没有不是堆山塞海的"，然而也只是"拿着皇帝家的银子往皇帝身上使罢了"。这就造成了大笔的亏空。这亏空就好比一个巨大的肿瘤，并在康熙驾崩、雍正即位后终于发作出来。

雍正元年《苏州织造胡凤翚奏折》中称："臣请将解过苏州织造银两在于审理李煦亏空案内并追；将解过江宁织造银两行令曹頫解还户部。"可见雍正一登基，李、曹两家的噩运便开始了。而曹雪芹，正是出生在这个"末世"。

曹雪芹其实并不能算曹寅的亲孙子。曹寅生平只得一子曹顒，曾继承父衔，任织造之职。不多年，因病猝逝，康熙深怜曹家孤寡无依，眼看没有后人继承大业，遂下旨，命其侄曹頫过继为子，成为曹家第三任织造。这便是曹雪芹的父亲。

其时曹頫年纪尚小，经验不足，其职实由舅舅李煦监管。然而到了雍正继位后，先是李煦以亏空库帑之罪被查抄究办，流放“打牲乌拉”，冻饿而死；接着曹寅的妹夫傅鼐（原是雍正做皇子时的侍从护卫），也于雍正四年五月被革职流放；然后是曹寅的长婿、平郡王讷尔苏，是年七月被革去多罗郡王，在家圈禁；至于曹頫一家，自然亦未能逃脱抄家的命运，于雍正五年被革职枷号，虽不曾伤及性命，却也“忽喇喇似大厦倾”，“树倒猢狲散”了。

——上述四家，是否就是小说中的“一荣俱荣，一损俱损”的“贾、王、史、薛”四大家族呢？

四家中，身份最显贵的就要算讷尔苏了。他是礼亲王代善的五世孙，而代善则是努尔哈赤长子、皇太极之兄，世称“大阿哥”，乃是历史上举足轻重的人物。因此，讷尔苏可算是真正的天潢贵胄，皇家血脉。

也正因为此，遂有人推测元妃的故事，即源于这位嫁给讷尔苏的曹家大姑娘。

然而这里有一个很简单的推理：倘如平郡王妃即元春原型，那么讷尔苏岂不成了皇帝？这不是谋反么？曹雪芹怎敢如此大胆？

况且一个平郡王福晋的归宁，也远不如元妃省亲那样大的阵仗。曹雪芹尚不至于这样夸大其辞，“捡颗芝麻当西瓜”吧？

而曹家历史上既然没有出现过一个像元妃这样的人物，那么元妃的塑造，便只能是为小说虚拟了一个背景人物，同时又在她身上不自觉地寄托着某些历史人物的影子。而这个历史人物，应该是皇宫里地位崇高而又没有实权者，与曹家命运休戚相关，却并非曹家亲眷。

前文说元春的原型为废太子胤礽只是揣测，未能做准，然而元春的原型应该身处宫廷而非王爷府则是肯定的。

康熙多次南巡，太子都有随行。曹、李两家协同接驾，对太子的逢迎服侍可想而知。如果后来太子能顺利继位，对两家即使不特别青睐，也至少不会大加笞挞。可惜的是，胤礽不争气，两次弄丢了太子之位，最终被雍正得到了御座。这便是曹家悲剧的开始，至少是家族衰落的重要原因。

不过，“百足之虫，死而不僵”，四大家族并不是由此一蹶不振，沦为平民。雍正九年（1731），傅鼐由谪地召还复职，讷尔苏之子福彭也于次年任镶蓝旗都统，又次年，得在“军机处行走”，参与机要，继而又做了定边大将军，出塞征讨，屡立战功——既然有这么多富亲戚都能够“死而复生”，想必曹家也应有机会“借尸还魂”吧？

曹雪芹小时候应该受过良好教育，甚至有过一些好日子的，不然也写不出这一部《红楼梦》了。据继任江宁织造隋赫德说：“曹頫家属，蒙恩谕少留房屋，以资养赡；今其家属不久回京，奴才应将在京房屋人口，酌量拨给。”可见曹家维持温饱还是有余的。

然而在乾隆帝登基后，再度的改朝换代与王权之争，又为曹家带来了再次的乌云盖顶，而这，又与废太子的“死有余辜”有关——乾隆四年，胤礽之子弘皙于住处私建小朝廷，“擅敢仿照国制设立会计、掌仪等司”，并与庄亲王等人过从甚密，有谋反之嫌；次年秋天，庄亲王之子甚至乘乾隆狩猎外出时，侍机谋刺。

而这个案子，正是由傅鼐与福彭共同审理的。审着审着，两个人的名字就从史册中消失了。虽然没有明白的文字记载，然而从四大家族后来的命运可以揣知，大约是他们审理得“不合圣意”，获罪被贬了吧？弘皙虽从宽“免死”，却被圈禁于东果园（景山）永不获赦——这时候，弘皙又代替父亲胤礽成了元春的原型，再次重演“路远山高”的故事，幽禁致死的命运。在“那不得见人的去处”了此一生了。

而曹家在这次的“谋反”中不知扮演了什么角色，或是沾染了什么瓜葛，总之从此便再也没有过翻身的机会，这就难怪元妃会在梦里相告：“须要退步抽身早”了。曹雪芹到死，也只是一个隐居著书黄叶村，“举家食粥酒常赊”的穷文人。

或许应该感谢这样的命运安排，否则，我们今天也看不到这部伟大的巨著了。

忆昔，乃指曹寅在江宁织造署四次接驾的崇耀往事；感今，是说如今子弟流散，潦倒沧桑之悲惨现状。

而曹家的潦倒，正是因为接驾落下了巨大亏空、被朝廷追逼欠款所致，真是最辉煌成绩，最怅恨罪名。所以，作者在这一回中借赵嬷嬷之口假说甄家事：

> "还有如今现在江南的甄家，嗳哟哟，好势派！独他家接驾四次。若不是我们亲眼看见，告诉谁谁也不信的。别讲银子成了土泥，凭是世上所有的，没有不是堆山塞海的，'罪过可惜'四个字竟顾不得了。"凤姐道："常听见我们太爷们也这样说，岂有不信的。只纳罕他家怎么就这么富贵呢？"赵嬷嬷道："告诉奶奶一句话，也不过拿着皇帝家的银子往皇帝身上使罢了！谁家有那些钱买这个虚热闹去？"

· 元妃省亲的暗示 ·

> 甲戌本第十六回总批中，脂砚斋评说："借省亲事写南巡，出脱心中多少忆昔感今！"

在这段话中，脂砚接连批下："甄家正是大关键、大节目，勿作泛泛口头语看。""点正题正文。""极力一写，非夸也，可想而知。""真有是事，经过见过。""最要紧语。人苦不自知。能作是语者吾未尝见。"等批语。生怕读者不明白，这才是作者要出脱的心中感想。

这感想便是：曹家之亏空，乃是"拿着皇帝家的银子往皇帝身上使"所造成，如今惨况，实为冤案！

我们不妨再来看一遍元妃的判曲《恨无常》：

> 喜荣华正好，恨无常又到。眼睁睁，把万事全抛；荡悠悠，把芳魂消耗。望家乡，路远山高。故向爹娘梦里相寻告：儿命已入黄泉，天伦呵，须要退步抽身早！

脂砚斋在此有一句夹批："悲险之至！"

"悲"是很好理解的，但为何"险"，又何为"险"呢？

我们从前文可知，元妃的这一声"退步抽身"的断喝，决不会是平郡王妃向曹寅喊出的，因为曹寅并没有经历家族败落的命运；也不可能是胤礽向父皇喊出的，康熙贵为皇帝，却往哪里"退步抽身"呢？但也不会是弘皙向自己的废太子父亲喊的，因为谋反的正是弘皙本人，他就是不满于父亲的"退步"，才要密谋夺嫡的，又怎么会"向爹娘梦里相寻告"呢？

也许，这只是化身为元春的胤礽、弘皙父子悔不当初的自叹自艾，又或是代替四大家族向争权夺利的皇族提出来的乞求——倘或如此，那么元春便并不单纯是某一个曹家亲眷或者历史人物的替身，而代表着某种势力，某个现象，以及这权力和命运引起的感叹与顿悟。

这就使得这个人物的一言一行、一颦一叹，都具有了相当重要的暗示意义。而元妃省亲一段浓墨重彩的大场面描写，是全书中元妃惟一的一次正面出场，其意义就更加非同寻常。且看下面一段：

> 茶已三献，贾妃降座，乐止。退入侧殿更衣，方备省亲车驾出园。至贾母正室，欲行家礼，贾母等俱跪止不迭。贾妃满眼垂泪，方彼此上前厮见，一手搀贾母，一手搀王夫人，三个人满心里皆有许多话，只是俱说不出，只管呜咽对泪。邢夫人、李纨、王熙凤，迎、探、惜三姊妹等，俱在旁围绕，垂泪无言。半日，贾妃方忍悲强笑，安慰贾母、王夫人道："当日既送我到那不得见人的去处，好容易今日回家娘儿们一会，不说说笑笑，反倒哭起来。一会子我去了，又不知多早晚才来！"说到这句，不觉又哽咽起来。

“当日既送我到那不得见人的去处”竟是元春天伦相聚后说的第一句话，何其心痛！

曹雪芹几乎是迫不及待地向我们点出了胤礽、弘皙父子的悲惨处境。一方面，他们本是天潢贵胄，身份高贵之至；另一面，他们又处境凄凉，长期被圈禁，“不得见人”。倘若在《红楼梦》中描写一个人物来形容他们的处境，有什么比塑造一个没有自由的皇妃更合适的呢？

元妃又说，“田舍之家，虽齑盐布帛，终能聚天伦之乐；今虽富贵已极，骨肉各方，然终无意趣！”这种种慨叹，都可看作曹雪芹对黄粱梦中人发出的一种悲悯与劝谏。倘若这些人能够早早“退步抽身”，不要谋反图位，又何至于骨肉分散，各自一方呢？

故曰“悲险之至”，故曰“路远山高”，故曰“二十年来辨是非”，故曰“回首相看已化灰”！

再看元妃点的四出戏：

第一出《豪宴》；（庚辰双行夹批：《一捧雪》中伏贾家之败。）

第二出《乞巧》；（庚辰双行夹批：《长生殿》中伏元妃之死。）

第三出《仙缘》；（庚辰双行夹批：《邯郸梦》中伏甄宝玉送玉。）

第四出《离魂》。（庚辰双行夹批：《牡丹亭》中伏黛玉死。所点之戏剧伏四事，乃通部书之大过节、大关键。）

因为这句“所点之戏剧伏四事，乃通部书之大过节、大关键”，使得研红之人一时间都成了戏迷。

然而每部戏都有其繁杂的起承转合，发生、发展、高潮、结束，不可能把某件事完整地套用在某一个戏剧上。所以元妃点的只是一个曲段，而照应的，也只是某个细节，或者某种暗示。

脂砚斋好心地点明了四场戏的出处及所伏之事，本来可以省了红学家们许多搜寻资料的功夫，却偏偏事与愿违，变成带红学家们走了许多的弯路——因为《乞巧》来自《长生殿》，且“伏元妃之死”，于是红学家们便认定元妃也是像杨贵妃那样因“三军停驻马不前”，而被皇帝下令勒死的——这样的照本宣科，哪有一点灵气和变通可言？

其实，我认为脂砚已经说得很清楚，那“通部书之大过节、大关键”

并不是这四部戏，而是它们所伏的四件事。而这四件事，脂砚也说得很明白了，即“贾家之败”、“元妃之死”、“甄宝玉送玉”与“黛玉之死”。

这一段话，从故事到批语，本身是谜面，也是谜底，就像“元、迎、探、惜”暗伏“原应叹息”之意一样，话已说尽，根本无须再做更多的推敲了。偏偏红学家们乐此不疲，将戏本子搬出来好一顿研究，硬把戏曲故事当成红楼框架，一板一眼地往人物身上硬套，闹出了不少笑话。

其实，这种错误很容易就发现其谬误：倘若《乞巧》伏元妃死便指元妃要被皇上赐死的话，那么《离魂》伏黛玉死岂不是说黛玉会死而复生，并与宝玉幽媾？这可能吗？

因此，这段情节所需要引起注意和特别探讨的，其实并不是四出戏目包含了哪些情节，或者暗示了什么内容，因为这些都已经由脂砚斋明白地揭出了谜底，无须纠缠了；而没有揭谜的，是这四件事与元妃有什么关系。

四出戏由元妃来点，这充分说明了四件事与元妃或者元妃所代表的皇权有关。其中“贾家之败”与“元妃之死”是容易理解的，然而“甄宝玉送玉”和“黛玉死”与元妃或者朝廷的关系是什么呢，就大可商榷了。

有人说宝玉和宝钗的“金玉良姻”乃是出自元妃的赐婚，倘如此，她与“黛玉死”也就有了直接的联系；而我曾有过黛玉才是奉旨远嫁第一人选的猜测（详见探春篇），也同样证实黛玉之死与皇权迫害的直接关系。

然而“甄宝玉送玉”呢？莫非甄家的故事也与元妃有关？

惟一可以确定的是，“甄”即“贾”，两者的故事是可以互代的，甚至某些时候，甄家的故事比贾家故事更具有现实意义。比如书中写甄家是“钦差金陵省体仁院总裁”，“独他家接驾四次”等，都是“真事”。而元妃省亲，暗示的正是江宁接驾事，故而，在省亲一回中又怎么可以不提到甄家、在元妃点戏时又怎能不暗示“真事”呢？

而这件事，便是“甄宝玉送玉”。

可惜的是，“甄宝玉送玉”究竟是怎样一个故事，又与皇宫有着什么样的关系呢？我曾做过多种推测，却没有一种能够真正说服自己，只好暂且搁置了。

最后，我们来说说元妃省亲的最后一幕：

众人谢恩已毕，执事太监启道：“时已丑正三刻，请驾回銮。”贾妃听了，不由的满眼又滚下泪来。却又勉强堆笑，拉住贾母、王夫人的手，紧紧的不忍释放，再四叮咛：“不须记挂，好生自养。如今天恩浩荡，一月许进内省视一次，见面是尽有的，何必伤惨。倘明岁天恩仍许归省，万不可如此奢华靡费了。”

庚辰本于此有双行夹批：“妙极之谶，试看别书中专能故用一不祥之语为谶？今偏不然，只有如此现成一语，便是不再之谶，只看他用一‘倘’字便隐讳，自然之至。”

可见自此之后，元妃并未有过第二次省亲。这绝无仅有的惊鸿一瞥，就是贾元春在书中惟一的一次正面描写了。其后即使有照应元春言行的文字，也必然都是虚笔、侧笔，诸如宫中传出端午节赏赐或元宵节灯笼谜之类。

然而这省亲的后遗症却从此种下了，此后她做了两件大事：一是将大观园赐与诸姐妹和宝玉居住；二是令众人往清虚观打醮三天，并赏了端午节的礼。而这礼物，宝钗和宝玉是一样的，黛玉却和三春相同，降了一等。这究竟意味着什么呢？

> 贾妃因问："薛姨妈、宝钗、黛玉因何不见？"王夫人启曰："外眷无职，未敢擅入。"贾妃听了，忙命快请。一时薛姨妈等进来，欲行国礼，亦命免过，上前各叙阔别寒温。

这是贾妃第一次看见宝、黛二人，并没有做任何表示，而宝、黛此前既然从未见过元妃，自然也无"阔别寒温"可叙，因此可想而知，叙话的大约是薛姨妈。

然而接下来的一段话却峰回路转：

> 贾政又启："园中所有亭台轩馆，皆系宝玉所题；如果有一二稍可寓目者，请别赐名为幸。"元妃听了宝玉能题，便含笑说："果进益了。"贾政退出。贾妃见宝、黛二人亦发比别姊妹不同，真是姣花软玉一般。因问："宝玉为何不进见？"

· 元春为何抑黛扬钗 ·

元春与黛玉、宝钗只有一次照面，即在省亲之时——

此前贾妃看见宝、黛二人时，并未有所表示。这会儿说了一番家常闲话，情绪稳定下来后，又听见宝玉能题，原该立刻提出宝玉进见才对。却不急着下令，而是突然想起观察宝、黛二人来，看见她们"姣花软玉一般"，并无夸赞，却又忽然转而问起宝玉来。真正一波三折，初看大不合情理，细想却颇有趣味。

是否可以做这样的推测呢？——元妃在听到贾政说起宝玉能题，知道他"果进益了"

后，高兴之余，自然便想起弟弟的终身大事来。于是便想起观察两位表妹来，心中未尝没有代弟择媳之意。看了一番，十分满意，难决高下，这才又想起要诏见弟弟，比量一番。

接下来，元妃令众姐妹及宝玉做诗。看后称赏一番，笑道："终是薛林二妹之作与众不同，非愚姊妹可同列者。"

这里可以看出，元春对宝、黛的才学是认可的，且将两人相提并论，并无薄厚之分。

倘若故事就到这里顿住，那么元春、宝钗、黛玉、宝玉四个人的故事就不会横生枝节，余韵不止。然而元春偏偏命宝玉连作四首五言律，"使我当面试过，方不负我自幼教授之苦心。"

于是，宝钗和黛玉在自己交了卷之后，看到宝玉苦思不已，便都代他着急，都想帮忙，其表现却是完全不同的，正是"一样关心，两种态度"，写得相当传神。

先看宝钗的表现：

> 彼时宝玉尚未作完，只刚作了"潇湘馆"与"蘅芜苑"二首，正作"怡红院"一首，起草内有"绿玉春犹卷"一句。宝钗转眼瞥见，便趁众人不理论，急忙回身悄推他道："他因不喜'红香绿玉'四字，改了'怡红快绿'；你这会子偏用'绿玉'二字，岂不是有意和他争驰了？况且蕉叶之说也颇多，再想一个改了罢。"宝玉见宝钗如此说，便拭汗说道："我这会子总想不起什么典故出处来。"宝钗笑道："你只把'绿玉'的'玉'字改作'蜡'字就是了。"宝玉道："'绿蜡'可有出处？"宝钗见问，悄悄的咂嘴点头笑道："亏你今夜不过如此，将来金殿对策，你大约连'赵钱孙李'都忘了呢！唐钱珝咏芭蕉诗头一句'冷烛无烟绿蜡干'，你都忘了不成？"宝玉听了，不觉洞开心臆，笑道："该死，该死！现成眼前之物偏倒想不起来了，真可谓'一字师'了。从此后我只叫你师父，再不叫姐姐了。"宝钗亦悄悄的笑道："还不快作上去，只管姐姐妹妹的。谁是你姐姐？那上头穿黄袍的才是你姐姐，你又认我这姐姐来了。"一面说笑，因说笑又怕他耽延工夫，遂抽身走开了。宝玉只得续成，共有了三首。

再看黛玉的表现：

> 此时林黛玉未得展其抱负，自是不快。因见宝玉独作四律，大费神思，何不代他作两首，也省他些精神不到之处。想着，便也走至宝玉案旁，悄问："可都有了？"宝玉道："才有了三首，只少'杏帘在望'一首了。"黛玉道："既如此，你只抄录前三首罢。赶你写完那三首，我也替你作出这首了。"说毕，低头一想，早已吟成一律，便写在纸条上，搓成个团子掷在他跟前。宝玉打开一看，只觉此首比自己所作的三首高过十倍，真是喜出望外，遂忙恭楷呈上。

对于黛玉代作的这首诗，元妃是赞誉有嘉的，指其为四首之冠——自然，那时她并不知道宝玉做弊。

回驾时，元春命人颁下赏赐，贾母的自然是头等，邢夫人、王夫人减了一等，"宝钗、黛玉诸姊妹等，每人新书一部，宝砚一方，新样格式金银锞二对。宝玉亦同此。"

至此，元春对宝、黛两个还是一视同仁的，赏赐也视如诸姐妹一般。

然而事隔不久的端午节赏赐，二人就忽然有了高下之分，变成宝钗和宝玉同等，而黛玉则与众姐妹一样，降了一等了。对此，宝玉的第一个反应是"传错了"，而袭人说，"都是一份一份的写着签子"的，不会错。

然而元春究竟为何错点鸳鸯呢？她在省亲时明明对宝、黛两个同等对待的，从什么时候起突然偏心了呢？难道黛玉做错了什么？

有一个可能是在王夫人后来进宫探访时，不住向元春提起自己的外甥女宝钗，说起宝钗的诸般好处与黛玉的多愁多病，怂恿贵妃女儿为宝玉赐婚；而另一个可能，则是黛玉帮宝玉打小抄的行为，后来被元春知道了，从而厌黛喜钗，变了方向。

有个辅证，第七十六回《凸碧堂品笛感凄清 凹晶馆联诗悲寂寞》中，湘云夸奖"凸碧"和"凹晶"两个字用得好，黛玉说：

> 实和你说罢，这两个字还是我拟的呢。因那年试宝玉，因他拟了几处，也有存的，也有删改的，也有尚未拟的。这是后来我

们大家把这没有名色的也都拟出来了，注了出处，写了这房屋的坐落，一并带进去与大姐姐瞧了。他又带出来，命给舅舅瞧过。谁知舅舅倒喜欢起来，又说："早知这样，那日该就叫他姊妹一并拟了，岂不有趣。"所以凡我拟的，一字不改都用了。

同"省亲"隔了近六十回，竟忽然补出这么一段"后传"来，真正意外之文字。而这段文字，仅仅是为了再次描写园中景象布局吗？还是借这段话重新点出《大观园试才题对额　荣国府归省庆元宵》一段，提醒读者留意，黛玉不仅曾替宝玉拟名，还曾替宝玉作诗？

到这时，大观园已是悲剧揭幕，大势将去了，黛玉还在得意于"大姐姐"对自己眼光的肯定上，丝毫没有排斥之意，可见其天真。然而她没有想想：为何凡她拟的，"一字不改都用了"呢？果然只是因为她的才分高卓么？或者，正是元春"见外"的表现？

此前在园中时，元春看匾额，原有批改的习惯。比如"蓼汀花溆"只留"花溆"二字，将"红香绿玉"改成"怡红快绿"，"杏帘在望"题名"浣葛山庄"后又改回"稻香村"等。然而贾政将诸姐妹拟的名色送进宫后，元妃问起都系何人所拟，得知某些出自黛玉手笔，出自嫌忌，却只能有两种表现：要么一字不用，要么一字不改。

元妃的体度和涵养，让她选择了后者。

很有可能，彼时元妃已经借由太监、宫女之口了解到宝钗、黛玉二人在省亲作诗时的不同表现了。那宝钗在帮着宝玉之余，顾及的乃是皇姐的心思，"他因不喜'红香绿玉'四字，改了'怡红快绿'；你这会子偏用'绿玉'二字，岂不是有意和他争驰了？况且蕉叶之说也颇多，再想一个改了罢。"何等体贴，何等细心，更重要的是，何等敬上！而黛玉，却是恃才傲物，逞自己之才干，把别人当傻子，完全越俎代庖，教唆宝玉打小抄蒙混过关起来，这不是"欺君"么？

当时元春虽然高高在上，太监、宫女可是黑鸦鸦站了一屋子的，那些人在宫里每天做的是什么，不就是"察言观色，吹毛求疵"么，宝钗、黛玉的这些小把戏小动作，怎么可能逃得脱他们的"眼观六路，耳听八方"呢？

脂批说"黛玉一生是聪明所误"，这次题诗，可见一斑。

才自精明志自高，生于末世运偏消。
清明涕送江边望，千里东风一梦遥。

日边红杏倚云栽
探春篇

而难以拂去心头那丝压抑的自卑。这使她时常表现出一种执著到病态的“地位意识”来，时时刻刻提醒众人以及她自己注意主仆之别，尊卑之分。

赵姨娘同芳官等吵闹，她叹气劝：“那些小丫头子们原是些顽意儿，喜欢呢，和他说说笑笑；不喜欢便可以不理他。便他不好了，也如同猫儿狗儿抓咬了一下子，可恕就恕，不恕时也该叫了管家媳妇们去说给他去责罚，何苦自己不尊重，大吆小喝失了体统。”

凤姐带人抄检大观园，王善保家的动手动脚揭了她衣角一下，探春劈面就是一个大耳刮子，指着骂：“你是什么东西，敢来拉扯我的衣裳！我不过看着太太的面上，你又有年纪，叫你一声妈妈，你就狗仗人势，天天作耗，专管生事。如今越发了不得了。”

· 探春的庶出心结 ·

探春是庶出，虽然才貌双全，举止端庄，却因为有个德行不堪的母亲赵姨娘，

王住儿家的欺负迎春好性儿，发牢骚说：“自从邢姑娘来了，太太吩咐一个月俭省出一两银子来与舅太太去，这里饶添了邢姑娘的使费，反少了一两银子。常时短了这个，少了那个，那不是我们供给？谁又要去？不过大家将就些罢了。算到今日，少说些也有三十两了。我们这一向的钱，岂不白填了限呢。”这话虽可气，原话却只是一句一个“我们”，然而被探春听见，就变了味，张口便问：“我才听见什么‘金凤’，又是什么‘没有钱只和我们奴才要’，谁和奴才要钱了？难道姐姐和奴才要钱了不成？难道姐姐不是和我们一样有月钱的，一样有用

度不成？”先强调了主子与“奴才”的定位，然后才是兴师问罪。

就连宝玉跟她学说，赵姨娘抱怨她送鞋给宝玉却不给贾环，也会惹得她大发雷霆，沉了脸说：“这话糊涂到什么田地！怎么我是该作鞋的人么？环儿难道没有分例的，没有人的？一般的衣裳是衣裳，鞋袜是鞋袜，丫头老婆一屋子，怎么抱怨这些话！”宝玉笑着劝了句：“你不知道，他心里自然又有个想头了。”探春反而益发动气，说道：“连你也糊涂了！他那想头自然是有的，不过是那阴微鄙贱的见识。他只管这么想，我只管认得老爷、太太两个人，别人我一概不管。”

——这样生气，自然是因为宝玉所说的赵姨娘心里“有个想头”，是指探春和贾环才是亲兄弟，原该亲疏有别才对。这等于是在暗示探春的出身。难怪探春会连宝玉也骂起来，说“连你也糊涂了”呢。且又表白“我只管认得老爷、太太两个人”。她却不问一声：赵姨娘是她什么人？太太却又是她什么人呢？

真不知她是太自尊，还是太自卑？

探春有诗才，有品位，是首倡创办海棠社的人，却因为薛宝钗、林黛玉两位女诗人当前，而始终不能崭露头角。左一个《林潇湘魁夺菊花诗》，右一个《薛宝钗讽和螃蟹咏》，无论是《史湘云偶填柳絮词》，还是《薛小妹新编怀古》，什么时候轮得到她出类拔萃？

在大观园当家，是她为自己争取到的第一次也是惟一一次表现机会。时因凤姐病了，王夫人独木难支，遂将家务交与李纨、探春、宝钗三人。其中“李纨是个尚德不尚才的，未免逞纵了下人”，薛宝钗虽然心思缜密，却因为身居客位不好太露锋芒，这便给了探春充分的发挥余地。她试图推广新政，开源节流，兴利除弊，包干到户，新官上任三把火，充分显示了自己的管家才能。

然而接下来，就再没看到她有什么新举措了，似乎小孩子办家家酒，新鲜劲儿过去，就没心气儿了。下人每每有事上报，她也总是推三阻四，不肯轻易拿主意。林之孝家的回她，有个媳妇的嘴很不好，“竟要撵出去才是”，分明代行权力。她也并不恼，只是问：“怎么不回大奶奶？”待听说已经回过了，叫回姑娘来，便又问：“怎么不回二奶奶？”最后才采纳了林大娘的意见说：“既这么着，就撵出他去，等太太来了，再回定夺。”

柳五儿被人冤枉做贼，被林之孝家的带着来见李纨，李纨声称兰哥儿病了，不理家务，只命去见探春。然而探春却也是命侍书出来踢皮球说："姑娘知道了，叫你们找平儿回二奶奶去。"结果还是平儿这个"奴才"判冤决狱，替五儿还了清白。

——从这两件事看来，真不知道探春这个当家到底做了些什么正经事？倒难为管家娘们跑来跑去，凭空多走了好儿趟冤枉路。

探春为什么会这样？黛玉曾向宝玉评价说："你家三丫头倒是个乖人。虽然叫他管些事，倒也一步儿不肯多走。差不多的人就早作起威福来了。"

这是一句"背面傅粉"的点题。此前探春其实已经多走了好几步，并且专拿凤姐和宝玉开刀，来显示自己的威风；可是如今轮到处置下人媳妇这样的小事上，却不好太过严厉，反而叫人看轻，说她"有点权，就作起威福来了"。她处置王住儿媳妇，也并不是自己动手，而是"驱神召将"，叫了平儿来处理。

而平儿这个"高级奴才"反而比探春这个"正经主子"更加有魄力有担当，能够秉公处理，杀伐决断，是因为她是凤姐的下手，等于在替凤姐代执赏罚，理直气壮，没有探春那样的"身份危机"。

这样曲折复杂的心理，单纯的黛玉怎么能够理解呢？

贾环无理取闹时，便哭诉"欺负我不是太太养的"，探春的心理其实也是一样。无论她怎么威风、争气，只要赵姨娘隔三岔五地出来闹一场，提醒众人注意谁才是探春的娘，她就永远洗不掉庶出的卑微。

且看第五十五回《辱亲女愚妾争闲气　欺幼主刁奴蓄险心》，管事媳妇说赵姨娘的兄弟赵国基死了，问该赏多少。探春查了旧账，决定赏银二十两。赵姨娘听说了，因此进来大闹——

忽见赵姨娘进来，李纨探春忙让坐。赵姨娘开口便说道："这屋里的人都踩下我的头去还罢了。姑娘你也想一想，该替我出气才是。"一面说，一面眼泪鼻涕哭起来。探春忙道："姨娘这话说谁，我竟不解。谁踩姨娘的头？说出来我替姨娘出气。"赵姨娘道："姑娘现踩我，我告诉谁！"探春听说，忙站起来，说道："我并不敢。"李纨也站起来劝。赵姨娘道："你们请坐下，听我说。我这屋里熬油似的熬了这么大年纪,又有你和你兄弟,这会子连袭人都不如了,我还有什么脸?连你也没脸面,别说我了!"

探春笑道:"原来为这个。我说我并不敢犯法违理。"一面便坐了,拿账翻与赵姨娘看,又念与他听,又说道:"这是祖宗手里旧规矩,人人都依着,偏我改了不成?也不但袭人,将来环儿收了外头的,自然也是同袭人一样。这原不是什么争大争小的事,讲不到有脸没脸的话上。他是太太的奴才,我是按着旧规矩办。说办的好,领祖宗的恩典、太太的恩典;若说办的不均,那是他糊涂不知福,也只好凭他抱怨去。太太连房子赏了人,我有什么有脸之处;一文不赏,我也没什么没脸之处。依我说,太太不在家,姨娘安静些养神罢了,何苦只要操心。太太满心疼我,因姨娘每每生事,几次寒心。我但凡是个男人,可以出得去,我必早走了,立一番事业,那时自有我一番道理。偏我是女孩儿家,一句多话也没有我乱说的。太太满心里都知道。如今因看重我,才叫我照管家务,还没有做一件好事,姨娘倒先来作践我。倘或太太知道了,怕我为难不叫我管,那才正经没脸,连姨娘也真没脸!"一面说,一面不禁滚下泪来。

赵姨娘没了别话答对,便说道:"太太疼你,你越发拉扯拉扯我们。你只顾讨太太的疼,就把我们忘了。"探春道:"我怎么忘了?叫我怎么拉扯?这也问你们各人,那一个主子不疼出力得用的人?那一个好人用人拉扯的?"李纨在旁只管劝说:"姨娘别生气。也怨不得姑娘,他满心里要拉扯,口里怎么说的出来。"探春忙道:"这大嫂子也糊涂了。我拉扯谁?谁家姑娘们拉扯奴才了?他们的好歹,你们该知道,与我什么相干。"

赵姨娘气的问道:"谁叫你拉扯别人去了?你不当家我也不来问你。你如今现说一是一,说二是二。如今你舅舅死了,你多给了二三十两银子,难道太太就不依你?分明太太是好太太,都是你们尖酸刻薄,可惜太太有恩无处使。姑娘放心,这也使不着你的银子。明儿等出了阁,我还想你额外照看赵家呢。如今没有长羽毛,就忘了根本,只拣高枝儿飞去了!"

探春没听完，已气的脸白气噎，抽抽咽咽的一面哭，一面问道：“谁是我舅舅？我舅舅年下才升了九省检点，那里又跑出一个舅舅来？我倒素习按理尊敬，越发敬出这些亲戚来了。既这么说，环儿出去为什么赵国基又站起来，又跟他上学？为什么不拿出舅舅的款来？何苦来，谁不知道我是姨娘养的，必要过两三个月寻出由头来，彻底来翻腾一阵，生怕人不知道，故意的表白表白。也不知谁给谁没脸？幸亏我还明白，但凡糊涂不知理的，早急了。”李纨急的只管劝，赵姨娘只管还唠叨。

怨不得探春生气，她是正儿八经的三小姐，目前又正得宠趁势。然而赵姨娘进来，左一句“连袭人也不如了”，右一句“你舅舅死了”，分明把探春强拉到袭人与赵国基一流身份。气得探春一再强调：“将来环儿收了外头的，自然也是同袭人一样。”“他是太太的奴才，我是按着旧规矩办。”划清界限，把主仆身份定得死死的。

偏偏李纨又不会说话，火上浇油地劝了句“姑娘满心要拉扯，口里怎么说的出来”，等于承认了探春与赵国基的关系，这正同此前宝玉说的“他心里自然又有个想头了”是一样的，同样在提醒探春的出身。因此探春也如当初骂宝玉“你也糊涂了”一样，如今又说李纨“这大嫂子也糊涂了”，并且说明“糊涂”的理由是：“谁家姑娘们拉扯奴才了？他们的好歹，你们该知道，与我什么相干。”又向赵姨娘发作道：“谁是我舅舅？我舅舅年下才升了九省检点，那里又跑出一个舅舅来？”

她恨透了自己的出身，从未喊过赵姨娘一声娘，又怎么肯认赵国基做舅舅？她心目中的“舅舅”，是王夫人的亲兄弟、新升了九省检点的王子腾，却不问姓王的与她有何关系？只说：“我但凡是个男人，可以出得去，我必早走了，立一番事业，那时自有我一番道理。”

——这番话可谓是她的心声，也是她最大的心病。倘若探春是男人，即使不能世袭得官，也可以凭借贾、王两家的势力，得到一些差使，做一些成绩出来；然而生为女子，除了嫁人，别无出路。囿于庶出的“污点”，这婚姻又很难如意，正像凤姐所说：“虽然庶出一样，女儿却比不得男人，将来攀亲时，如今有一种轻狂人，先要打听姑娘是正出是庶出，多有为庶出不要的。”

这话正与探春自己说的“但凡是个男人”对了榫，遥遥呼应，向读者揭示了探春微妙曲折的心理。

从书中各种伏线以及脂批的透露看出，探春将来的出路是远嫁做了王妃，显然背井离乡仍然属于悲剧范畴，故而将她派在“薄命司”，然而比起迎春、惜春等，已经算是求仁得仁，终于超越自己的出身，飞上枝头变凤凰了。

难怪，她放飞的风筝是只凤凰。

一是薄命司册子中关于她的判词，二是她自己在元宵节做的谜语。

判词见于第五回：

才自精明志自高，生于末世运偏消。

清明涕送江边望，千里东风一梦遥。

谜语见于七十五回：

阶下儿童仰面时，清明妆点最堪宜。

游丝一断浑无力，莫向东风怨别离。

· 探春是什么时候远嫁的 ·

探春远嫁的具体时间应该在清明节。主要依据有两点：

两首诗不但都点出“清明”这个时间，谜语旁还有一句夹批：“此探春远适之谶也。使此人不远去，将来事败，诸子孙不致流散也，悲哉伤哉！”

可见探春嫁信有期，当在清明无误。然而，是哪一年的清明呢？更重要的，是在抄家前亦或后？

此前我看到的各种版本的续书以及八七版电视连续剧中，都将探春的远嫁安排在抄家之前。原因是可卿向凤姐报梦时，留下一句谶语：

三春去后诸芳尽，各自须寻各自门。

很多红学家将“三春”解释作“元、迎、探”三春，说是元春和迎春死后，探春远嫁，不久贾府被抄，然后才是惜春的出家。至于为什么惜春不算春，而要归在“诸芳”里，则全无解释。

然而，元春判词中有“三春争及初春景”的句子，那“三春”又该做何解释呢？难道是“迎、探、惜”三春？

惜春的判曲中又有“将那三春看破，桃红柳绿待如何？”这“三春”，又指的哪三位呢？自然不能是自己，莫非又重新变成了“元、迎、探”？难道可以这样随心所欲地解释与应用吗？

由此可见，将“三春”解释作“四春”中的任何三位都是行不通的，因而，探春嫁在“诸芳尽”，也就是抄家前，就失去了理论支撑。这时间其实做不得准。

倒是贾家子弟真正流散的时间，根据惜春曲《虚花悟》中的暗示：“到头来，谁把秋捱过？”可以猜测大约在秋季。

问题是，探春在什么情况下出嫁的？她的远嫁是被动的承旨，还是主动的请愿？与家族的关系是什么？

如果远嫁在抄家前，那么这“嫁”就成了一个独立的行为，超脱于家族命运之外了。因为她嫁了，家还是抄了，说明她的嫁对于家族命运毫无意义；而抄不抄家，对于她也是毫无意义，因为她远在海外，可能连听都没听说过。那么探春这个人，岂不真成了断线风筝，与贾府没了关系？

乍听上去，似乎这很符合“游丝一断浑无力”的暗示。然而如何显示她的“才自清明志自高”呢？探春说过：“我但是个男儿，必有一番大作为的。”如果她的嫁既未能防患于未然，也未能救亲人于水火，这“嫁”便显得游离，虚飘，落不到实处去，算得上什么“大作为”呢？而且平平写来，毫无波澜，悲剧意义也不强，似乎完全是个巧合，是命中注定，皇上钦旨，与人无关。

因此，我想以探春的才情品性，从前文的诸多铺垫看来，她的嫁应该是有其主动意识的。更重要的是，四春的命运应与家族紧密相关，元春不消说了，她不死，家不会抄；而家不抄，惜春不至沦落到“缁衣乞食”；探春也是一样，不是为了保护家人，她不会嫁。

抄家的理由我们后文再议，有一点是肯定的，就是并非贾家人一去不回，据脂批透露，凤姐后来有在贾母穿堂前“扫雪拾玉”，宝玉也有“对境悼颦儿”，看到怡红院“绿暗红稀”，潇湘馆“落叶萧萧，寒烟漠漠”，可见抄家后，凤姐、宝玉等又回过大观园。为什么会这样？是什么力量使得皇恩浩荡，在抄家后又对他们网开一面呢？

因而我有这样一种推测：在元春死后，贾家大难来临，遭遇抄家横祸，所有的贾氏爷们儿都被拘押，束手无策。“这时候正是用着女孩儿的时候”，作为“才自精明志自高”的探春，最可能的就是挺身而出，不卑不亢，请旨求情。至于她为什么被皇上点中，也许是由于南安太妃或北静王妃的推荐，也许是朝廷之前已有图册备选，总之探春抓住了这个机会，演了一出“缇萦救父”。这样，她的远嫁就有了主动的因素，是为了挽救家园骨肉，才不得不“把骨肉家园，齐来抛闪”。

她的远嫁，使全家人得以暂时的释放减刑，甚至发还部分家产。凤姐、宝玉等因此才能重回大观园。但是架子已经彻底倒下来，里子也空了。子弟们却仍不思悔改。外祟盘剥，边境战乱，田庄抗租，刁奴私窃，仇家告状，不肖子弟继续闯祸，诸多因由终于使得这个家再一次空了下来，倒了下来，彻底地散了。所以脂批：“使此人不远去，将来事败，诸子孙不致流散也”——她到底还是没能救得了。

换言之，从清明前抄家到秋天全家离散，还有一段距离，有更多的世情薄人情恶的层层体现，贾府并非一下子彻底倾倒，所谓“百足之虫，死而不僵”，“一下子是杀不死的”，必得一点点地尽上来了，才最终“家亡人散各奔腾”。这样，悲剧的意味才会更加深厚，不至于全赖在“抄家”和“失皇恩”这样相对偶然的理由上，也才不枉了曹雪芹前八十回的种种铺垫。

是像薛蟠买香菱、贾赦买嫣红那样，在外头看中的，还是像贾琏对平儿、宝玉对袭人那样，收了家中丫头做妾?

还是让我们回到第五十五回《辱亲女愚妾争闲气　欺幼主刁奴蓄险心》中来：

> 这日王夫人正是往锦乡侯府去赴席，李纨与探春早已梳洗，伺候出门去后，回至厅上坐了。刚吃茶时，只见吴新登的媳妇进来回说：“赵姨娘的兄弟赵国基昨日死了。昨日回过太太，太太说知道了，叫回姑娘奶奶来。”说毕，便垂手旁侍，再不言语……
>
> 探春便问李纨。李纨想了一想，便道：“前儿袭人的妈死了，听见说赏银四十两。这也赏他四十两罢了。”吴新登家的听了，忙答应了是，接了对牌就走。探春道：“你且回来。”吴新登家的只得回来。探春道：“你且别支银子。我且问你：那几年老太太屋里的几位老姨奶奶，也有家里的也有外头的这两个分别。家里的若死了人是赏多少，外头的死了人是赏多少，你且说两个我们听听。”一问，吴新登家的便都忘了，忙陪笑回说：“这也不是什么大事，赏多少谁还敢争不成?”探春笑道：“这话胡闹。依我说，赏一百倒好。

·赵姨娘是怎么嫁给贾政的·

贾政怎么会娶了赵姨娘这么一个妾侍呢?

> 若不按例，别说你们笑话，明儿也难见你二奶奶。”吴新登家的笑道：“既这么说，我查旧账去，此时却记不得。”……
>
> 一时，吴家的取了旧账来。探春看时，两个家里的赏过皆二十两，两个外头的皆赏过四十两。外还有两个外头的，一个赏过一百两，一个赏过六十两。这两笔底下皆有原故：一个是隔省迁父母之柩，外赏六十两；一个是现买葬地，外赏二十两。探春便递与李纨看了。探春便说：“给他二十两银子。把这账留下，我们细看看。”吴新登家的去了。

很明显，吴新登家的出门后，不但宣布了赏银二十两的决定，还一五一十地把李纨和探春的对话、包括袭人的妈死了赏银四十两的事都完整地告诉了赵姨娘，因此赵姨娘才会进门就说：“我这屋里熬油似的熬了这么大年纪，又有你和你兄弟，这会子连袭人都不如了，我还有什么脸？”这是把袭人当成和自己一样的身份——姨娘来看了。

而探春则解释说：“也不但袭人，将来环儿收了外头的，自然也是同袭人一样。这原不是什么争大争小的事，讲不到有脸没脸的话上。”是承认了袭人已被宝玉“收了”。袭人原是贾府买来的，不同于鸳鸯这样的“家生子儿”，所以是“外头的”，娘死了，赏了四十两；而“家里的”，俱赏过二十两。所以探春依例也赏了赵姨娘的兄弟赵国基二十两——换言之，赵姨娘是“家里的”。

然而家里的丫头收房，也有两个分别：一是王夫人的陪嫁丫头被丈夫收了，即如凤姐将平儿给了贾琏、金桂把宝蟾许给薛蟠一样；二是父母的丫头赏与儿子，如贾母将袭人与了宝玉做丫头，贾赦把秋桐赏了贾琏做妾，又或是赵姨娘曾想过向贾政求娶彩霞等，都在此列。

赵姨娘是王夫人的丫头还是贾府的“家生子儿”呢？

探春提到赵国基时，曾说过“他是太太的奴才”，似乎赵家兄妹都应是追随王夫人而来，赵国基的身份，有点相当于来旺儿之于凤姐，是娘家带来的奴才。那么，赵姨娘也就是王夫人的陪嫁丫头，后来被贾政收了房的。

然而贾环推灯油烫伤了宝玉时，王夫人叫过赵姨娘来骂道：“养出这样黑心不知道理下流种子来，也不管管！几番几次我都不理论，你们得了意了，越发上来了！”

这里可见王夫人对赵姨娘“几番几次不理论”，是在嫌恶之外多少有一点忌惮之心，颇有距离感，远不是凤姐对平儿那般的随意自如，看起来赵家兄妹的身份倒更像是贾家的“家生子儿”，因此女的做丫头，男的也在府里当差，做了贾环的随从男仆。至于探春话里的“他是太太的奴才”，只是泛泛而言，因为探春是女儿，奉王夫人的命来管家，总不能说“他是老爷的奴才，我办得好，他领老爷的恩去”吧。

连丫鬟们也“皆知王夫人最嫌娇妆艳饰语薄言轻者”，她又怎么会把陪嫁丫头许给丈夫作妾呢？

赵姨娘大概也不会是贾母赏与贾政的。宝玉魇魔法之际，贾母骂赵姨娘说：“烂了舌头的混帐老婆，谁叫你来多嘴多舌的！你怎么知道他在那世里受罪不安生？怎么见得不中用了？你愿他死了，有什么好处？你别做梦！他死了，我只和你们要命。素日都不是你们调唆着逼他写字念书，把胆子唬破了，见了他老子不象个避猫鼠儿？都不是你们这起淫妇调唆的！这会子逼死了，你们遂了心，我饶那一个！”

从八十回书中，明显可以看出贾母的审美水准是很高的，而从她对赵姨娘的厌恶态度看来，也不可能会做主把这么一个“混帐老婆”、“淫妇”赏给儿子贾政。

既称之为“淫妇”，只能是贾政自己看中、自作主张收了房的。也正因此，贾母才会深恶于她，而王夫人更是痛恨丫头勾引主子之举，也才会对金钏儿那般不留情，只为她和宝玉说了一句笑，便劈面一巴掌，指着骂：“下作小娼妇，好好的爷们，都叫你教坏了。”撵晴雯时也是说：“我一生最嫌这样人，况且又出来这个事。好好的宝玉，倘或叫这蹄子勾引坏了，那还了得。”见了芳官、四儿，也道是：“难道我通共一个宝玉，就白放心凭你们勾引坏了不成！”——认定了丫环们都在“勾引”主子，可见心病之重。

而这“心病”，就是从赵姨娘这儿结下的。因此，赵姨娘决不可能是王夫人的丫头，而只是贾家的“家生子儿”，一个低等奴才罢了。

可以为此作为佐证的，见于第六十回《茉莉粉替去蔷薇硝　玫瑰露引来茯苓霜》中，柳家的去探望侄儿一段插曲：

可巧又有家中几个小厮同他侄儿素日相好的，走来问候他的病。内中有一小伙名唤钱槐者，乃系赵姨娘之内侄。他父母现在库上管账，他本身又派跟贾环上学。因他有些钱势，尚未娶亲，素日看上了柳家的五儿标致，和父母说了，欲娶他为妻。也曾央中保媒人再四求告。柳家父母却也情愿，争奈五儿执意不从，虽未明言，却行止中已带出，父母未敢应允。近日又想往园内去，越发将此事丢开，只等三五年后放出来，自向外边择婿了。钱家见他如此，也就罢了。怎奈钱槐不得五儿，心中又气又愧，发恨定要弄取成配，方了此愿。今日也同人来瞧望柳侄，不期柳家的在内。柳家的忽见一群人来了，内中有钱槐，便推说不得闲，起身便走了。

这段文章，因为后来五儿夭逝，未见有下文。然而作者既然已经让钱槐露了一个头儿，想来不会毫无作为，在八十回后应当有其正文的，可惜无从窥知了。

但是这里说，柳家的原意让五儿“自向外边择婿”，可见钱槐是“家里的”，他自己和赵国基是“同事”，都是跟贾环上学的；父母又在库上管账，一家子都是贾家奴才。

倘或赵姨娘、赵国基系王夫人从娘家带来，似乎不至于连她侄儿一家子也都带过来，这么庞杂的关系，只能是贾府原来的枝枝蔓蔓，不像是“移栽”的，因此更可以确定：赵、钱两家都是“家里的”，是贾家的“家生子儿”。

而且钱槐思娶柳五儿一段，颇似《来旺妇倚势霸成亲》回中的故事，那来旺夫妻俩原是凤姐的家奴，因而思娶彩霞时，自然是向凤姐求情，贾琏意有不允时，凤姐挤兑他说：“我们王家的人，连我还不中你们的意，何况奴才呢。”百般护短。这才是主子对家奴的态度。

然而“赵姨娘素日深与彩霞契合，巴不得与了贾环，方有个膀臂”，却不去求王夫人，倒是求贾政，岂非舍近求远？这也可见她原不是王夫人的丫头，所以同王夫人不“近”，求不着，所以只得绕个弯子找贾政，偏偏贾政又不理论，倒白白牺牲了一个彩霞。

但是这里又有一个死结：赵姨娘姓赵，她的内侄却姓钱，怎么算？

所谓侄子，应是赵姨娘兄弟的儿子，而赵姨娘的兄弟在文中只提到一个赵国基，职务是跟贾环上学的，并非“在库上管账”，可见另有其人。

然而赵姨娘会有个姓“钱”的兄弟吗？或是赵姨娘的姐妹嫁了姓钱的，生了儿子叫钱槐？

可是那样，钱槐应该是赵姨娘的“外甥”而非“侄子”。真不知这“内侄”是怎么一个称呼？

古时男人管自己的老婆叫“内子”,老婆的兄弟叫“内兄”或者“内弟”，而老婆的侄子或外甥就叫作“内侄”或“内甥”。然而赵姨娘的“内侄”，却是从何算起呢？难道从贾政这头算？

这当然不可能，因为贾政的子侄只能跟王夫人攀亲戚，怎么也算不到赵姨娘头上来。

这就只剩下最后一个可能性，就是赵姨娘在赵国基之外另有个兄弟，入赘到钱家，生了儿子叫钱槐。这样，“侄子”的关系就成立了。

至于为什么会“入赘”呢？自然是因为钱家比赵家体面些。虽然都是奴才，然而“钱”家却是在库上管账的，相当于赖大、林之孝的身份；而赵家却只是低等奴才，赵国基仗着姐姐赵姨娘做了妾侍，也只升到跟贾环上学的职级上，跟侄子钱槐同行，可见出身之低。

书中还有一个姓钱的人，叫钱华，是个买办，只露过名字，没什么戏目。然而买办已经是高级奴才，可能比赖大、林之孝更有实权。倘若赵姨娘兄弟娶的就是钱华的姐妹，那么显然是高攀了，入赘也就变得顺理成章，而生下的儿子，自然也就姓钱了。

也就是说，这钱槐，可能就是钱华的亲戚，亲舅甥的关系。正因为钱槐的父亲入赘到买办钱华之家，才会有机会升职，去库上管账。让我们重看第八回：

> 宝玉……转弯向北奔梨香院来。可巧银库房的总领名唤吴新登与仓上的头目名戴良，还有几个管事的头目，共有七个人，从账房里出来，一见了宝玉，赶来都一齐垂手站住。独有一个买办名唤钱华，因他多日未见宝玉，忙上来打千儿请安，宝玉忙含笑携他起来。

请注意，这个钱华的名字，是跟吴新登同时出现的，这两个名字在书中都是第一次露面，而他们一行人又正“从账房里出来”，那钱槐的父母，又正是管账的，可见彼此都熟悉。

《欺幼主刁奴蓄险心》中，跟探春耍心眼的“刁奴”，正是吴新登家的。而吴新登如果与钱槐父母相熟，自然也和赵姨娘是一派，也就不难理解吴新登媳妇为什么会“欺幼主”，调唆赵姨娘去索讨那四十两银子了。

一个银库房总领、一个买办、一个管账，彼此身份都相当，且也是一条线上的蚂蚱。可想而知，将来贾府事败，吴新登、钱华、钱槐、赵姨娘甚至戴良这些人，只怕都要趁机作乱，亏空公款的。

《欺幼主刁奴蓄险心》，那“刁奴”，岂止是吴新登媳妇一个呢？

大概是因为故事的时代背景与曹雪芹比较接近的缘故,在写的过程中,不时会想起《红楼梦》来，于是，在某一天忽然有了个大胆的联想：既然前人曾以宝玉影射顺治帝，那么三姑娘贾探春，会否和建宁公主有某种联系呢?

建宁，皇太极之十四女，顺治皇帝之妹，由孝庄太后指婚，嫁与平西王吴三桂之子吴应熊为妻。吴三桂原为大明将军,先降李自成，后降多尔衮，打开山海关，直接导致了满清入主中原，得封平西王。后来还亲自进军缅甸，亲手以弓弦绞死明永历帝。然而他的势力越来越大，引起朝廷忌惮，于是推行“削藩”之策。吴三桂再次思反，却因为忽罹重病，未能成功，不久病故，其子吴应熊被处死，建宁下落不详。

· 关于探春的两个大胆设想 ·

前文说过，我曾写过一部清史小说《建宁公主》，

清朝人对吴三桂的态度比较复杂，他对满军入关有恩，却又出尔反尔，降而复叛。时人谈论起吴三桂时,多以“三”代替，或者举起三个手指头代替，便如书中平儿说起探春的情形。

而探春是庶出，建宁也是庶妃之女，其母绮垒氏名不见经传，除了姓氏外，在史书中连个名字也没有。

日本教授儿玉达童来中国交流时，说过日本流传着一种三六桥本，其中说探春的结局是“杏元和番”；而建宁的结局，则是奉旨远嫁云南，虽非“和番”，却是“和藩”。

第六十三回《寿怡红群芳开夜宴　死金

丹独艳理亲丧》中占花名一段，与宝玉游太虚境看册子、元宵节诸钗出灯谜有异曲同工之妙，都是关于群芳下落的重要暗示。且看探春的一段：

探春笑道："我还不知得个什么呢。"伸手掣了一根出来，自己一瞧，便掷在地下，红了脸，笑道："这东西不好，不该行这令。这原是外头男人们行的令，许多混话在上头。"众人不解，袭人等忙拾了起来，众人看上面是一枝杏花，那红字写着"瑶池仙品"四字，诗云：日边红杏倚云栽。

注云："得此签者，必得贵婿，大家恭贺一杯，共同饮一杯。"众人笑道："我说是什么呢。这签原是闺阁中取戏的，除了这两三根有这话的，并无杂话，这有何妨。我们家已有了个王妃，难道你也是王妃不成。大喜，大喜。"

元春明明是"皇妃"，这里却偏偏说成是"王妃"，是口误，还是有意泄露天机？

建宁嫁与吴应熊虽不能叫作王妃，然而吴三桂却是御封的"平西王"，如假包换。

——换言之，探春的原型并非是具体的吴三桂或者建宁，而是通过这个人物的塑造，来影射建宁奉旨下嫁平西王世子的这段政治婚姻，写出了"削藩"与"平藩"的历史风云。

另一个关于探春远嫁的设想是：她其实是李代桃僵，替林黛玉出嫁的。

还是说探春占花名，她抽中的是杏花，"日边红杏倚云栽"完整的原诗应该是：

天上碧桃和露重，日边红杏倚云栽。
芙蓉生在秋江上，不向东风怨未开。

黛玉曾经写过《桃花行》，重建桃花社，在某种意义上来说，"桃花"即是黛玉的象征；而她在同一次盛宴中，占花名抽中了芙蓉花，诗曰"莫怨东风当自嗟"，题曰"风露清愁"，可见"芙蓉"也是黛玉。

她对宝玉没有婚姻之念，男女之情；有的，仅仅是小妹妹对大哥哥的依恋与爱娇，一点点不自觉的独占欲。

世人不能理解妙玉，只是因为从没有试过毫无所求、甚至毫无所思地去爱一个人，甚至不问那个人是男，是女。

探春的这首诗，写了三种花：碧桃、红杏、芙蓉，其中两种指黛玉，一种指自己，而最后一句“不向东风怨未开”又与黛玉的“莫怨东风当自嗟”如出一辙。可见两人的命运何其纠缠，都与“东风”有关。

说到“东风”，探春判词中原有“千里东风一梦遥”，灯谜中又有“莫向东风怨别离”；而黛玉的柳絮词中也有“嫁与东风春不管”的句子——这样多的“东风”，到底指什么呢？

或者可以借看第七十回《林黛玉重建桃花社　史湘云偶填柳絮词》回末，宝玉与众姐妹在诗社散后放风筝的一段描写：

> 探春正要剪自己的凤凰，见天上也有一个凤凰，因道：“这也不知是谁家的。”众人皆笑说：“且别剪你的，看他倒象要来绞的样儿。”说着，只见那凤凰渐逼近来，遂与这凤凰绞在一处。众人方要往下收线，那一家也要收线，正不开交，又见一个门扇大的玲珑喜字带响鞭，在半天如钟鸣一般，也逼近来。众人笑道：“这一个也来绞了。且别收，让他三个绞在一处倒有趣呢。”说着，那喜字果然与这两个凤凰绞在一处。三下齐收乱顿，谁知线都断了，那三个风筝飘飘摇摇都去了。众人拍手哄然一笑，说：“倒有趣，可不知那喜字是谁家的，忒促狭了些。”

这里说，天上原有两只凤凰，却因为一件“喜”事给挣断了。探春那一只是“游丝一断浑无力，莫向东风怨别离”，另一只凤凰指什么呢？下落又该如何？莫非是黛玉的“红颜胜人多薄命，莫怨东风当自嗟”？

说探春是凤凰，不但是因为她曾放飞了一只凤凰风筝，还因为兴儿曾向尤氏姐妹饶舌说：“三姑娘的浑名是‘玫瑰花’……玫瑰花又红又香，无人不爱的，只是刺戳手。也是一位神道，可惜不是太太养的，‘老鸹窝里出凤凰’。”再次点明她是一只凤。

而黛玉住在“潇湘馆”，元春亲自题曰“有凤来仪”，她又号称“潇湘妃子”，可见也是一只凤凰，有妃子命的；她抽中诗签“莫怨东风当自嗟”乃出自《明妃曲》，而此前黛玉做《五美吟》，其中也有一首咏明妃，诗曰：

绝艳惊人出汉宫，红颜命薄古今同。

君王纵使轻颜色，予夺权何畀画工？

这句“红颜命薄古今同”与《明妃曲》中“红颜胜人多薄命”何其相似？红学家们都因为探春后来有远嫁之命，而认为明妃象征探春，可是黛玉不应该更有资格吗？

可见，即使探春最终的结局是做了“明妃”，也是缘由黛玉。很可能，是黛玉的诗才与美貌传扬在外，为朝廷所知，竟然颁旨令其远嫁和番。黛玉惊痛之下，泪尽而亡，贾府得罪不起，只得以探春代嫁，完此重任。

当然，上述种种，都只是我天马行空的一点联想，不能算是真正的研红心得，写在这里博读者一哂吧。

富贵又何为？襁褓之间父母违。

展眼吊斜晖，湘江水逝楚云飞。

惟大英雄能本色

湘云篇

· 史湘云的恋兄情结 ·

史湘云爱过贾宝玉吗？

早在黛玉投奔贾府前，她已与宝哥哥耳鬓厮磨，两小无猜了。她帮他梳头，叫他“爱哥哥”，多年后还记得他发辫珍珠坠角的颗数与样式，这在古代有个专门的词形容叫作“总角之交”，套一句晴雯的话说就是“交杯盏还没吃，倒先上头了。”

后来她被接去了叔叔家，林黛玉来了。那是个天仙般的妹妹，又恰遇着宝玉情窦初开的时候，于是，他对她一见钟情，他为她做小伏低，他因她颠倒痴狂，以为“远亲近友之家所见的那些闺英闱秀，皆未有稍及林黛玉者”——这其中当然也包括了史湘云。

于是，湘云吃醋了。朦胧的爱和突来的妒汇合成莫名的委屈与愤怒，她与宝黛两个的第一次激烈冲突是因为将黛玉比戏子引起的。宝玉向她使了个眼色，她反而发作起来，收拾包裹要走，“明儿一早就走。在这里作什么？看人家的鼻子眼睛，什么意思！”她这样说，分明在无理取闹，也并非认真恼他，后来并没有真走便是明证。这样的借题发挥，无非是为了要他哄，要他劝，要他分辩说他心里最重视的妹妹其实是她。

他哄了，也劝了，可是话却没有说到她心里去。他说：“林妹妹是个多心的人。别人分明知道，不肯说出来，也皆因怕她恼。谁知你不防头就说了出来，她岂不恼你。我是怕你得罪了她，所以才使眼色。”——这个“她”，是林妹妹，他最担心，最不愿意伤害的，也是林妹妹。

湘云的假恼变成了真怒，出语愈发刻薄："我原不如你林妹妹。他是小姐主子，我是奴才丫头，得罪了他，使不得！"又说："你这些没要紧的恶誓，散话，歪话，说给那些小性儿，行动爱恼人，会辖治你的人听去！"这样的人身攻击，全书八十回中，史湘云只用在林黛玉身上。除了这一次，后来背地里同袭人议论黛玉的小性儿，也曾挤兑宝玉说"你不必说话教我恶心。只会在我们跟前说话，见了你林妹妹，又不知怎么了。"醋味浓得化都化不开。

那是在她拾了宝玉丢失的金麒麟后的一场对话，为了回目中有《因麒麟伏白首双星》一句，索隐派们一相情愿地认定湘云后来嫁了宝玉，而以周汝昌为马首是瞻的一帮红学家们甚至认为宝玉一生中最爱的人是史湘云，他对黛玉的感情只是少年时懵懂的情动，而对宝钗更止于肉体之欲，只有湘云才是宝玉的灵魂伴侣。

但是宝玉是怎么说怎么做的呢？

——他对黛玉说："我为你也弄了一身的病在这里，又不敢告诉人，只好掩着。只等你的病好了，只怕我的病才得好呢。睡里梦里也忘不了你！"

——他看着宝钗肌肤晶莹的裸臂发呆，暗想"这个膀子要长在林妹妹身上，或者还得摸一摸。"

然而他见到湘云的睡相，"一把青丝拖于枕畔，被只齐胸，一弯雪白的膀子撂于被外"，如此香艳旖旎的美人春睡图，他却只是叹了一声："回来风吹了，又嚷肩窝疼了。"还顺手替她盖了盖被子——这里面可有一星半点儿的男女之情？

其实湘云也是一样，她对黛玉的"鹊占鸠巢"虽然嗔怨不已，然而隔窗看见宝钗坐在宝玉身边绣肚兜时却全无妒意，反而借故走开；袭人当着宝玉的面向她道喜，提起她有了夫家的事，她也只是害羞，并不着恼——她对宝玉没有婚姻之念，男女之情；有的，仅仅是小妹妹对大哥哥的依恋与爱娇，一点点不自觉的独占欲。而黛玉挑战的，恰恰是她在这一领域里的霸主地位——这可以解释为什么她单恼黛玉，却不恨宝钗。对于这个背负着"金玉之说"真有可能成为她嫂子的人，她反而是真心敬重的，还说："我天天在家里想着，这些姐姐们再没一个比宝姐姐好的。我但凡有这么个亲姐姐，就是没了父母，也是没妨碍的。"——她心甘情愿要做他们两个人的小妹妹。她不在乎他爱谁，娶谁，只是不愿意有另一个“好妹妹”抢了她的位置。

一个女孩子一生中能够遇到这样一个“爱哥哥”是幸福的，他可以为自己淘制胭脂，陪自己烧烤鹿肉，有了好吃好玩的，也第一时间想着自己，打发婆子小厮用食盒盛着大老远地送上门去——只有拥有过这样一份哥哥的疼爱，才不枉了生作女孩儿，否则，成长将变成多么枯乏贫瘠的过程。

然而，总有一天会失去哥哥的，就像宝玉丢失的金麒麟。并不是不宝贝它，但毕竟是身外物，如果宝玉对待打算送给湘云的金麒麟就像对待黛玉送给他的绣香囊一样，珍藏密敛地贴身收着，便绝不会弄丢了它。哥哥对妹妹也是一样，不管她对他有多么亲切，多么重要，终究不是他的心上人。最终，他们还是会分开的。

这在今天也是非常正常的情愫，正常到已经有一个专有名词来形容，就是“恋兄情结”。是小女孩成长过程中的必经阶段，仿佛女孩走向女人的分水岭——走过去，便长大了。

在八十回后，林黛玉含恨而死，于是贾宝玉娶了薛宝钗；后来因为婚姻不美满（也有说宝钗难产死了的），宝玉看破红尘，悬崖撒手——这本是脂批透露的情节，然而红学家们在此基础上自行发挥，再出续集：宝玉出家后，云游四方，半路遇上死了丈夫的史湘云，两人同病相怜，旧梦重温，于是宝玉还俗，与湘云结为夫妻；但后来还是觉得尘世难耐，遂决定出尔反尔，再次出家。

且不论这论调有多么恶俗委琐，只看他们的理由是否站得住脚呢？据红学家们论证：

首先，史湘云判词里有“博得个才貌仙郎”的句子，而全书中除宝玉外绝无第二个男子配得上称“仙郎”；

其次，黛玉说过宝玉“做了两回和尚了”，所以宝玉一定要出家两次；

再次，湘云有金麒麟，所以真正的“金玉良缘”是指湘云与宝玉。

·史湘云不可能嫁给贾宝玉·

> 某些红学家撰文猜测贾宝玉最终与史湘云结为夫妇的顺序是这样的：

以上三条还算得上是可以强辞夺理的，至于说“绛珠仙草指的是湘云而不是黛玉”，“前来还泪的也是史湘云”等说法，相信哪怕只是看过一遍《红楼梦》的人也知道有多么无稽，遂在这里不废笔赘述了。

这里，且让我一一批驳此谬论：

(1) 原著第三十一回《撕扇子作千金一笑　因麒麟伏白首双星》一回开篇即有脂批云：

> 金玉姻缘已定，又写一金麒麟，是间色法也。何颦儿为其所惑？故

颦儿谓“情情”。

这里明明白白说了“金玉姻缘已定”，可见那个“金”指的并不是史湘云。所谓“湘云揣着个金麒麟就是金玉良缘的正主儿”之说实在牵强。

更何况贾宝玉平生最恨的就是金玉之说，连做梦都要喊出来：“和尚道士的话如何信得？什么是金玉姻缘，我偏说是木石姻缘！”他努力地打破了金锁配宝玉的“金玉姻缘”，遁世出家，到头来却又媚俗地迁就个金麒麟，来寻找第二段“金玉缘”？究竟是宝玉执迷不悟，还是红学家们“为其所惑”呢？

（2）脂批说写一金麒麟是“间色法”。

所谓“间色”是画中术语，且不论它的真实含义该如何理解，只看脂砚如何去用这个词，便可知其所指。全书除了这一处之外，“间色”两字还出现过两次。

一次是第二十六回《蜂腰桥设言传心事　潇湘馆春困发幽情》中：

> 原来上月贾芸进来种树之时，便拣了一块罗帕，便知是所在园内的人失落的，但不知是那一个人的，故不敢造次。今听见红玉问坠儿，便知是红玉的，心内不胜喜幸。又见坠儿追索，心中早得了主意，便向袖内将自己的一块取了出来，向坠儿笑道：“我给是给你，你若得了他的谢礼，不许瞒着我。”坠儿满口里答应了，接了手帕子，送出贾芸，回来找红玉，不在话下。

甲戌本在此双行夹批：“至此一顿，狡猾之甚！原非书中正文之人，写来间色耳。”意思是小红和贾芸不是书里的重要人物，写来渲染调剂一下而已；同样是在这一回，后半部写到宝玉与薛蟠庆祝生日。

又一次是写在冯紫英邀请宝玉赴宴后面，脂批“紫英豪侠小文三段，是为金闺间色之文。”这个间色，是说男人话题不是书中正文，写来为闺阁文字作个调节。

> 正说着，小厮来回：“冯大爷来了。”宝玉便知是神武将军冯

唐之子冯紫英来了。薛蟠等一齐都叫："快请。"说犹未了，只见冯紫英一路说笑，众人忙起席让坐。冯紫英笑道："好呀！也不出门了，在家里高乐罢。"宝玉薛蟠都笑道："一向少会，老世伯身上康健？"紫英答道："家父倒也托庇康健。近来家母偶着了些风寒，不好了两天。"

这里，先是在"冯紫英一路说笑"后有一句侧批："一派英气如在纸上，特为金闺润色也。"接着又在紫英一番话后，有三段眉批："紫英豪侠小文三段，是为金闺间色之文，壬午雨窗。""写倪二、紫英、湘莲、玉菡侠文，皆各得传真写照之笔。丁亥夏。畸笏叟。""惜'卫若兰射圃'文字无稿。叹叹！丁亥夏。畸笏叟。"

可见"润色"也罢，"间色"也罢，都是指此段文字非同正文，乃是写来调剂节奏气氛的。全书中三次"间色"都作一样使用，不可谓"孤证"了。可见史湘云之金麒麟，亦是"间色法"，横插枝节添点花絮罢了，而非什么预示宝湘联姻的大关键。脂砚说黛玉偏偏还要起疑心，所以是"情情"，然而我们置身事外，就不必乱起猜疑，枉沾"情情"之名了吧？

倒是那句脂批的"惜'卫若兰射圃'文字无稿"更应引起我们注意。这段故事中原无卫若兰其人，然而脂砚偏偏在此处提及，其原因可能有两种：一是"卫若兰射圃"一段文字的描写也是英气十足，堪与冯紫英豪饮相对应；二是若兰射圃之时，宝玉、紫英等也都在场。

(3) 开篇甄士隐所作《好了歌》注释中，有一句"说什么脂正浓，粉正香，如何两鬓又成霜"，这句后面脂批注云"宝钗、湘云一干人"，可见宝钗、湘云是一直活到了"两鬓成霜"的年纪。红楼女儿虽薄命，并非都短命，这两个人的丈夫一个出家，一个早亡，当年他们在蘅芜苑夜拟菊花题的时候，大概不会想到有一天老了，还是这样两个女子作伴吧？

脂砚对宝钗和湘云的分别批评还有一句"宝钗为博知所误，湘云为自爱所误"。湘云如此自爱的一个人，倘若死了丈夫，大概是不会另抱琵琶的。要注意在那个年代里，在湘云这样的出身中，改嫁是件很败行的事。湘云未必肯吃宝钗的剩饭，捡了人家的丈夫来嫁。

其实单是想象一下宝玉与湘云重逢的场景，一个鳏夫，一个寡妇，欢天喜地地庆祝第二春，想想都够发冷的。怎么看都不是我们心目中的宝哥哥云妹妹。这只能是现世俗男人的杜撰罢了，再不可能出现在曹雪芹笔下。

况且，这里有个很关键的问题，就是湘云嫁宝玉时，宝钗是活着还是死了？

——如果宝钗还活着，宝玉出家又还俗，却停妻另娶，成何体统？而湘云明知使君有妇，还要雀占鸠巢，且还是她最敬爱的宝姐姐的巢，又情何以堪？

而倘若宝钗已经死了（书中并无宝钗早夭的暗示），那也应该是在“两鬓成霜”之后了。宝钗和湘云都活得挺长，而湘云活得比宝钗更长，一直熬到宝钗老了，死了，她还没死，还有机会在满头白发的时候与宝玉重逢，再婚，玩一把“激情燃烧夕阳红”。可是宝玉是“没有脚的小鸟”，都白发苍苍了，再来个二度春风，未免身心有所不济，所以又跑去出家了。

——红学泰斗周汝昌为首的红学家们，是想演绎这样令人不堪的一段老来佳话吗？

红楼梦里改嫁的女人只有一个，就是尤老娘；尤二姐是不等嫁就毁婚跟了贾琏的，所以才会被人说三道四；而尤三姐更是因为柳湘莲毁婚受辱而刎颈自尽——虽然作者对尤家一门的悲剧是持同情态度的，却并不等于同意她们这样做，并且每有讽刺之语，比如令三姐在报梦时说出“丧伦败行”的忏悔之言来，可见还是深受当时礼教之束缚。如何倒会让“自爱”的史湘云青出于蓝，择夫另嫁呢？

红学家们肯，曹雪芹未必肯；即使曹雪芹肯，恐怕湘云也不肯吧？

(4) 其实就在《因麒麟伏白首双星》一回的结尾，就有一句脂批点明了：“后数十回若兰在射圃所佩之麒麟正此麒麟也。提纲伏于此回中，所谓‘草蛇灰线，在千里之外’。”

这里明明白白写了金麒麟后来归了卫若兰公子，这种写法，便是作者惯用的“草蛇灰线，伏脉千里”，而卫若兰与史湘云结合的故事，提纲已经伏在回目里了，所以称之为“因麒麟伏白首双星”。

前文我曾猜测“卫若兰射圃”时宝玉也在场，至于具体情节，可以参照宁府斗宴一段：

原来贾珍近因居丧，每不得游顽旷荡，又不得观优闻乐作遣。无聊之极，便生了个破闷之法。日间以习射为由，请了各世家弟兄及诸富贵亲友来较射。因说："白白的只管乱射，终无裨益，不但不能长进，而且坏了式样，必须立个罚约，赌个利物，大家才有勉力之心。"因此在天香楼下箭道内立了鹄子，皆约定每日早饭后来射鹄子。贾珍不肯出名，便命贾蓉作局家。这些来的皆系世袭公子，人人家道丰富，且都在少年，正是斗鸡走狗，问柳评花的一干游荡纨绔。

大富武荫之家在后院设鹄练艺，原是当朝常情，而卫若兰在全书正文中的惟一一次出名，即在秦可卿出殡时的拜祭名单里，在列完诸公侯之后，附了一句"余者锦乡侯公子韩奇，神威将军公子冯紫英，卫若兰等诸王孙公子，不可枚数。"卫若兰的身份语焉不详，只有"王孙公子"四个字可形容。然而，这已经足够参与宁国府射鹄的"世袭公子、家道丰富、都在少年"之列了。

不妨做这样一种猜测，某次射技比赛中，众人相约"赌个利物"，宝玉一时未有准备，便随手以金麒麟为彩头，却输给了卫若兰。倘如此，那卫若兰便也不愧于被称作"才貌仙郎"了。

对于"白首双星"，所有红学家都解释作"牛郎织女"，但我猜测可能是"参商二星"，你看看原著里用过多少个"参商"就知道曹雪芹对此二星的偏爱了。那时正是战乱时机，卫若兰想来同宝玉等一样，都在"武荫之属"，或者会奉命入伍。我猜想他与湘云订婚后，未等成婚或者新婚燕尔之时便分开，直到白首不能团聚，正如参商二星，永不相见。这样的结局，虽然残酷，却符合湘云自爱而豪壮的个性，总比她窝窝囊囊地死了丈夫又嫁给宝玉，嫁了宝玉后又再度守寡来得干脆利落吧？

以前的版本中多说他是雪芹的长辈，叔叔之类；近来说脂砚是女人的腔调则甚嚣尘上，以为是曹雪芹的红颜知己，周汝昌更加断定脂砚就是史湘云。

或许是曹雪芹的身世生平太可怜了，因此读者们都希望给他的生命添一抹亮色，比如“红袖添香夜读书”什么的，于是很愿意相信脂砚斋是女人，而且是个才貌双全的美女，不然就不配称“红颜知己”了。

这猜想虽然看上去挺美，然而我认为却是绝不可能的。

且看第二回在封肃领了贾雨村二两银子的公案后，脂砚斋批了一小段话：

· 脂砚斋不可能是女人 ·

> 关于脂砚斋的身份，向来众说纷纭，至今未有定断。

> 余阅此书，偶有所得，即笔录之。非从首至尾阅过复从首加批者，故偶有复处。且诸公之批，自是诸公眼界；脂斋之批，亦有脂斋取乐处。后每一阅，亦必有一语半言，重加批评于侧，故又有于前后照应之说等批。

这是脂砚斋在解释自己边看边批，后来二次看的时候又加了一些批，所以常常前矛后盾，比如第一回在贾雨村出场时写了满纸“写雨村豁达气象不俗”“写雨村真是个英雄”等溢美之词；但同时又有“今古穷酸，色心最重”、“是莽操遗容”等贬语；明显是在初看稿时，并不了解曹雪芹塑造贾雨村这个人物的本意，所以也就谈不上与雪芹有多么知己，更不可能是《红楼梦》的共同创作者。

雪芹描写人物惯用白描，常常明褒实贬，而脂砚对雪芹的用意常常弄不清楚。甚至在看到贾雨村拿了钱就跑，都不与甄士隐道别这样的行径之后，也昧着良心没话找话地赞美：“写雨村真令人爽快！”后来看了《葫芦僧判断葫芦案》，这才知道雪芹“指东说西”，那贾雨村其实是天字第一号大坏蛋。于是脂砚斋倒过笔来诛之伐之，写了不下十来个“奸雄”咒骂他。

且不说脂砚斋是不是有点没脑筋，重点是他在前面那段话里说诸公之批是诸公的理解，我的批语是我的乐子，显然批这书的不只有脂砚斋一人，而是许多人在传阅过程中各加批语，脂砚只是批书人中的一个，也是最啰唆、最多情、最娘娘腔的那个。但这并不等于说，脂砚就是女人。

我们得把视角立足于清朝那个特有的时间环境中去，那时候可不讲究女权主义、个性解放这些，一个女人在男人的书里随意加批，并且跟别的男人斗嘴饶舌，搁在现在那是娇俏，可在那个林黛玉因为闺阁笔墨外传而大发娇嗔、每逢“敏”字便要减一笔的时代，则未免有失端庄了。

又说脂砚斋就是湘云，又将他形容得如此不自爱，岂非自相矛盾？

第三回中，林黛玉进贾府，拜见贾赦，贾赦避而不见，却说：“连日身上不好，见了姑娘倒彼此伤心，暂且不忍相见。”甲戌本于此朱笔眉批：“余久不作此语矣，见此语未免一醒。”意思是说我以前也常这样打官腔说套话，现在看到这一句，不觉一震。这明明白白是个半老头子的口吻。

又如第十七回贾政带领众清客游园，至稻香村时，清客打诨凑趣，墨笔夹批一句：“客不可不养。”这样的话，也不像是一个女人说的——难道女子也讲究养清客的不成？

雪芹生平至友明义有外甥爱新觉罗·裕瑞，曾在《枣窗闲笔》中说“前辈姻戚中有与之（指雪芹）交好者”（指明义），又说“曾见抄本（指《石头记》）卷额，本本有其叔脂砚斋之批语。”这里写明脂砚斋乃是曹雪芹之叔，纵然传言有误，把两个人的亲戚关系弄错，但也不至于离谱到男女都颠倒吧？倘如雪芹有个红颜知己名脂砚，还每天在书上批语同诸公饶舌，明义等必引为佳话，再不至于跟侄儿把其人是男是女也说错吧？

虽然有这样明确的证据，然而认定脂砚是女子的红学家们认为明义出生时雪芹已死了七八年，所言不足信——他们更相信比雪芹之死晚了三四百年的自己的臆断。而臆断的一大力证是抓住了“老货”二字不放。源于二十六回的一句脂批：“玉兄若见此批，必云：老货，他处处不放松我，可恨可恨！回思将余比作钗、颦等，乃一知己，余何幸也！一笑。”

红学家们的理由是“老货”专指年老妇人，可见脂砚是女子。然而不必旁征博引，就是《红楼梦》原书第五十三回，贾珍就曾指着老庄头乌进孝道：“我才看那单子上，今年你这老货又来打擂台来了。”难道乌进孝这老头子也变了女人不成？

至于“将余比作钗、颦等，乃一知己”，则更不足为证了。不过是打个比方，自称是雪芹知己罢了。难道他能说“将余比作秦钟、琪官等”不成？

然而我却猜测，这脂砚斋最可能的身份，恰恰是秦钟、琪官之辈。这也不足为奇，甚至不足为羞。在明清时候，断袖之风盛行，几乎凡公子必有腻友，《品花宝鉴》中，整本书讲的都是龙阳之爱；《红闺春梦》里，也有极详细的描写。《红楼梦》里虽然含蓄，但贾琏于姐儿出花时，也只得找个清俊些的小厮“出火”；宝玉闲极无聊，便到外书房“鬼混”；香怜、玉爱之辈充斥塾中，连学长贾瑞都曾是薛大爷的相好。

如此，倘若脂砚为雪芹蓝颜知己，断袖添香，又有何不可？

红学家们还有一个论点，就是脂批有“凤姐点戏，脂砚执笔”和“矮鰤舫前以合欢花酿酒”两段，并论证说：脂砚不是女人，又怎么会混在女眷里替人写字点戏？而关于合欢花酿酒的典故，多么亲近，可见是雪芹青梅竹马的小伙伴。

前一句批见第二十二回《听曲文宝玉悟禅机　制灯迷贾政悲谶语》：

> 吃了饭点戏时，贾母一定先叫宝钗点。宝钗推让一遍，无法，只得点了一折《西游记》。贾母自是欢喜，然后便命凤姐点。凤姐亦知贾母喜热闹，更喜谑笑科诨，便点了一出《刘二当衣》。

庚辰本于此有两段眉批：“凤姐点戏，脂砚执笔事，今知者寥寥矣，不怨夫？”“前批‘知者寥寥’，今丁亥夏只剩朽物一枚，宁不悲乎！”

倘若“脂砚”是女人，那么“朽物”是谁呢？而“知者廖廖”是既包括脂砚和朽物，还是两个人根本就是一个人，而知者还包括其余的批书者，如畸笏叟、立松轩等人呢？就算脂砚是女人，那畸笏叟等总是男人吧，为何脂砚为凤姐点戏，他们也会知道呢？既然红学家们因为脂砚能为凤姐点戏就认定她是女眷，那么畸笏叟们也都与闻其事，是否也因此都变成了女人呢？

再说“酿酒”一批，原文见第三十八回《林潇湘魁夺菊花诗 薛蘅芜讽和螃蟹咏》：

> 黛玉放下钓竿，走至座间，拿起那乌银梅花自斟壶来，拣了一个小小的海棠冻石蕉叶杯。丫鬟看见，知他要饮酒，忙着走上来斟。黛玉道：“你们只管吃去，让我自斟，这才有趣儿。”说着便斟了半盏，看时却是黄酒，因说道：“我吃了一点子螃蟹，觉得心口微微的疼，须得热热的喝口烧酒。”宝玉忙道：“有烧酒。”便令将那合欢花浸的酒烫一壶来。

庚辰本在这里双行夹批：“伤哉！作者犹记矮䠀舫前以合欢花酿酒乎？屈指二十年矣。”

红学家们认为这个“家家酒”的游戏十分甜蜜浪漫，所以认定是雪芹与脂砚“青梅竹马”的童年往事。

然而这未免自相矛盾：如果因为脂砚是男人，就不可能跟女眷凤姐在一处看戏；那么他如果是女人，又怎能跟男亲戚曹雪芹一块喝酒呢？

至于“青梅竹马”之说，更系揣测。雪芹死后，友人张宜泉有《伤芹溪居士》诗，自注云：“其人素性放达，好饮，又善诗画，年未五旬而卒。”友人敦诚《挽曹雪芹》诗亦有“四十萧然太瘦生”、“四十年华付杳冥”的句子，可见雪芹死的时候已经四十多岁了，脂砚说“屈指二十年矣”，那么他们二十年前已经有二十多岁，算不得“两小无猜”了，二十多岁的两个男女采花酿酒玩，可成何体统呢？倘系私会密约，脂砚竟将此昭然于世，更成了什么人呢？

就算本书增删十年，这是雪芹三十岁的时候写成的，二十年前只有十几岁，那也不算很小了，已经过了垂髫之年，同样不能再跟女孩子同桌喝酒了；或许有人会说，十岁的孩子还没那么讲究，玩家家酒也不算什么吧？那同样的，十岁的孩子已经读书识字，至亲家属，跟凤姐一处看戏、点戏更不算什么了。

因此这些红学家举出的两处自认为最有力的例证，恰恰是推论出脂砚斋是大男人的反证。

乾隆第一次看到《红楼梦》时，曾一语定论："此明珠家事也。"说贾府其实写的是前朝宰相明珠家的故事，而宝玉的原型就是清朝第一才子纳兰容若。

容若死前，曾邀集诗坛好友在自家花园渌水亭前纵酒吟诗，题目是《咏合欢花》。那是容若生平最后一次聚会，最后一次写诗。虽然目前找到的资料中未能证明曹寅是否参与其会，然而曹寅生前经常出入纳兰花园，与明珠、容若父子相交往却是有迹可寻的。

纳兰容若病得突然，康熙飞马赐药，圣药未至而容若已死；曹寅患病时，康熙亦曾亲开药方，派驿马星夜赶送，仍然是圣药未至而曹寅已病死扬州——历史上的重合总是很多。曹寅生前想来会经常跟家人讲起容若的绝世才华与英年早逝，而在他死后，家人也想必会常常将他与容若做比较，百合花的典故也会一再提起。

而曹雪芹生活在这样的家庭里，在容若故事与祖父遗风的熏陶下，难保不会效颦渌水亭故事，也来个纵酒吟诗的雅聚——事实上，敦诚、敦敏的诗中就常常透露出这种类似的集会，《四松堂集》中收了许多宗室弟子聚集唱酬的联句，也提过自己当剑换酒请雪芹的雅事；已有红学家考证出，书中咏菊十二首，乃脱胎自曹雪芹同时代文人永恩《诚正堂稿》和嵩山的《神清室诗稿》中唱和之《菊花八咏》，诗题有《访菊》、《对菊》、《种菊》、《簪菊》、《问菊》、《梦菊》、《供菊》、《残菊》等，和小说中非常雷同——这都足以证明，曹雪芹所写之闺中结诗社，其实是他自己参与的旗人子弟诗会的折射，"以合欢花酿酒"的，很可能并不是什么小朋友的家家酒，而是一些大男人的会中雅事。

况且，这个脂砚在文中一再表示自己是知情人的批语犹不止于百合花浸酒一处，贾母初见秦钟时，赏了一个荷包并一个金魁星，脂砚又在下面倚熟卖熟地批道："作者今尚记金魁星之事乎？抚今思昔，肠断心摧！"更足可证脂砚或为秦钟一流人物，乃是宝玉腻友。

说脂砚斋是腻友，还因为他喜欢发嗲，比如没事儿便称袭人为“我袭卿”，这是女人的口吻么？分明一个娘娘腔的大男人。更有甚者，第三回脂批里还有一句“末二句最要紧，只是纨绔膏粱亦未必不见笑我玉卿。”对贾宝玉也是这样腻腻歪歪的。

这个不论男的女的都喊人家“卿”的，如果是个女人，那也未免太轻浮了一些吧？一个男人到处留情，任人为“卿”还可以说是风流，倘若脂砚是女人，竟将对宝玉的“卿卿我我”宣诸纸上，岂非发花痴？

况且，脂砚在红楼女子中他最喜欢的女人是谁？宝钗、袭人，说到黛玉时，则时有批评之语，甚至说“此黛玉不及宝钗处”——黛玉乃宝玉之生死恋人，也是雪芹笔下第一深爱之人，还特地给她安排了个离恨天灵河岸绛珠仙草的仙子身份，可见她在雪芹心目中位置之重。然而脂砚与雪芹同是男人，审美眼光却不同，因此并不能体会作者深意，只是着眼于字面描写，追求三从四德的所谓贤妻，这是他境界胸襟不及雪芹处。

最后说一件趣事，前些日子在电话里与蔡义江老师讨论到这一观点时，老师又补充了一点：黛玉在怡红院吃了闭门羹后，高声叫道：“是我，还不开么？”偏偏晴雯还是没有听出来黛玉的声音。甲戌本在此侧批：

> 想黛玉高声亦不过你我平常说话一样耳，况晴雯素昔浮躁多气之人，如何辨得出？此刻须得批书人唱“大江东去”的喉咙，嚷着“是我林黛玉叫门”方可。

这里写明批书人与黛玉绝非同性，即平常说话的声音也如黛玉高声一般，还不是大男人一个么？

欲洁何曾洁，云空未必空。
可怜金玉质，终陷淖泥中。

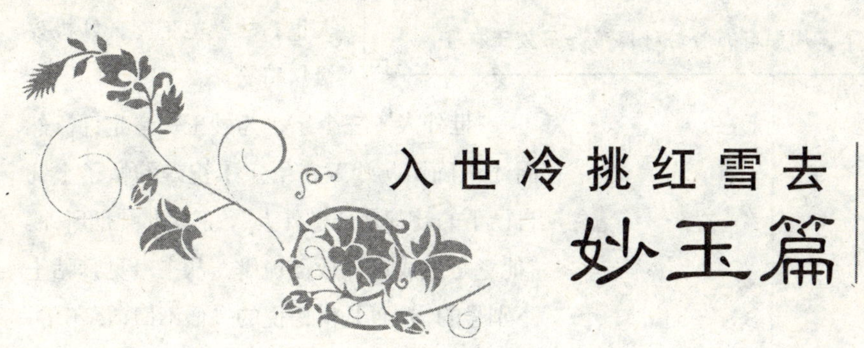

入世冷挑红雪去
妙玉篇

——这是我心目中的妙玉。

电视电影里每每把妙玉塑造成一个道姑的形象，手里拿着柄拂尘，穿着水田衫，高高梳着道髻，有点像李莫愁的样子。

这大概是因为“带发修行”四个字。

妙玉在《红楼梦》中第一次出场是暗出，第十八回，林之孝家的向王夫人禀报：“采访聘买的十二个小尼姑、小道姑都有了……外有一个带发修行的，本是苏州人氏，祖上也是读书仕宦之家。因生了这位姑娘自小多病，买了许多替身儿皆不中用，到底这位姑娘亲自入了空门，方才好了，所以带发修行，今年才十八岁，法名妙玉……因听见长安都中有观音遗迹并贝叶遗文，去岁随了师父上来，现在西门外牟尼院住着。”王夫人不等回完，便说：“既这样，我们何不接了他来。”随后命书启相公专门写了请帖去请妙玉。

· 妙玉的世外情 ·

> 青灯，莲台，她坐在有流苏的黄条案下，用白麻布静静地擦着一只碧玉杯子。

庚辰本在妙玉之名出现后，有朱笔眉批：妙玉世外人也，故笔笔带写，妙极妥极！畸笏。

“世外人”三个字，为妙玉一言定评。然而还不确切，妙玉在给宝玉祝寿的帖子上为自己下的款却是“槛外人”，正如邢岫烟所评：“他竟是生成这等放诞诡僻。从来没见拜帖上下别号的，这可是俗语说的‘僧不僧，俗不俗，女不女，男不男’，成个什么道理。”

妙玉是僧不僧，俗不俗的，也是尼不尼，道不道的。她来京是为了参习观音遗迹并贝叶遗文，这就可见是佛门弟子；况且岫烟又说："他在蟠香寺修炼，我家原寒素，赁的是他庙里的房子，住了十年，无事到他庙里去作伴。我所认的字都是承他所授。"住在庙里，自然是尼姑，不是道姑；而她在大观园里的住处名为"栊翠庵"，也不是什么道观，老太太来喝茶的时候也说过："我们才都吃了酒肉，你这里头有菩萨，冲了罪过。"供奉菩萨而非太上老君，益发可见是尼姑。

——有这许多线索，人们提起妙玉来却仍是一个道姑的形象，这是电影戏曲的误导。也是因为全书八十回中，我们没见妙玉念过一回经，敲过一声木鱼，连句佛号都没宣过，倒是黛玉说笑时动辄会来上一句"阿弥陀佛"。

大观园女儿中，妙玉最亲近的就是黛玉，不仅特地请她入内室喝体己茶，还在仲秋之夜邀请她到庵中谈诗，且评说："若只管丢了真情真事且去搜奇捡怪，一则失了咱们的闺阁面目，二则也与题目无涉了。"

一句"咱们"，又一句"闺阁面目"，可见她在内心，从未把自己看作是出家人。她的遗世独立，是因为性格，而非身份。

高鹗在后四十回续书中，将惜春写成是妙玉的知己，是徒见其形不解其神的。只为惜春的性格也有一种孤僻，后来又出了家，就想当然地认为她和妙玉是同路人，其实大错特错。前八十回中，妙玉教过岫烟识字，请过宝钗、黛玉喝茶，又为黛玉和湘云改诗，甚至送了刘姥姥一只成窑杯，但何尝与惜春有过一言半语呢？

惜春的出家是自愿，妙玉的出家却是被迫，她的知己，就只有两个：一个是黛玉，一个是宝玉。

后人解读妙玉时，往往拿她用自己的杯子给宝玉喝茶这件事津津乐道，认为是暗恋的确证。然而我以为那恰恰证明了妙玉对宝玉的感情是坦荡纯粹，毫无暧昧的。她与黛玉都是冰雪聪明的人，她不会看不出黛玉与宝玉之间的情愫，决不会当了宝钗、黛玉的面泄露春心；同样的，黛玉不仅敏感，而且好妒，曾为了宝钗、湘云不止一次地同宝玉闹别扭，如果妙玉别有私心，她又岂会无知无闻？宝玉往栊翠庵乞红梅，李纨命人好好跟着，反是黛玉拦住说："不必，有了人反不得了。"而宝玉也同样知道黛玉的敏感，却在接到妙玉拜帖的第一时间，只想到要拿去与黛玉商量如何回复，岂非也是知道妙玉的心无邪、黛玉的不设防么？

偏偏局外人喜欢无事自扰，将一段人世间最纯洁不过的知己之情庸俗地理解作暧昧、暗恋、尼姑思凡，真真亵渎了妙玉。还是那句话，“僧不僧，俗不俗，女不女，男不男”，妙玉的心里，不但没有僧俗之别，甚至没有男女之分，你可以说她放诞诡僻，亦可以说她特立独行，她是槛外人，不受任何戒条限制，也不被任何情感羁绊的。

世人不能理解妙玉，只是因为从没有试过毫无所求，甚至毫无所思地去爱一个人，甚至不问那个人是男，是女。古人有诗说：爱到深处无怨尤。然而妙玉，却是爱到至高至纯之处，连该不该有怨尤也没想过的。

妙玉，不仅是“槛外人”，她更拥有一份“世外情”，只是有心人才能解得罢了。

第一次出场是暗出，见于第十八回《林黛玉误剪绣香囊　贾元春归省庆元宵》。其时宝玉刚自大观园题额回来，因将随身佩件赏了小厮们，引起黛玉误会，以为他将自己送的荷包也送人了，便赌气铰了正替宝玉做着的一只香袋。两人口角一回，到底还是由宝玉百般赔情哄转回来，然后一同往王夫人房中来了——

此时王夫人那边热闹非常……又有林之孝家的来回："采访聘买的十二个小尼姑、小道姑都有了，连新作的十二份道袍也有了。外有一个带发修行的，本是苏州人氏，祖上也是读书仕宦之家。因生了这位姑娘自小多病，买了许多替身儿皆不中用，到底这位姑娘亲自入了空门，方才好了，所以带发修行，今年才十八岁，法名妙玉。如今父母俱已亡故，身边只有两个老嬷嬷，一个小丫头伏侍。文墨也极通，经文也不用学了，模样儿又极好。因听见长安都中有观音遗迹并贝叶遗文，去岁随了师父上来，现在西门外牟尼院住着。他师父极精演先天神数，于去冬圆寂了。妙玉本欲扶灵回乡的，他师父临寂遗言，说他'衣食起居不宜回乡，在此静居，后来自有你的结果'。所以

·妙玉与黛玉的知己之情·

全书八十回，妙玉只有五次出场，三次暗出，两次正出。

他竟未回乡。”王夫人不等回完，便说：“既这样，我们何不接了他来。”林之孝家的回道：“请他，他说：‘侯门公府，必以贵势压人，我再不去的。’”王夫人道：“他既是官宦小姐，自然骄傲些，就下个帖子请他何妨。”林之孝家的答应了出去，命书启相公写请帖去请妙玉。次日遣人备车轿去接等后话，暂且搁过，此时不能表白。

这个妙玉来自姑苏，仕宦之后，父母双亡，孤身投在贾府，心性高洁骄傲——像不像佛门里的林黛玉？

黛玉三岁时，有个癞头和尚要化她出家，倘若当时林如海允了，黛玉也就成了第二个妙玉。

妙玉第二次出场是明出，第四十一回《栊翠庵茶品梅花雪》，是惟一一次以妙玉入回目，可见此回乃是“妙玉正传”。在这回中，贾母带刘姥姥游大观园，也来了栊翠庵。妙玉应酬一番后，便拉了宝钗和黛玉去喝体己茶，还当面讽刺黛玉“竟是个大俗人”，黛玉那样小性子，口角不饶人的，居然也认了，反更显得熟不拘礼似的。

妙玉第三次出场仍是暗出，第四十九回《琉璃世界白雪红梅》，虽未见妙玉真人露面，然而“红梅”二字足以替代，况且又有群钗吟诗咏梅，且命宝玉“访妙玉乞红梅”之描写，足见隆重。宝玉往栊翠庵求梅时，李纨命人好好跟着。黛玉忙拦说：“不必，有了人反不得了。”一则很了解妙玉，二则也是一种体贴，三则更是大度：黛玉最喜欢为宝玉吃醋的，此时却偏偏给宝玉和妙玉两个人创造独处的机会，不许别人打扰，可见对妙玉的相知与信任。

事后妙玉也很领情，不但给了宝玉红梅，还给了每人一枝。邢岫烟曾同宝玉说，她自称“槛外人”，你回个“槛内人”，她就喜欢了；而黛玉这件事，无疑是做到了妙玉心里去，让她喜欢了。

妙玉的第四次出场在第六十三回《寿怡红群芳开夜宴》，妙玉给宝玉送帖子，“槛外人妙玉恭肃遥叩芳辰”。宝玉拿到后，因不知回什么字样好，想去问黛玉，却半路遇见邢岫烟，被打断了。这次妙玉和黛玉两个都是暗出。

妙玉的第五次也是最后一次出场，终于再次正面现身，是在七十六回《凸碧堂品笛感凄清　凹晶馆联诗悲寂寞》。黛玉和湘云两个中秋夜联诗，黛玉刚说出“冷月葬花魂”这句谶语，妙玉忽然现身出来，说：“好诗，好诗，果然太悲凉了。不必再往下联，若底下只这样去，反不显这两句了，倒觉得堆砌牵强。”又请二人往栊翠庵喝茶歇脚。

三人遂一同来至栊翠庵中……（妙玉）自取了笔砚纸墨出来，将方才的诗命他二人念着，遂从头写出来。黛玉见他今日十分高兴，便笑道：“从来没见你这样高兴。我也不敢唐突请教，这还可以见教否？若不堪时，便就烧了；若或可改，即请改正改正。”妙玉笑道：“也不敢妄加评赞。只是这才有了二十二韵。我意思想着你二位警句已出，再若续时，恐后力不加。我竟要续貂，又恐有玷。”

黛玉从没见妙玉作过诗，今见他高兴如此，忙说：“果然如此，我们的虽不好，亦可以带好了。”妙玉道：“如今收结，到底还该归到本来面目上去。若只管丢了真情真事且去搜奇捡怪，一则失了咱们的闺阁面目，二则也与题目无涉了。”二人皆道极是。妙玉遂提笔一挥而就，递与他二人道：“休要见笑。依我必须如此，方翻转过来，虽前头有凄楚之句，亦无甚碍了。”

黛玉向来是自恃诗才的，元春省亲宴上，因未能展才还十分郁闷，然而见了妙玉，却恭敬谦逊异常，竟说起客气话来了，又是“我也不敢唐突请教，这还可以见教否？若不堪时，便就烧了。”又是“果然如此，我们的虽不好，亦可以带好了。”这让我有点怀疑：难道两个人以往有交情？或者至少是祖上有交情？

但书中没有写，明着写出与妙玉有故交的是邢岫烟，说两人有半师之分。

黛玉对香菱也有半师之分，这四个人偏偏都是姑苏人氏。

总觉得这里面似乎隐含着什么。而妙玉五次出场，有意无意，都和黛玉有所牵扯。

作者想暗示的是什么呢？仅仅是妙玉与黛玉的相知之情吗？

然而书中还有一个更加神秘的人物叫慧娘。在程高本中被删掉了，所以很多人都忽略了她。她连一次正面出场都没有，只是若不经意地在第五十三回《宁国府除夕祭宗祠 荣国府元宵开夜宴》里描了一笔：

一色皆是紫檀透雕，嵌着大红纱透绣花卉并草字诗词的璎珞。原来绣这璎珞的也是个姑苏女子，名唤慧娘。因他亦是书香宦门之家，他原精于书画，不过偶然绣一两件针线作耍，并非市卖之物。凡这屏上所绣之花卉，皆仿的是唐、宋、元、明各名家的折枝花卉，故其格式配色皆从雅，本来非一味浓艳匠工可比。每一枝花侧皆用古人题此花之旧句，或诗词歌赋不一，皆用黑绒绣出草字来，且字迹勾踢、转折、轻重、连断皆与笔草无异，亦不比市绣字迹板强可恨。他不仗此技获利，所以天下虽知，得者甚少，凡世宦富贵之家，无此物者甚多，当今便称为“慧绣”。竟有世俗射利者，近日仿其针迹，愚人获利。偏这慧娘命夭，十八岁便死了，如今竟不能再得一件的了。凡所有之家，纵有一两件，皆珍藏不用。有那一干翰林文魔先生们，因深惜“慧绣”之佳，便说这“绣”字不能

· 妙玉身世猜想之一：璎珞之谜 ·

妙玉位居十二钗之六，在书中却只有两次正面出场，如神龙见首不见尾。

尽其妙，这样笔迹说一“绣”字，反似乎唐突了，便大家商议了，将“绣”字便隐去，换了一个“纹”字，所以如今都称为“慧纹”。若有一件真“慧纹”之物，价则无限。贾府之荣，也只有两三件，上年将那两件已进了上，目下只剩这一副璎珞，一共十六扇，贾母爱如珍宝，不入在请客各色陈设之内，只留在自己这边，高兴摆酒时赏玩。

初次读时，觉得这段好不怪异，没头没脑地插入，看起来好像硬生生插在文中的一样，前不着村后不着店的。然而慧娘此人却已经鲜活于纸上，让人很难忘怀；正如妙玉不过出场三两次，却形象鲜明得烙印在心上一样。

有一天，我忽发奇想：妙玉和慧娘会不会是同一个人呢？

这个想法刚冒出来的时候，真把自己吓了一跳，觉得太荒诞了。然而静下来，却越想越觉得像，或许有点走火入魔，但不能不去想：

两个人虽然一明一暗，一尼一俗，却一个“本是苏州人士”，一个“也是个姑苏女子”；一个“祖上也是读书仕宦之家”，一个“亦是书香宦门之家”；一个“自小多病”，一个“偏偏命夭”；一个“文墨也极通”，一个“精于书画”；又都品位高雅，性情孤傲。

不同的是，慧娘是“十八岁便死了”，而妙玉则一出场已经是“今年才十八岁”；慧娘并不仗着自己的绝技获利，凡世宦富贵之家，虽百般苦求，却难以多得；妙玉却因“不合时宜，权势不容”（邢岫烟语）只得辗转离乡，投奔入贾府；妙玉敬茶于贾母时，通过两人关于“六安茶”与“老君眉”的对话感觉似有旧识；而贾母收藏着一件“慧纹”，轻易不敢拿出来，只留在自己身边把玩，又可见对慧娘的看重……

可否这样猜想：慧娘盛名远播，凡富贵之家为求一件绣品而用尽手段，软硬兼施，比如用各种奇珍异宝来交换（所以妙玉才会有那么多连贾府也翻不出来的宝贝），慧娘不胜其烦，又不容于权势，故而诈死远投，来至金陵贾府藏身，却先到牟尼院借住，对外声称是下帖子请进府里来的。

至于邢岫烟说十年前与妙玉已经是邻居，彼时妙玉在蟠香寺修炼，也并不矛盾。既然邢岫烟“赁的是他庙里的房子”，可见那蟠香寺八成是慧娘家的家庙，她自小难以养活，所以平时在庙里持戒，但并非真正的出家，所以是带发修行，并未剃度。她照样可以做她的大小姐，没事儿绣绣屏风，玩玩茶道。

书中转弯抹角地解释了半天为什么“慧绣”又称“慧纹”，其目的无非告诉我们这是一段“晦文”或“讳文”，这段“讳”莫如深的隐“晦”之文究竟是什么呢?

宝玉过生日时，妙玉特地下帖子祝贺，仿佛提醒我们这生日的特殊含义。而宝玉的生日竟和宝琴、妙玉的“半徒”邢岫烟、平儿相同，虽然我们不明白作者为什么做这样的安排，但一定是有其用意的。

我尝试将四个人的名字连在一起，得出的结论是“秦（琴）玉绣（岫）屏（平）”或者“玉琴绣（岫）屏（平）”又或者“绣（岫）琴玉瓶（平）”。

更倾向于“绣屏”的原因就是，贾母珍藏的“慧纹”即是一座十六扇紫檀透雕嵌璎珞绣屏。因为书中写“一色皆是紫檀透雕，嵌着大红纱透绣花卉并草字诗词的璎珞”，人们多被“璎珞”吸引了眼光，却忽略了后面的“凡这屏上所绣之花卉……”忘了这不是一副璎珞，而是一座绣屏，而且是十六扇绣屏。

书中在写抄检大观园时，又补叙出四儿也和宝玉是同天生日。换言之，也就和前边四个人都是同天生日。我以为，“四儿”在这里的意义，在于强调“四个人”的意思，四四十六，又刚与十六扇绣屏之数相合。

当然，这些都是我的“胡思乱想”，或者有些离奇，不过是偶然起兴，先写在这里，以待高明吧，说不定遇见个旁学杂收通今博古之士把这个衍发开去，弄出一段“妙学”或“慧文”来也说不定呢。

贾家四艳、史湘云、薛宝钗、王熙凤母女不必说了，直接是四姓后代，而李纨、秦可卿也都是贾府嫡媳，也可以算是贾家的人。

林黛玉虽不姓贾，却是绛珠仙草下凡，又是前科探花、巡盐御史、兰台寺大夫之女，贾母的亲外孙女儿，无论前世今生的出身，都够高贵的了。

那么，十二钗中就只剩下妙玉这一个“外人”了。她只是荣府建造大观园时请来撑场面的普通尼姑，虽说也是宦家小姐，可是有什么理由僭越薛宝琴、邢岫烟诸人，得以入选十二钗正册，并且高居第六位宝座，比迎春、惜春更居前呢？

是她与四大家族之间有着不为人知的紧密关系，甚至比李纨、可卿等更亲近？还是她真正的身份至尊至荣，足以媲美荣宁府甚至比四大家族更高贵？

· 妙玉身世猜想之二：公主出家 ·

金陵十二钗正册中，大多是与贾、王、史、薛四大家族关系紧密者，

从贾母说不喝六安茶，妙玉立刻回答“知道，这是老君眉”来看，两家很可能是世交，妙玉的到来绝非偶然；而从她收藏的那些奇珍异宝，以及她乖诞傲慢的性格来看，后一种猜测也是非常有可能的。

刘心武推出秦学，将《红楼梦》故事与清史相结合，认为秦可卿可能是太子遗珠。可是翻遍正史野史，也看不到太子有女儿的半个字记载，因此，这理论也就成了海市蜃楼，沙滩宝塔，再堂皇，也经不起风浪轻轻一摧。

相比之下，倒是前人索隐的林黛玉即董

小宛说还更现实些。至少，董小宛这个人是在历史上真实存在过的，而洪承畴强抢冒辟疆妾董氏献与顺治帝，也在野史上多有记载。曹雪芹生活在当朝，很可能受这种“秘闻”的影响，将其写入文学作品。

然而“秦学”的确为我们提供了一种思路，就是出乎十二钗常理之人，很可能是身世奇特、寄养贾府者。这个人绝不是秦可卿，因为可卿之死太过招摇，为人也太放纵，根本不合乎“隐匿”的情理；既然是隐姓埋名，藏在庭院深深处，此人势必隐居简出，处世清淡，而举止高贵，性情孤傲。

这个人，只能是妙玉。

庚辰本在林之孝家的转述妙玉之语后，有双行夹批：“补出妙卿身世不凡心性高洁。”

这个“身世不凡”，是怎么个不凡呢？仅仅因为“祖上也是读书仕宦之家”？

首先，从妙玉的教养来看，她精通茶道，能诗善文，水准绝对在贾府四艳之上；其次，从妙玉的举止来看，她与贾母之间的对答不卑不亢，讥讽宝玉翻遍整个贾府也未必找得出一件比得上绿玉斗的茶器，甚至批评绛珠仙子化身的林黛玉是“大俗人”，完全把自己置身于诸钗之上；最后，从妙玉的言谈来看，同湘、黛论诗时，一句“咱们的闺阁面目”，可见从未把出家当回事，况且，她根本就是带发修行，显然随时准备还俗。

邢岫烟曾说她是“为权势不容”方投至此地——既然远走是因为“为权势不容”，只怕出家也是在躲避权势。而倘若妙玉出身奇高，又会被什么样更高贵的势力所不容，以至于要避入佛门以自保呢？

我们先试图从贵族出家这个思路来寻找可能的原型。

倘若这只是曹雪芹生活中所熟悉的一个形象，或是某个王爷公侯家的小姐，我们是没有办法窥知的；但如果是一个在历史上留名的人物，便不难寻找。史上出家的皇族女子不胜枚举，其中佼佼者要数武则天和杨贵妃。而距离曹雪芹的年代较近、其事又比较轰动的，则要算大明公主长平和吴三桂爱妾陈圆圆。

先说长平公主。公元 1644 年，也就是崇祯十七年三月十八日，李自成率兵攻入紫禁城，崇祯帝在亲手斩杀缢死自己多位后妃之余，向女儿长平道：“汝何故生我家？”剑起直落，斩断了长平的一只臂膀。这就是历史上著名的“断臂公主”。

至于长平的下落，正史鲜有记载，野史却传说不一：有说李自成进宫后，见公主倒于血泊中，殷切垂询，并遣宫女送回寝殿休养，请太医诊之；有说为太监背负而出，藏于国舅周世显家中的；《明史后妃传》中则载，清军进宫后，厚待前明诸妃，赡养终身；而传奇唱本《帝女花》，则述长平出家为尼，法号慧清。

这种种说法中，又以《帝女花》因其广为传唱，遂使“公主出家说”最为流行。曹雪芹活于当代，不可能没有听过看过，他虽出身于包衣家族，但汉文化对其影响至深，对前明未必没有崇仰之情，潜移默化，将这个形象写入小说也是很有可能的。

况且，妙玉自称“畸人”。畸，乃残缺不全之意，岂非暗指公主断臂么？

而长公主所以断臂，乃因大明为李闯所亡，这真是世上最大的“为权势不容”了。更何况，在《帝女花》故事中，既在公主出家后，也多经坎坷，每每“为权势所不容”呢。

再说陈圆圆。她原是秦淮河边的一个名妓，著名的“秦淮八艳”之一，后被国丈田畹巧取豪夺，并献入皇宫。然而崇祯因国难当前，对女色并无兴趣，遂又退回田府。后来吴三桂往田家做客，一眼取中了陈圆圆，千方百计向田畹要了来，珍若拱璧。后来李自成进京称王，吴三桂本来已经降了，可是忽然接到家信说陈圆圆被抢入宫，至于抢她的人，史上则有两种说法，一说是李自成夺取为妃；而《明史 · 李自成传》和《清史 · 吴三桂传》则都说是大将刘宗敏占为己有——不管是哪一种情况，总之陈圆圆被夺是实，而吴三桂因此大怒变节，遂开山海关以降清，灭了大明。

这就是著名的“冲冠一怒为红颜”。

吴三桂因引清入关有功，后来晋封平西王，还和皇上攀了亲家，娶了十四格格建宁做儿媳妇。而陈圆圆的下落，却从此不见于正史，只在野史中有过一鳞半爪的记录，多半是说她出家为尼，为自己和吴三桂的一生赎罪。这些野史别传中，又以钮秀所做《圆圆曲》最具代表性，叙述陈圆圆追随吴三桂至云南后，吴三桂出尔反尔，再次欲举兵反叛，陈圆圆遂请命独居别院，洗尽铅华，离开王府到山中静休。

而《甲申传信录》则记载，早在李自成入京后，刘宗敏绑来吴三桂之父吴襄向其索要陈圆圆时，吴襄说陈圆圆早送去吴三桂所驻的宁远，且早已死了——这是不是“为权势所不容”呢？

由妓而妃，由妃而尼。陈圆圆的一生可谓传奇。

而曹雪芹笔下的妙玉呢，她最初的身份应该是王族贵戚，接着带发修行，而将来的结局则是“风尘肮脏违心愿”，沦落泥淖。这三步曲，岂不是将陈圆圆的一生重演一遍，只是颠倒了次序么？

长平与陈圆圆，谁更有可能是妙玉的原型？抑或，还有第三个选择？

说到底，这些都只是我的猜测罢了，就好比拼图游戏，只当是一段闲话益智，聊以佐茶吧。

宁可自己吃亏，但求息事宁人——不可谓不善良，不可谓不周全，不可谓不用心良苦。

最大的可能就是她是在抄家时逃出来的，没有跟家人一起关进狱神庙或别的地方，而是独自出走，做了尼姑。

子系中山狼，得志便猖狂。
金闺花柳质，一载赴黄粱。

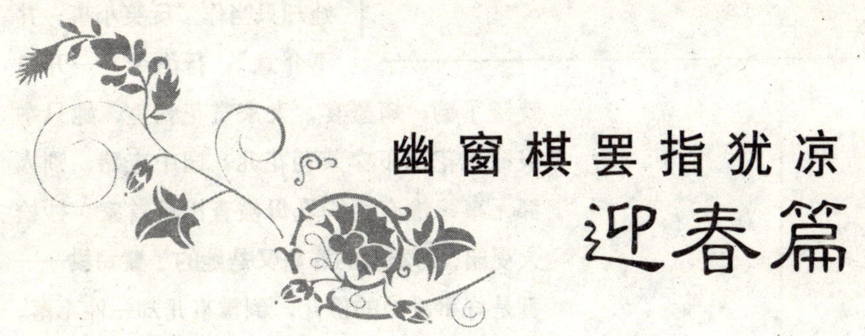

幽窗棋罢指犹凉
迎春篇

这两句原是宝玉为潇湘馆所拟之联，然而大观园诸芳中，最喜“手谈”之道的，却是迎春。

贾府四艳，“元、迎、探、惜”四春中，最可怜的大概就要数迎春了。元春贵为皇妃，探春才干出群，惜春虽小，却性情狷介，自有主张，虽然落得出家为尼，“缁衣乞食”，毕竟也是得偿所愿，不算太惨。而二小姐贾迎春呢，却枉自一生懦弱，然而委曲终不能求全，“金闺花柳质，一载赴黄粱”，是四春中最短命也是最苦命的。

· 一子错，满盘皆落索 ·

“宝鼎茶闲烟尚绿，幽窗棋罢指犹凉。”

迎春在书中出场不少，镜头不多，永远只是做配角。起诗社，她“本性懒于诗词”，只好管出题限韵，却又没什么主意，于是让丫鬟随口说个字，选了“门”字韵，又在架上抽本书随手一翻，是首七律，便让大家做七律——只是一件极小的事，也是听天由命的做派；猜灯谜，只有她和贾环答错，贾环颇觉无趣，她却只当作“玩笑小事，并不介意”；行酒令，一开口就错了韵；螃蟹宴，大家赏花钓鱼，她只拿根针在花阴下穿茉莉花儿；园中查赌，别人都无事，惟有她的乳母被查出是首家；抄检大观园，绣春囊的罪魁又是她的丫鬟司棋——真是好事没她的份儿，倒霉事儿却一件不落。难怪连下人也轻视她，欺负她，背后叫她“二木头”，说她“戳一针也不知嗳哟一声”，赌牌输了钱，敢拿她的头钗去当，出了事，倒敢勒逼着她去向老太太求情。而她应付争吵的办法，就只是拿本《太上感应篇》充耳不闻。

且看第七十三回《懦小姐不问累金凤》中的这一段“赎凤案”：

平儿道：“若论此事，还不是大事，极好处置。但他现是姑娘的奶嫂，据姑娘怎么样为是？”当下迎春只和宝钗阅《感应篇》故事，究竟连探春之语亦不曾闻得，忽见平儿如此说，乃笑道：“问我，我也没什么法子。他们的不是，自作自受，我也不能讨情，我也不去苛责就是了。至于私自拿去的东西，送来我收下，不送来我也不要了。太太们要问，我可以隐瞒遮饰过去，是他的造化，若瞒不住，我也没法，没有个为他们反欺枉太太们的理，少不得直说。你们若说我好性儿，没个决断，竟有好主意可以八面周全，不使太太们生气，任凭你们处治，我总不知道。”众人听了，都好笑起来。黛玉笑道：“真是‘虎狼屯于阶陛尚谈因果’。若使二姐姐是个男人，这一家上下若许人，又如何裁治他们。”迎春笑道：“正是。多少男人尚如此，何况我哉？”

迎春的这番话，可谓是她人生原则的最集中体现——她做人处世的理想，就只是“八面周全，不使太太们生气”。若说她不闻不问，其实不公平，她想的其实很多，既考虑到奴才们的利益，“我可以隐瞒遮饰过去，是他的造化”；也考虑到太太们的反应，“没有个为他们反欺枉太太们的理”；这其中，惟独没有考虑她自己的得失，“私自拿去的东西，送来我收下，不送来我也不要了”，宁可自己吃亏，但求息事宁人——不可谓不善良，不可谓不周全，不可谓不用心良苦。

这样的一个人，做什么事都不显山露水，有特长也不会张扬，以至于读者们都知道黛玉擅诗，惜春擅画，却从不觉得迎春擅长什么。

其实，书中关于迎春喜欢下棋的暗示不算太少：她的首席丫鬟名“司棋”；而周瑞家的挨屋送宫花时，也正见到迎春与探春姐妹两个在下棋；宝玉为迎春的婚事感慨莫名，所吟诗中又有“不闻永昼敲棋声，燕泥点点污棋枰”的句子，都显示出迎春每日棋不离手。

这越发让人想到一句老话：一步错，步步错。

迎春的第一步错在哪里呢？

出身。

关于迎春的出身，各本分歧不一：

甲戌本作："二小姐乃赦老爹前妻所出。"

列藏本作："二小姐乃赦老爹之妻所生。"

己卯本作："二小姐乃赦老爹之女，政老爷养为己女。"

戚序本作："二小姐乃赦老爹之妾所出。"

庚辰本作："二小姐乃政老爹前妻所出，名迎春。"

曹雪芹对这个贾府二小姐真是不公平，连她的出身问题都弄得这样马马虎虎，莫衷一是。

可以肯定的是，庚辰本绝对是错的，怎么看，王夫人也是贾政的原配，不可能再另有一个"前妻"。迎春应该是大老爷贾赦的女儿无疑，要分辨的，只是正出还是庶出的问题。

在《懦小姐不问累金凤》一节，邢夫人教训迎春时，有一段话，是全书惟一一次涉及迎春的出身：

> 邢夫人见他这般，因冷笑道："总是你那好哥哥好嫂子，一对儿赫赫扬扬，琏二爷、凤奶奶，两口子遮天盖日，百事周到，竟通共这一个妹子，全不在意。但凡是我身上掉下来的，又有一话说——只好凭他们罢了。况且你又不是我养的。你虽然不是同他一娘所生，到底是同出一父，也该彼此瞻顾些，也免别人笑话。我想天下的事也难较定，你是大老爷跟前人养的，这里探丫头也是二老爷跟前人养的，出身一样。如今你娘死了，从前看来你两个的娘，只有你娘比如今赵姨娘强十倍的，你该比探丫头强才是。怎么反不及他一半！谁知竟不然，这可不是异事。倒是我一生无儿无女的，一生干净，也不能惹人笑话议论为高。"

这里明明白白写出迎春乃是"大老爷跟前人养的"，也就是戚序本所言"二小姐乃赦老爹之妾所出"。同探春"出身一样"。

然而探春之母赵姨娘虽不堪，王夫人却肯疼惜她，同父异母的哥哥宝玉更对她视若亲妹，她又擅机变、肯巴结，因而在贾府里很吃得开，还一度坐上管家之位；迎春却错在出生于不得贾母欢心的长子贾赦房中，自小死了亲娘，嫡母邢夫人又是这么一个贪财薄情之人，同父异母的哥哥贾琏又全无体恤顾惜之心，嫂子王熙凤更是不关痛痒，也就难怪她的生命中那般缺乏温情、没有安全感了。

值得注意的是，邢夫人自称一生无儿无女，可见非但迎春不是她的女儿，就连贾琏也非她亲生之子。那么贾琏又是何人所生呢？难道是贾赦的另一个妾所出？

非也。第五十五回里《辱亲女愚妾争闲气》一节，王熙凤同平儿议论探春时曾说："将来不知哪个没造化的，挑庶正误了事呢，也不知哪个有造化的，不挑庶正的得了去。"分明对正庶很是在意。倘若贾琏庶出，王熙凤必定心中有鬼，决不会这么理直气壮大大方方地同平儿讨论正庶问题。

可见贾琏当为贾赦正室所生，而这正妻已经死了，遂娶邢夫人为续弦。而在贾赦原配夭亡、邢夫人娶为填房之前，大房虚其正室，所以管家大权便落到了二房里贾政之妻王夫人手上，等到后来邢夫人进门时，一则大局已定，二则又是续弦，出身低微，便不能得贾母之心，夺王夫人之位。况且元春又做了皇妃，贾政成了国丈，地位就更加高了。当然这些曲折，都是隐在正面描写后面的家事情由，却可以由蛛丝马迹合理推出。

不过最有可能的，还是作者最初写迎春这个人时，不及用心，只为了"原应叹息"四字而顺手起名，后来随着情节发展，或者是忘了，或者是改了主意，又借邢夫人之口说她是"大老爷跟前人养的"，把她派成妾侍之女了。而各本歧误也由此而生，不及统一。这当是创作过程中的一点笔误，在增删修补中未及统一。

真是不能不为迎春难过——连她在书中第一次露名的身世都出错，她这个人的一生，又怎能不满盘皆输呢？

故而，文中对迎春的婚事下了一字定评：误。

《红楼梦》现存八十回回目中，只有两条与迎春有关，一个是第七十三回《懦小姐不问累金凤》，再一个就是第七十九回《贾迎春误嫁中山狼》。“懦”是她的性格，“误”是她的命运。二小姐贾迎春这一生，实在是太窝囊，太懦弱，太倒霉了，故而一子错，满盘皆落索，又怎能不为命运所误呢？

迎春的判曲名曰《喜冤家》，是说婚姻本是喜事，却偏偏“冤家路窄”，同老太太说的“不是冤家不聚头”是一个道理。且看原文：

> 中山狼，无情兽，全不念当日根由。一味的骄奢淫荡贪欢媾。觑着那，侯门艳质同蒲柳；作践的，公府千金似下流。叹芳魂艳魄，一载荡悠悠。

· 迎春为何会嫁给孙绍祖 ·

都说“男怕入错行，女怕嫁错郎”，遇人不淑，大概是一个女子人生中最大的悲哀了。

但是，迎春再懦弱，毕竟也是“侯门艳质”，“公府千金”，为什么会嫁给如此不堪的一个丈夫呢？难道仅仅一个“误”字就可以解释得了吗？且看第七十九回《贾迎春误嫁中山狼》中对这门婚事的写法：

> 原来贾赦已将迎春许与孙家了。这孙家乃是大同府人氏，祖上系军官出身，乃当日宁荣府中之门生，算来亦系世交。如今孙家只有一人

在京，现袭指挥之职，此人名唤孙绍祖，生得相貌魁梧，体格健壮，弓马娴熟，应酬权变，年纪未满三十，且又家资饶富，现在兵部候缺提升。因未有室，贾赦见是世交之孙，且人品家当都相称合，遂青目择为东床娇婿。亦曾回明贾母。贾母心中却不十分称意，想来拦阻亦恐不听，儿女之事自有天意前因，况且他是亲父主张，何必出头多事，为此只说“知道了”三字，余不多及。贾政又深恶孙家，虽是世交，当年不过是彼祖希慕荣宁之势，有不能了结之事才拜在门下的，并非诗礼名族之裔，因此倒劝谏过两次，无奈贾赦不听，也只得罢了。

从这里看，贾赦发嫁迎春的理由并没有什么大错，那孙家出身军门，有财有势，孙绍祖相貌、体格、功夫、交际手段，样样都好，既在兵部候缺，想必前程远大，作为庶出的迎春嫁得这样一个夫婿，“硬件”上并无不妥。

奇怪的是，孙绍祖已经快三十岁了，在那个年代算得上很“老”了，至少比贾琏大得多，又“家资饶富”，为何却没有老婆呢？书中说他“未有室”，这可能有两种解释，一是不曾娶亲，二是原配死了。其中又数后一种可能性更大，那么，迎春嫁过去等于是做“填房”，同邢夫人、尤氏的身份相似，显然是有“低就”、“下嫁”的意味，贾母和贾政的不满意也就很容易理解了。

真正有疑点的，是贾政所指的“不能了结之事”。其深层含义就是，当年孙家有事求贾家帮忙，遂拜在门下以求庇护。换言之，贾家曾对其有恩。

然而孙绍祖却不这么认为，他非但不报恩，还反咬一口。据迎春归宁时转述说：

孙绍祖……说老爷曾收着他五千银子，不该使了他的。如今他来要了两三次不得，他便指着我的脸说道：“你别和我充夫人娘子，你老子使了我五千银子，把你准折卖给我的。好不好，打一顿撵在下房里睡去。当日有你爷爷在时，希图上我们的富贵，赶着相与的。论理我和你父亲是一辈，如今强压我的头，卖了一辈。又不该作了这门亲，倒没的叫人看着赶势利似的。”

如何来理解这番话呢？孙绍祖的话中有几成可信？所透露出来的真正信息又是什么呢？

故然贾家如今已非当年之势，五千两银子也并非小数目。然而贾赦买个嫣红作妾，还出手八百两银子，何至于为五千两银子就卖女儿；那周太监来打秋风，张口就一千两银子，贾琏虽艰难，也还捣腾得出，可见“瘦死的骆驼比马大”，也决不至于为了五千两银子葬送亲妹子前程。

因此，孙绍祖的话绝对是欺心昧世之言。至于那五千两银子，大抵也并非完全是空穴来风，最大的可能，就是因那“不能了结之事”求贾家帮忙拆理时，拿来送礼的。如今事情了结，他又翻脸不认账，得了人不算，还想把钱也要回去。

这样的人，民间俗称为“白眼狼”，文人称之为“中山狼”。典出明朝马中锡《东田集 · 中山狼传》，也就是我们熟知的“东郭先生”的故事：赵简子在中山打狼，狼中箭而逃，遇到东郭先生，向其求救。东郭先生动了恻隐之心，将狼藏在书囊中，骗过了赵简子。狼活命后，却反而要将救命恩人东郭先生吃掉。

因此迎春的判词中说“子系中山狼，得志便猖狂”。“子、系”合起来就是一个“孙”字，这姓孙的狼心狗肺，恩将仇报，将来必定还会做出许多对不起贾家的事，只怕除了虐待迎春之外，还有别的反噬行为，说不定贾赦后来获罪，就与孙绍祖有关。

倘或如此，他必定不会让迎春回家通风报信的，这就又牵涉到一个新的问题：迎春归宁，是曹雪芹写的吗？

忽然觉得一个个人物都语言无味，面目可憎起来；而我，却是每每读到第七十九回迎春出嫁一段时，就已经浑身不得劲了。

书中第七十九回《贾迎春误嫁中山狼》一段写得相当匆促，几乎是波澜突起，强扭成亲的。起笔一句“原来贾赦已将迎春许与孙家了”劈空而来，硬生生插入孙绍祖其人其事，前文毫无照应，十分突然。这与雪芹一向“草蛇灰线，伏脉千里”的笔法极不协调，倒更像是一个剧本大纲，有骨无肉，更无精气神儿。

事实上，整个第七十九、八十两回，都写得非常潦草仓促，先是迎春出嫁，薛蟠娶亲，接着金桂撒泼，香菱病危，迎春归宁，哭诉孙绍祖欺凌之事，仿佛急急忙忙地把人物故事收结，明明都是大事，却没有一个场面描写，只是平铺直叙，借着宝玉病了百日这个理由，一笔带过。

· 迎春归宁是曹雪芹的原笔吗 ·

这里只说迎春这个人物，在她出嫁后，宝玉曾往蓼风轩感伤了半日，还写了一首并不工整的七律：

> 张爱玲说小时候读红楼，看到第八十回后，

池塘一夜秋风冷，吹散芰荷红玉影。

蓼花菱叶不胜愁，重露繁霜压纤梗。

不闻永昼敲棋声，燕泥点点污棋枰。

古人惜别怜朋友，况我今当手足情！

此诗意境虽可取，然而非但对仗不工，连平仄也欠妥，最后两句更是大白话，完全不像宝玉的“香奁体”笔风。且不说《四季即景》、《访菊》这些标准七律，即使是并不很讲究格律的古风《姽婳词》，也远比这个来得工整香艳。

诗词是《红楼梦》的一大特色，虽不是篇篇精品，却首首有味，最难得的就是每首诗都要合乎作者的身份，按头制帽，各如其人，既不能把黛玉的诗派给宝钗，更不能把贾环的诗塞给宝玉。前文黛玉做《桃花行》，宝琴骗宝玉说是自己写的，宝玉道：“这声调口气迥乎不像蘅芜之体”，便是一个强证。

然而这首《蓼风轩即景》，却浅疏直白，粗枝大叶，“迥乎不像怡红之体”。

而且，倘若此诗真是曹雪芹所写，那么宝玉可谓是提前为迎春之死做诔了，脂砚在此有一句“为对境悼颦儿做引”的批语，可见此诗原有悼念的意味。

果真如此，那么后来的迎春归宁就是多余的了，更不可能再回蓼风轩住上几晚。那一段孙绍祖行凶文字，本应该在丫鬟仆妇的话中补出才对，让本性隐忍懦弱的迎春长篇大论地诉委屈，几乎是种荼毒，而且是蛇足之笔。

而如果雪芹故意要写迎春归宁，来与元春省亲做一对应，则必然会作更大篇幅的从容描写，以细节来体现生活，决不至那般轻率简省，只用迎春说几句话诉诉委屈就草草揭过，简直是一种笔力不济的表现。

让我们重看这一段，原文是写贾宝玉百日病愈，往庙里上香回来——

那时迎春已来家好半日，孙家的婆娘媳妇等人已待过晚饭，打发回家去了。迎春方哭哭啼啼的在王夫人房中诉委屈，说“孙绍祖一味好色，好赌酗酒，家中所有的媳妇丫头将及淫遍。略劝过两三次，便骂我是‘醋汁子老婆拧出来的’。又说老爷曾收着他五千银子，不该使了他的。如今他来要了两三次不得，他便指着我的脸说道：‘你别和我充夫人娘子，你老子使了我五千银子，把你准折卖给我的。好不好，打一顿撵在下房里睡去。当日有你爷爷在时，希图上我们的富贵，赶着相与的。论理我和你父亲是一辈，如今强压我的头，卖了一辈。又不该作了这门亲，倒没的叫人看着赶势利似的。'"一行说，一行哭的呜呜咽咽，连王夫人并众姊妹无不落泪。

王夫人只得用言语解劝说："已是遇见了这不晓事的人，可怎么样呢。想当日你叔叔也曾劝过大老爷，不叫作这门亲的。大老爷执意不听，一心情愿，到底作不好了。我的儿，这也是你的命。"迎春哭道："我不信我的命就这么不好！从小儿没了娘，幸而过婶子这边过了几年心净日子，如今偏又是这么个结果！"王夫人一面解劝，一面问她随意要在那里安歇。迎春道："乍乍的离了姊妹们，只是眠思梦想。二则还记挂着我的屋子，还得在园里旧房子里住得三五天，死也甘心了。不知下次还可能得住不得住了呢！"王夫人忙劝道："快休乱说。不过年轻的夫妻们，闲牙斗齿，亦是万万人之常事，何必说这丧话。"仍命人忙忙的收拾紫菱洲房屋，命姊妹们陪伴着解释，又吩咐宝玉："不许在老太太跟前走漏一些风声，倘或老太太知道了这些事，都是你说的。"宝玉唯唯的听命。

迎春是夕仍在旧馆安歇。众姊妹等更加亲热异常。一连住了三日，才往邢夫人那边去。先辞过贾母及王夫人，然后与众姊妹分别，更皆悲伤不舍。还是王夫人薛姨妈等安慰劝释，方止住了过那边去。又在邢夫人处住了两日，就有孙绍祖的人来接去。迎春虽不愿去，无奈惧孙绍祖之恶，只得勉强忍情作辞了。邢夫人本不在意，也不问其夫妻和睦，家务烦难，只面情塞责而已。终不知端的，且听下回分解。

又是一句"那时迎春已来家好半日"，凭空插入，完全是技穷之笔。草草一小段话，八百来字，就算把迎春的故事收结了，完成了一段本应相当重要的迎春归宁，这哪里像曹雪芹一贯的文风？倒更像是近年来许多红迷尝试重续后四十回时常用的笔法，最省力的就是这两道板斧：一是用对话把所有的故事一口气讲完，不用处理过渡的问题，也不必理会情节是否连贯；二是站在旁观立场上简单介绍，三言两语交代过众人表现，几句评述就当过场了。而最欠缺的是，就是场面描写和细节刻画。

整个第七十九、八十两回，除了夏金桂计赚苦香菱的几段戏外，就毫无精彩可言。而列藏本上，第七十九、八十回根本就没有分开，只是一回，可见还在草稿阶段，这就更加坐实了我的猜测：这最后两回，并非雪芹亲笔。而是他设想好了故事，或者写了部分手稿，后由脂砚斋等缀补代笔而成。

倘或如此，在曹雪芹原意中，可怜的迎春，从“误嫁中山狼”到“一载赴黄粱”间，只怕是没什么机会再回蓼风轩重温旧梦的。出嫁前的最后一瞥，就是她与大观园的永诀了。

堪破三春景不长，缁衣顿改昔年妆。
可怜绣户侯门女，独卧青灯古佛旁。

缁衣顿改昔年妆
惜春篇

第五回《贾宝玉梦游太虚境》看到的册子中，关于惜春的那一页，画着“一所古庙，里面有一美人在内看经独坐”。其判云：

堪破三春景不长，缁衣顿改昔年妆。

可怜绣户侯门女，独卧青灯古佛旁。

而惜春在全书中第一次开口说话是在第七回《送宫花样琏戏熙凤》中：

只见惜春正同水月庵的小姑子智能儿一处顽笑，见周瑞家的进来，惜春便问他何事。周瑞家的便将花匣打开，说明原故。惜春笑道：“我这里正和智能儿说，我明儿也剃了头同他作姑子去呢，可巧又送了花儿来，若剃了头，可把这花儿戴在那里呢？”说着，大家取笑一回，惜春命丫鬟入画来收了。

· 惜春为何会“缁衣乞食”？ ·

贾府四艳中，惜春的结局通常是最无争议的，即出家为尼。

这是全书中惜春的第一句台词，竟然就是“明儿也剃了头作姑子去”。

接着，第二十二回“制灯谜”一段，写明惜春的谜语：

前身色相总无成，不听菱歌听佛经。

莫道此生沉黑海，性中自有大光明。

庚辰本在此有双行夹批："此惜春为尼之谶也。公府千金至缁衣乞食，宁不悲夫！"

可见，惜春出家为尼的结局无可质疑。但是，她是在什么情况下出家的，又为什么会落得个"缁衣乞食"的惨状呢？

在高鹗的伪续中，惜春的出家相当从容，不但仍住在大观园栊翠庵中，而且还有紫鹃做伏侍丫鬟，这显然与脂砚"缁衣乞食"的批语相悖，故不足取。

然而这也让我们知道了，倘若家境尚好时，即使惜春心冷意冷，一味倔犟地要出家，就像探春说的："这是他的僻性，孤介太过，我们再拗不过他的。"贾府那么多家庙庵堂，总会为她安排个不错的去处，就如妙玉的家人一样，虽然舍了她，却仍让她带走大量古董宝贝，随身还有两个老嬷嬷，一个小丫头服侍，绝不至于看她托钵行乞去。

由此可知，惜春的出家，应是在事败之后。

我的朋友佛学专家陈琛曾经写过一本《和尚——出家人的日常生活》，其中有整整一章讨论出家的程序，这里，只引用一小部分：

> 首先，出家人必须是一个能够自主的自由人，比如为人子女的，出家前要得到父母的同意；身有官职的要辞去官职；身为奴仆的要解除主仆契约；已结婚的，要解除婚姻关系；如果信奉过其他宗教，要坚决破除，断绝一切来往等。总之，在出家前要摆脱尘世生活的一切拖累，所谓的"跳出红尘"。
>
> 要出家的也得接受"健康检查"。患有恶疾的人被认为没有出家的资格。而佛教更加忌讳的是"黄门"（阉人）。男性（女性）性征不全的人被视为身体不净，是不允许出家的。犯过重罪的人同样不被佛门接纳。
>
> 要受戒的人还得向寺庙交纳一定的戒金，以充戒堂的灯烛香花、戒牒、戒录等费用……

——可见，俗家人并不是想出家就能出家的，要经过相当缜密烦琐的手续。当然，托人情、有关系的除外，比如鲁智深杀了人，但通过走后门，还是蒙混过关了，也因此有了宝玉为之赞叹不已的那段《山门》唱腔。

其实，这些关于出家的规矩和程序，在《红楼梦》中也有相当完整的体现，比如第七十七回《俏丫鬟抱屈夭风流　美优伶斩情归水月》中写到芳官、藕官、蕊官三人一段，就有很详细的描写：

一时候他父子二人等去了，方欲过贾母这边来时，就有芳官等三个的干娘走来，回说："芳官自前日蒙太太的恩典赏了出去，他就疯了似的，茶也不吃，饭也不用，勾引上藕官蕊官，三个人寻死觅活，只要剪了头发做尼姑去。我只当是小孩子家一时出去不惯也是有的，不过隔两日就好了。谁知越闹越凶，打骂着也不怕。实在没法，所以来求太太，或者就依他们做尼姑去，或教导他们一顿，赏给别人作女儿去罢，我们也没这福。"王夫人听了道："胡说！那里由得他们起来，佛门也是轻易人进去的！每人打一顿给他们，看还闹不闹了！"

当下因八月十五日各庙内上供去，皆有各庙内的尼姑来送供尖之例，王夫人曾于十五日就留下水月庵的智通与地藏庵的圆心住两日，至今日未回，听得此信，巴不得又拐两个女孩子去作活使唤，因都向王夫人道："咱们府上到底是善人家。因太太好善，所以感应得这些小姑娘们皆如此。虽说佛门轻易难入，也要知道佛法平等。我佛立愿，原是一切众生无论鸡犬皆要度他，无奈迷人不醒。若果有善根能醒悟，即可以超脱轮回。所以经上现有虎狼蛇虫得道者就不少。如今这两三个姑娘既然无父无母，家乡又远，他们既经了这富贵，又想从小儿命苦入了这风流行次，将来知道终身怎么样，所以苦海回头，出家修修来世，也是他们的高意。太太倒不要限了善念。"

王夫人原是个好善的，先听彼等之语不肯听其自由者，因思芳官等不过皆系小儿女，一时不遂心，故有此意，但恐将来熬不得清净，反致获罪。今听这两个拐子的话大近情理；且近日家中多故，又有邢夫人遣人来知会，明日接迎春家去住两日，以备人家相看；且又有官媒婆来求说探春等事，心绪正烦，那里着意在这些小事上。既听此言，便笑答道：“你两个既这等说，你们就带了作徒弟去如何？”

两个姑子听了，念一声佛道：“善哉！善哉！若如此，可是你老人家阴德不小。”说毕，便稽首拜谢。王夫人道：“既这样，你们问他们去。若果真心，即上来当着我拜了师父去罢。”这三个女人听了出去，果然将他三人带来。王夫人问之再三，他三人已是立定主意，遂与两个姑子叩了头，又拜辞了王夫人。王夫人见他们意皆决断，知不可强了，反倒伤心可怜，忙命人取了些东西来赍赏了他们，又送了两个姑子些礼物。从此芳官跟了水月庵的智通，蕊官藕官二人跟了地藏庵的圆心，各自出家去了。

这里一步步写得相当清楚：首先芳官等想出家，并不是可以抬脚就走的，须得征求干娘同意，干娘也不敢做主，便又来求王夫人，这就是前边说的第一条：“必须是一个能够自主的自由人”，“出家前要得到父母的同意；身为奴仆的要解除主仆契约”；而后面说王夫人“取了些东西来赍赏了他们，又送了两个姑子些礼物”，便是替她三人交纳戒金了。

然而到了惜春出家时，贾府还有能力替她交戒金吗？她出家后竟要乞食为生，可见混得比芳官等被姑子“拐了去做活使唤”更加不如，这也足可再次佐证她的出家是在事败之后。

正如脂砚所说：“公府千金至缁衣乞食，宁不悲夫！”

出家既然有那么多的限制与程序，惜春作为犯官之女，遁入空门只怕没那么容易。不但没人替她交戒金，而且全家入狱，只怕她也没了自由身，不是想出家就可以出家的。

或者说，贾府虽然被抄，但后来还是有翻身的机会的，历史上的曹家就是有过一小段中兴时期，且发还了部分财产，这样，贾府就有可能为惜春交纳戒金，并有资格准许她正式出家了。

又或者说，贾府虽败，然"百足之虫，死而不僵"，曾经有过那么多家庙，认识那么多高僧名尼，这里有一两个念旧情的，帮助惜春出家原是轻而易举的事。

· 惜春是怎样出家的 ·

前文已经说过，惜春出家的时间应该是在抄家之后。然而，她是怎么出家的呢？

但如果是那样，惜春的身份就该跟她小时候的玩伴智能儿一样，还是可以活得挺从容的，至糟糕也不过落得个像芳官、藕官、蕊官的境遇，给师父做活使唤，如何竟至于"缁衣乞食"呢？

陈琛《和尚》一书中关于"乞食"有一段术语解释：

> 佛教对僧人吃的饭分为三种，一是"受请食"，即僧人受施主邀请，到施主家就食；二称"众僧食"，即僧人在僧众中共同进食；三称"常乞食"，即穿戴僧服，带着乞食的钵盂，到村落挨门挨户乞讨食物。在印度，在佛教创始初特别推崇乞食……但是，在中国，僧人只有在外出游方时才"化斋"（相当于乞食），

而寺庙一般都有自己专门的厨房。

由此可见，惜春既然是托钵沿乞，可以猜想她不是在“有专门厨房”的寺庙长住，只能做游方僧，四处流浪。

为什么会这样呢？

很有可能，惜春的出家另有隐情，是不合法的。最大的可能就是她是在抄家时逃出来的，没有跟家人一起关进狱神庙或别的地方，而是独自出走，做了尼姑。

这样，她就必须隐瞒身份，不能大大方方正正式式地出家；即使某庙住持或是出于报恩念旧，或是出于贪图小利，冒险帮她出了家，也不敢让她长期居留。因此她只能外出游方，四处“挂单”。

然而“挂单”，也不是那么容易的。《和尚》中关于“僧人的户口档案”也有诸多规定：

> 自唐朝以后，建寺、度僧及度僧人数都要得到政府的批准……
>
> 政府批准的“官度”有两种情况。一是每家寺院每年有一定的度僧名额，在这一限额内度僧算是合法的；二是皇帝在重大庆典及其他特殊情况下，恩赐某地区或某寺院可以度一定数量的人为僧，这称为“恩度”或“赐度”。恩赐度僧的记载在唐宋时代极为普遍。凡是官度的僧尼都要有政府发放的证明文件，这就是度牒。
>
> 度牒的发放从唐宋开始，一直延续到清朝初年……除了度牒，政府还有对僧人进行管理的僧籍制度。僧籍由祠部管理，每隔几年就要清查重造一次。僧籍的内容包括僧人的法名、俗姓、籍贯、所习经业、所在寺名、寺中定额的僧人人数等项。如果僧人身死或还俗，当天就要报送祠部，注销僧籍。
>
> 后来，明代对僧籍的管理更加严格。不但天下寺院要上报僧籍，而且在全国范围内编造“周知录”。也就是由京师的僧录司将天下僧寺尼庵及所有的僧人一一辑录。在每位僧人的僧名之下，记录着他的年龄、姓名、出家的时间及度牒的字号。这本“周知录”编成之后，颁发给所有的寺院。这样，凡有游方僧人前来寺院“挂

单”，寺院就要查问这位僧人来自哪座寺庙、叫什么、多龄多大等，然后根据“周知录”核实。如果册子里没有这位僧人的名字，或者其他方面不符合，就认为是欺诈行为，可以把他缉拿，送到官府去。

上述可见，出家的名额相当严格，纵使惜春到处游方挂单，也必须有“度牒”，但是她的“度牒”从何而来呢？可以肯定不是正常颁发的，只能是伪造，或者冒认。比如《水浒传》里，武松就冒认了一个僧人的度牒做护身符。

可能某庙中有个尼姑死了，或是还俗了，住持没有及时向官府报告“注销僧籍”，而是将度牒给了惜春，但又不敢长期收留她，只是让她有了一个游方的身份，得以苟活逃生。

这个帮助她的人，可能是随意的一个僧尼，也可能是前八十回中出现过的人。我有过两个猜想：一是妙玉来京时最初投宿的“西门外牟尼院”，另一个，可能干脆就是妙玉本人。

当初妙玉来京，原是冲着“因听见长安都中有观音遗迹并贝叶遗文”的，这让我不禁想起惜春判曲中的“闻说道，西方宝树唤婆娑，上结着长生果。”何其相像。会不会，是妙玉将自己的身份、度牒给了惜春，让她趁乱远走高飞，逃脱了抄家之狱，自己却因而被拖累入罪，以至于落得个“无瑕白玉遭泥陷”呢？

当然，这只是我的猜想，尚无更多的证据来支持。但是，这至少解决了一个疑问：就是贾府纵然被抄，那妙玉原是请来修行之人，并非贾府亲眷，却因何会受到株连呢？而倘若不是受贾府之累，她作为佛门子弟，又有些家私傍身，又怎么会“可怜金玉质，终陷淖泥中”？

而倘若妙玉是因为助惜春脱身而获罪沦陷，她的命运就与贾府息息相关了。

一点不错。

看到惜春撵入画一段，很多人都为入画叹息，觉得惜春“孤介太过”，冷漠无情。

且让我们重看第七十四回《惑奸谗抄检大观园　矢孤介杜绝宁国府》关于惜春和入画的两段：

> 遂到惜春房中来。因惜春年少，尚未识事，吓的不知当有什么事，故凤姐也少不得安慰他。谁知竟在入画箱中寻出一大包金银锞子来，约共三四十个，又有一副玉带板子并一包男人的靴袜等物。入画也黄了脸。因问是那里来的，入画只得跪下哭诉真情，说：“这是珍大爷赏我哥哥的。因我们老子娘都在南方，如今只跟着叔叔过日子。我叔叔婶子只要吃酒赌钱，我哥哥怕交给他们又花了，所以每常得了，悄悄的烦了老妈妈带进来叫我收着的。”惜春胆小，见了这个也害怕，说：“我竟不知道。这还了得！二嫂子，你要打他，好歹带他出去打罢，我听不惯的。”凤姐笑道：“这话若果真呢，也倒可恕，只是不该私自传送进来。这个可以传递，什么不可以传递。这倒是传递人的不是了。若这话不真，倘是偷来的，你可就别想活了。”入画跪着哭道：

· 惜春为什么一定要撵入画 ·

探春评价惜春：“这是他的僻性，孤介太过，我们再拗不过他的。”

“我不敢扯谎。奶奶只管明日问我们奶奶和大爷去，若说不是赏的，就拿我和我哥哥一同打死无怨。”凤姐道：“这个自然要问的，只是真赏的也有不是。谁许你私自传送东西的！你且说是谁作接应，我便饶你。下次万万不可。”惜春道：“嫂子别饶他这次方可。这里人多，若不拿一个人作法，那些大的听见了，又不知怎样呢。嫂子若饶他，我也不依。”凤姐道：“素日我看他还好。谁没一个错，只这一次。二次犯下，二罪俱罚。但不知传递是谁。”惜春道：“若说传递，再无别个，必是后门上的张妈。他常肯和这些丫头们鬼鬼祟祟的，这些丫头们也都肯照顾他。”凤姐听说，便命人记下，将东西且交给周瑞家的暂拿着，等明日对明再议。于是别了惜春，方往迎春房内来。

这是抄检时的情形，凤姐从入画箱中搜出许多“贼赃”来时，惜春并未说话，及入画解释过“这是珍大爷赏我哥哥的”之后，惜春反而发话了，立逼着凤姐带走。连凤姐也不住求情：“素日我看他还好，谁没一个错，只这一次。”然而惜春却不为所动，隔日又令尤氏带走入画——

可巧这日尤氏来看凤姐，坐了一回，到园中去又看过李纨。才要望候众姊妹们去，忽见惜春遣人来请，尤氏遂到了他房中来。惜春便将昨晚之事细细告诉与尤氏，又命将入画的东西一概要来与尤氏过目。尤氏道：“实是你哥哥赏他哥哥的，只不该私自传送，如今官盐竟成了私盐了。”因骂入画：“糊涂脂油蒙了心的。”惜春道：“你们管教不严，反骂丫头。这些姊妹，独我的丫头这样没脸，我如何去见人。昨儿我立逼着凤姐姐带了他去，他只不肯。我想，他原是那边的人，凤姐姐不带他去，也原有理。我今日正要送过去，嫂子来的恰好，快带了他去。或打，或杀，或卖，我一概不管。”入画听说，又跪下哭求，说：“再不敢了。只求姑娘看从小儿的情常，好歹生死在一处罢。”尤氏和奶娘等人也都十分分解，说他“不过一时糊涂了，下次再不敢的。他从小儿伏侍你一场，到底留着他为是。”

谁知惜春虽然年幼，却天生成一种百折不回的孤独僻性，任人怎说，她只以为丢了她的体面，咬定牙断乎不肯。更又说的好：“不但不要入画，如今我也大了，连我也不便往你们那边去了。况且近日我每每风闻得有人背地里议论什么多少不堪的闲话，我若再去，连我也编派上了。”尤氏道：“谁议论什么？又有什么可议论的！姑娘是谁，我们是谁。姑娘既听见人议论我们，就该问着他才是。”惜春冷笑道：“你这话问着我倒好。我一个姑娘家，只有躲是非的，我反去寻是非，成个什么人了！还有一句话：我不怕你恼，好歹自有公论，又何必去问人。古人说得好，‘善恶生死，父子不能有所勖助’，何况你我二人之间。我只知道保得住我就够了，不管你们。从此以后，你们有事别累我。”尤氏听了，又气又好笑，因向地下众人道：“怪道人人都说这四丫头年轻糊涂，我只不信。你们听才一篇话，无原无故，又不知好歹，又没个轻重。虽然是小孩子的话，却又能寒人的心。”

众嬷嬷笑道：“姑娘年轻，奶奶自然要吃些亏的。”惜春冷笑道：“我虽年轻，这话却不年轻。你们不看书不识几个字，所以都是些呆子，看着明白人，倒说我年轻糊涂。”尤氏道：“你是状元榜眼探花，古今第一个才子。我们是糊涂人，不如你明白，何如？”惜春道：“状元榜眼难道就没有糊涂的不成。可知他们也有不能了悟的。”尤氏笑道：“你倒好。才是才子，这会子又作大和尚了，又讲起了悟来了。”惜春道：“我不了悟，我也舍不得入画了。”尤氏道：“可知你是个心冷口冷心狠意狠的人。”惜春道：“古人曾也说的，‘不作狠心人，难得自了汉’。我清清白白的一个人，为什么教你们带累坏了我！”尤氏心内原有病，怕说这些话。听说有人议论，已是心中羞恼激射，只是在惜春分上不好发作，忍耐了大半。今见惜春又说这句，按捺不住，因问惜春道：“怎么就带累了你了？你的丫头的不是，无故说我，我倒忍了这半日，你倒越发得了意，只管说这些话。你是千金万金的小姐，我们以后就不亲近，仔细带累了小姐的美名。即刻就叫人将入画带了过去！”说着，便赌气起身去了。惜春道：“若果然不来，倒也省了口舌是非，大家倒还清净。”尤氏也不答话，一径往前边去了。

凤姐、尤氏、奶娘都“十分分解”，百般劝惜春从宽，然而惜春是和入画从小一处长大的，竟然丝毫不为所动，定要撵出入画去，且说“我每每风闻得有人背地里议论什么多少不堪的闲话”，“我清清白白的一个人，为什么教你们带累坏了我！”

这话说得好不奇怪。而尤氏又偏偏“心内原有病，怕说这些话”，岂不更加怪哉？

惜春听到的“不堪的闲话”是什么？而尤氏心里的病又是什么呢？

想来不过是柳湘莲说的“你们东府里除了那两个石头狮子干净，只怕连猫儿狗儿都不干净。”以及焦大醉骂的“爬灰的爬灰，养小叔子的养小叔子”吧。

然而这些，又与惜春撵入画何干？

只怕事情就出在入画箱中那一大包三四十个金银锞子上。

锞子，是从前富贵人家将金银灌铸在模型中，打造成各种吉利图案的摆饰，相当于小元宝之类，用于年节间赠赏之用。

比如凤姐初会秦钟，“平儿知道凤姐与秦氏厚密，虽是小后生家，亦不可太俭，遂自作主意，拿了一匹尺头，两个‘状元及第’的小金锞子，交付与来人送过去。”

再如元春听了龄官的戏，十分喜欢，“命‘不可难为了这女孩子，好生教习’，额外赏了两匹宫缎、两个荷包并金银锞子、食物之类。”

而鸳鸯替刘姥姥检点贾母赠送之物，也是“掏出两个笔锭如意的锞子来给他瞧，又笑道：‘荷包拿去，这个留下给我罢。’刘姥姥已喜出望外，早又念了几千声佛，听鸳鸯如此说，便说道：‘姑娘只管留下罢。’鸳鸯见他信以为真，仍与他装上，笑道：‘哄你顽呢，我有好些呢。留着年下给小孩子们罢。’”

以上三例，都可见贾府中人有赠赏金银锞子做礼物的习俗。然而平儿以为对秦钟“不可太俭”，才不过送了两个金锞子，而贾珍赏入画哥哥竟然一出手就是三四十个，何以如此厚待？这手笔可比元妃、老太太大方多了。

弄清了锞子的用途，再来理理锞子的价值吧。

第五十三回《宁国府除夕祭宗祠　荣国府元宵开夜宴》中有一段重要描写：

> 且说贾珍那边，开了宗祠，着人打扫，收拾供器，请神主，又打扫上房，以备悬供遗真影像。此时荣宁二府内外上下，皆是忙忙碌碌。这日宁府中尤氏正起来同贾蓉之妻打点送贾母这边针线礼物，正值丫头捧了一茶盘押岁锞子进来，回说："兴儿回奶奶，前儿那一包碎金子共是一百五十三两六钱七分，里头成色不等，共总倾了二百二十个锞子。"说着递上去。尤氏看了看，只见也有梅花式的，也有海棠式的，也有笔锭如意的，也有八宝联春的。尤氏命："收起这个来，叫他把银锞子快快交了进来。"丫鬟答应去了。

一百五十三两六钱七分金子，总共倾了二百二十个锞子，这道题不难算，约莫每个锞子七钱重。入画哥哥的一大包金银锞子，约共三四十个，哪怕全是银的，也值二三十两，何况还有金的。

贾蓉说过："纵赏银子，不过一百两金子，才值了一千两银子。"可见当时的比价是一比十。如果入画哥哥的锞子里有十个金锞子，就值七十多两银子。

换言之，入画哥哥那包锞子，价值百两。而入画这些大丫鬟的月钱，也不过是每月一吊钱，还不到一两银子。一百两银子，岂不要她们做足十年？

贾珍待入画哥哥如此豪奢，是因为他有特别贡献，还是二人有特殊关系？

书中写贾琏在大姐儿"出花"的时候，"独寝了两夜，便十分难熬，便暂将小厮们内有清俊的选来出火。"

而从第七十五回尤氏偷窥宁国府夜赌的一场戏中可以看出，宁府里一直蓄有娈童，可见贾珍有"龙阳之癖"，是男女通吃的。

而这个，是尤氏深知的，故而说"心里有病"。惜春听到的闲言闲语虽不确知是什么话，然而宁府夜夜聚赌，断袖成风，怕是多少也会听到一星半点。见到入画箱中的大包金银锞子并玉带板子这些贵重物品，明知不是普通小厮能够拥有，再听说是贾珍赏她哥哥的，立时心知肚明：入画那哥哥，与贾珍绝非寻常主仆关系。

而这件事，不能问，不能说，只能痛快利落地处理干净。

故而，惜春立即翻脸，凭人怎么劝，入画怎么求，只坚持着非要撵了入画出去，且说："我一个姑娘家，只有躲是非的，我反去寻是非，成个什么人了！"

惜春此举，无非是为了躲是非，以示"清者自清，浊者自浊"罢了。

凡鸟偏从末世来，都知爱慕此生才。
一从二令三人木，哭向金陵事更哀。

哭向金陵事更哀
熙凤篇

· 大观园第一风流人物 ·

谁是《红楼梦》中第一风流人物？

宝钗？黛玉？晴雯？尤三姐？还是秦可卿？

我说都不是。宝钗端庄得太过冷淡，黛玉清高自许，目无下尘，都远远称不上“风流”二字。

——尽管，这两个人是《金陵十二钗》的领军人物，而文中又给了明确的定评：

黛玉一出场，众人就看到她“举止言谈不俗，身体面庞虽怯弱不胜，却有一段自然的风流态度。”

而宝玉看见薛宝钗羞笼麝香串时，觉得她“脸若银盆，眼似水杏，唇不点而红，眉不画而翠，比林黛玉另具一种妩媚风流。”

到了太虚幻境，再见了秦可卿时，则又把两个人一起比下去：“其鲜艳妩媚，有似乎宝钗；风流袅娜，则又如黛玉。”

而在贾珍、贾琏两兄弟眼中，则觉得尤三姐才是风流教主，“本是一双秋水眼，再吃了酒，又添了饧涩淫浪，不独将他二姐压倒，据珍、琏评去，所见过的上下贵贱若干女子，皆未有此绰约风流者。”

——这“上下贵贱若干女子”，自然也包括了黛、钗、可卿诸人。且那尤三姐自己也“仗着自己风流标致，偏要打扮的出色，另式做出许多万人不及的淫情浪态来，哄的男子们垂涎落魄，欲近不能，欲远不舍。”

这样子一路 PK 下来，似乎“属风流人物，要算尤三姐”了，况且她又姓尤，真真一个尤物，当无愧于风流之名。

然而她的亲姐姐尤二姐却曾说过："我虽标致，却无品行。"尤二姐死前，看见尤三姐手捧鸳鸯剑前来，说："你我生前淫奔不才，使人家丧伦败行，故有此报。"尤二姐亦泣道："我一生品行既亏，今日之报既系当然。"

可见风流虽无过错，"淫浪"却是至不可恕之罪孽，所以秦可卿淫丧天香楼，尤二姐吞金自尽，尤三姐也用鸳鸯剑自刎，三个风流尤物都落得个现世报。

"俏丫鬟抱屈夭风流"的晴雯虽然也占了风流之号，却无淫行，因此在十二钗里列于又副册榜首，册子里给她的评语是"风流灵巧招人怨"，但是接着一句"寿夭多因毁谤生"，说明是枉耽了虚名儿，"风流"乃是天性，并无过失，所有的传言皆是"毁谤"，所以她虽然也非善终，却只是病死，不至于自尽，是清清白白地来，清清白白地去。

那么，十二钗里既风流又不至落于淫奔之徒的真正花魁该是谁呢？

只有王熙凤。

书里对凤姐没有用到"风流"这个词，却换了一个"风骚"："身量苗条，体格风骚，粉面含春威不露，丹唇未启笑先闻。"——寥寥数语，一个活色生香的俏丽佳人已经跃然纸上，比风流更见挥霍洒脱，却不失矜贵。

当然，凤姐也犯过一个"淫"字，却与本身无干——《见熙凤贾瑞起淫心》，那个想吃天鹅肉的可怜蛤蟆贾天祥一见凤姐误终身，竟至丢了性命。有人说"王熙凤毒设相思局"，是太心狠手辣了一些，我却以为不然：贾瑞为了等熙凤而在穿堂里冻了一夜是自找，又不知改悔，复被蓉、蔷两兄弟讹诈，更是活该；已经病入膏肓，还要做白日梦，不肯听道士的话，非要正照风月鉴，到底被收了魂魄——从始至终，凤姐并不曾动过他一指头，她整治贾瑞的一套手段，比之尤三姐用酒色"哄的男子们垂涎落魄"不知高明出多少倍。这才叫求仁得仁，"牡丹花下死，做鬼也风流"呢。

贾瑞的出场，完全是为凤姐的浓墨重彩做的一个陪衬，如果没有这样一个人，读者如何见得出凤姐美貌的杀伤力？又如何得知她的艳若桃李，冷若冰霜？

然而曹雪芹却又偏偏写凤姐"一团火似的"赶着人说话，连见了刘姥姥都是"满面春风地问好"，并非一个冷美人儿。关于她的房事，书中仅有一处描写，《送宫花贾琏戏熙凤》一回，周瑞家的隔窗听见贾琏笑声，又看见平儿拿着大铜盆出来，叫丰儿舀水——脂砚斋点评这写法乃是“柳藏鹦鹉语方知”。作者顾忌凤姐身份，故而不能直笔明写她的房中之事，然而这样一个春闺佳人，又如何可以没有风月文字，于是只是这样“隔墙花影动，似是玉人来”地含蓄一笔，已经令人无限遐思。

这就好比真正的好画不是满纸金粉，而要适当留白；真正的性感不是春光尽泄，而要半抱琵琶；真正的美色并非万紫千红，而是一枝红杏；真正的风流，则既不是娇羞扭捏，更不是淫声浪语，而是揉风情与机智于一身，熔冶艳与刚烈于一炉，除了“擅风情，禀月貌”之外，更要知分寸，有进退，守德行，点到即止。

王熙凤，才是真正的十二钗第一风流人物！

娘家是“东海缺少白玉床，龙王请来金陵王”的王家，四大家族，她一个人占了俩，可谓出身高贵，锦上添花。

而两句俚语，为形容贾王两家之富，都用到了一个词：白玉。贾、王两家的华贵富足，正如香菱引用的那句诗：“此乡多宝玉。”王熙凤分明深为自得，故而听见小红原名红玉时，“将眉一皱，把头一回，说道：‘讨人嫌的很！得了玉的益似的，你也玉，我也玉。’”很瞧不上别人也把玉挂在嘴边。因为“得了玉的益”的，只有贾、王两家，别人，怎么配？

按理说荣国府家务应当由长房媳妇掌管。然而一则贾母偏心，不喜欢大儿子，二则贾赦原配死得早，邢夫人是填房，出身卑微，不堪重任。于是，这掌门人大权就落到了二儿媳王夫人头上。王夫人能力平庸，虽有两个儿子，无奈长子早逝，未亡人李纨性情木讷，比王夫人更加无能；而且一个寡妇处理内务，就难免要与管外的爷们打交道，深为不便；二子宝玉还小，尚未娶妻；探春更小，且在闺中，诸事不便。

·王熙凤的功高盖主·

荣国府内当家王熙凤，婆家是“贾不假，白玉为堂金作马”的贾家，

这样子，王夫人只有借助自己的外甥女王熙凤来帮忙料理家务，凤姐与贾琏夫妻两个男主外，女主内，里应外合，有商有量，就很省心，用邢夫人的话说就是“一对儿赫赫扬扬，琏二爷凤奶奶，两口子遮天盖日，百事周到”。话是反话，理却是正理。

王熙凤的确很能干，冷子兴形容她：“模样又极标致，言谈又爽利，心机又极深细，

竟是个男人万不及一的。”周瑞家的则说：“这位凤姑娘年纪虽小，行事却比世人都大呢。如今出挑的美人一样的模样儿，少说些有一万个心眼子。再要赌口齿，十个会说话的男人也说他不过。”

两相比较，会发现周瑞家的说话与冷子兴十分相似，这很正常，因为冷子兴正是周瑞的女婿，他所了解到的王熙凤人物性情，正是从岳父母口中得知。

王熙凤既是长房儿媳，又是二房外甥女儿，由她来管家，本来是平衡长房与二房关系的一个绝好策略。倘能处理得当，自可翻云覆雨，八面玲珑；然而一个不小心，就会两头不讨好，里外不是人。

那邢夫人禀性愚犟，贪得无厌，“儿女奴仆，一人不靠，一言不听的。”并不以儿媳妇能代任荣府管家为傲，反而妒恨不平，“嫌隙人有心生嫌隙”，时不时就要给凤姐找点儿麻烦。听说贾琏当卖老太太古董，立刻找上门来敲诈：“你没有钱就有地方迁挪，我白和你商量，你就搪塞我，你就说没地方。前儿一千银子的当是那里的？连老太太的东西你都有神通弄出来，这会子二百银子，你就这样。幸亏我没和别人说去。”逼得凤姐只得拿自己的金项圈当了二百两来交“封口费”。

然而王夫人是不是就对凤姐十分满意呢？

未必。正如平儿劝凤姐的话：“纵在这屋里操上一百分的心，终久咱们是那边屋里去的。”

——平儿想得到，王夫人又怎会想不到？防不到？

凤姐虽是自己的外甥女，到底是人家的儿媳妇，终久要回“那边”去。而且随着凤姐羽翼渐丰，锋芒毕露，仗着老太太疼爱，气焰越来越嚣张，连自己也不被放在眼里。

周瑞家的小子在凤姐生日里发酒疯，撒了一院子馒头，凤姐发火要撵他，且命赖大家的：“回去说给你老头子，两府里不许收留他小子，叫他各人去罢。”赖嬷嬷忙劝道：“奶奶听我说：他有不是，打他骂他，使他改过，撵了去断乎使不得。他又比不得是咱们家的家生子儿，他现是太太的陪房。奶奶只顾撵了他，太太脸上不好看。依我说，奶奶教导他几板子，以戒下次，仍旧留着才是。不看他娘，也看太太。”

赖嬷嬷是府里老人，精于世故，一眼便看到了这件事的实质：“打狗也

寥寥数语，一个活色生香的俏丽佳人已经跃然纸上，比风流更见挥霍洒脱，却不失矜贵。

她虽然出场的次数不算少，却几乎没开口说过话，不是睡觉就是生病，“戏码”最重的一处描写，就是与板儿争柚子。

要看主人”，凤姐独断专行，岂非僭越？

此前林之孝家的曾劝诫宝玉说：“别说是三五代的陈人，现从老太太、太太屋里拨过来的，便是老太太、太太屋里的猫儿狗儿，轻易也伤他不得。这才是受过调教的公子行事。”

——这样简单的道理，凤姐偏偏不懂得，不看见，一而再地挑战权威。

上房里丢了玫瑰露，丫头们窝里横，混咬一番。凤姐儿只求破案，又险些铸成大错：“依我的主意，把太太屋里的丫头都拿来，虽不便擅加拷打，只叫他们垫着磁瓦子跪在太阳地下，茶饭也别给吃。一日不说跪一日，便是铁打的，一日也管招了。”

幸亏平儿看得清楚，忙劝阻说：“何苦来操这心！‘得放手时须放手’，什么大不了的事，乐得不施恩呢。”

然而这两次拿太太的人开刀虽然都未实施，谁知道此前付诸行动的奖惩有哪些呢？而这些事，倘若王夫人知道，又会怎么想呢？

书中说邢夫人所以厌恶凤姐，皆因为受到下人婆子们调拨：

> 这一干小人在侧，他们心内嫉妒挟怨之事不敢施展，便背地里造言生事，调拨主人。先不过是告那边的奴才，后来渐次告到凤姐：“只哄着老太太喜欢了他好就中作威作福，辖治着琏二爷，调唆二太太，把这边的正经太太倒不放在心上。”后来又告到王夫人，说：“老太太不喜欢太太，都是二太太和琏二奶奶调唆的。”邢夫人纵是铁心铜胆的人，妇女家终不免生些嫌隙之心，近日因此着实恶绝凤姐。（第七十一回）

这段白描，形象地画出了“刁奴蓄险心”的嘴脸，也是大家常情。然而邢夫人身边人如此，焉知王夫人身边人不也是这样呢？

那周瑞家的身为太太陪房，儿子差点被凤姐撵出府去，难道不会向主子报告的？彩云、彩霞皆是王夫人贴身丫鬟，既与赵姨娘相契，自然同凤姐不睦，难道不会寻机离间？

第三十九回中，宝玉说彩霞是个老实人，探春道：“可不是，外头老实，心里有数儿。太太是那么佛爷似的，事情上不留心，他都知道。凡百一应事都是他提着太太行。连老爷在家出外去的一应大小事，他都知道。太太忘了，他背地里告诉太太。”语中大有讽刺彩霞心机深沉，多事饶舌之意。

王夫人身边既有这许多“耳报神”，也就难保对凤姐满意。况且她委托凤姐替自己管家，本来就是权宜之计，原没打算让她长久大权独揽的，如今见她越来越猖狂，就更加抓紧准备，培养扶持新生力量来取代她。这从凤姐病的时候，王夫人新委任的三位“镇山太岁”就知道了。

三位是谁？李纨、探春、薛宝钗。

李纨是王夫人正经儿媳妇，虽然无能，然而只要她愿意，王夫人还是很愿意给她机会锻炼的；探春虽是赵姨娘生的，却很会讨王夫人的好，而且终究要出嫁，不会夺权，因而王夫人暂时把家交给她管是放心的；至于宝钗，她和凤姐一样，也是王夫人娘家的亲戚，一个是兄弟的女儿，一个是姐妹的女儿，都叫外甥女儿，身份地位完全相同；不一样的地方在于，宝钗同时还是王夫人心目中的最佳儿媳人选，也就是荣国府未来的掌门人，这可就是比熙凤又近了一层。

——换言之，此时王夫人已经有让宝钗取代凤姐做管家的念头了。不然，便无法解释怎么会让一个未出阁的薛家闺女来插手贾家的事务。

此后，王夫人对凤姐的态度更是每况愈下。贾母生日，邢夫人当众给凤姐没脸，王夫人明知凤姐受了委屈，非但不维护，还近乎落井下石地又加添了一笔没趣：

邢夫人直至晚间散时，当着许多人陪笑和凤姐求情说：“我听见昨儿晚上二奶奶生气，打发周管家的娘子捆了两个老婆子，可也不知犯了什么罪。论理我不该讨情，我想老太太好日子，发狠的还舍钱舍米，周贫济老，咱们家先倒折磨起人家来了。不看我的脸，权且看老太太，竟放了他们罢。”说毕，上车去了。凤姐听了这话，又当着许多人，又羞又气，一时抓寻不着头脑，憋得脸紫涨，回头向赖大家的等笑道：“这是那里的话。昨儿因为这里的人得罪了那府里的大嫂子，我怕大嫂子多心，所以尽让他发放，并不为得罪了我。这又是谁的耳报神这么快。”王夫人因问为什么事，凤姐儿笑将昨日的事说了。尤氏也笑道：“连我并不知道。你原也太多事了。”凤姐儿道：“我为你脸上过不去，所以等你开发，不过是个礼。就如我在你那里有人得罪了我，你自然送了来尽我。凭他是什么好奴才，到底错不过这个礼去。这又不知谁过去没的献勤儿，这也当一件事情去说。”王夫人道：“你太太说的是。就是珍哥儿媳妇也不是外人，也不用这些虚礼。老太太的千秋要紧，放了他们为是。”说着，回头便命人去放了那两个婆子。凤姐由不得越想越气越愧，不觉的灰心转悲，滚下泪来。（第七十一回）

这一段中，怕是前八十回里凤姐最可怜的时候，比跟贾琏大闹一场，哭得“黄黄的脸儿”更可怜。因为彼时大发雌威，还可以撒娇哭闹，此回却惟有忍气吞声，暗自饮泣。老太太命人叫她来问话，她“忙擦干了泪，洗面另施了脂粉”才过来，鸳鸯看见她眼睛肿了，问是受了谁的气，她还要佯笑掩饰：“谁敢给我气受，便受了气，老太太好日子，我也不敢哭的。”——连哭也不敢，还不可怜吗？

这回明明是两位夫人使心眼，拿凤姐当了磨心，而她有冤无处诉，白受一场夹板气，还不能说一个“不”字，因为两边都是太太，是长辈。给她什么，都得忍着。

邢夫人是摆明了要凤姐难堪，王夫人虽不好争执，然而完全可以说两句缓和的话，即使要放两个婆子，也该交由凤姐去放。她却自说自话地教训了凤姐几句，然后“回头便命人去放了那两个婆子”，简直当凤姐是透明。这分明是告诉凤姐：你连这点事都处理不好，让你太太当众说了那么难听的话。那好，我不用你处理了！

这是第七十一回的事情，隔不多久，“绣春囊”的事情发作出来，王夫人的嘴脸就更难看了。且看第七十四回《惑奸谗抄检大观园　矢孤介杜绝宁国府》的这段描写：

一语未了，人报：“太太来了。”凤姐听了诧异，不知为何事亲来，与平儿等忙迎出来。只见王夫人气色更变，只带一个贴己的小丫头走来，一语不发，走至里间坐下。凤姐忙奉茶，因陪笑问道：“太太今日高兴，到这里逛逛。”王夫人喝命：“平儿出去！”平儿见了这般，着慌不知怎么样了，忙应了一声，带着众小丫头一齐出去，在房门外站住，越性将房门掩了，自己坐在台矶上，所有的人，一个不许进去。凤姐也着了慌，不知有何等事。

只见王夫人含着泪，从袖内掷出一个香袋子来，说："你瞧。"凤姐忙拾起一看，见是十锦春意香袋，也吓了一跳，忙问："太太从那里得来？"王夫人见问，越发泪如雨下，颤声说道："我从那里得来！我天天坐在井里，拿你当个细心人，所以我才偷个空儿。谁知你也和我一样。这样的东西大天白日明摆在园里山石上，被老太太的丫头拾着，不亏你婆婆遇见，早已送到老太太跟前去了。我且问你，这个东西如何遗在那里来？"

凤姐听得，也更了颜色，忙问："太太怎知是我的？"王夫人又哭又叹说道："你反问我！你想，一家子除了你们小夫小妻，余者老婆子们，要这个何用？再女孩子们是从那里得来？自然是那琏儿不长进下流种子那里弄来。你们又和气。当作一件顽意儿，年轻人儿女闺房私意是有的，你还和我赖！幸而园内上下人还不解事，尚未拣得。倘或丫头们拣着，你姊妹看见，这还了得。不然有那小丫头们拣着，出去说是园内拣着的，外人知道，这性命脸面要也不要？"凤姐听说，又急又愧，登时紫涨了面皮，便依炕沿双膝跪下，也含泪诉道……

这绣春囊是傻大姐在园子里山石后头拾得，被邢夫人"截糊"了的。邢夫人居为奇货，可算捉了二房里的短儿，于是打发人封了送给王夫人，大有幸灾乐祸之意。而王夫人见了，又气又羞，立刻到凤姐这儿兴师问罪来了，分明有迁怒之意。——为何迁怒？因为邢夫人是王熙凤的婆婆，如今她给王夫人没脸，王夫人可不要把罪过推在凤姐身上吗？且连贾琏也拉扯上，"自然是那琏儿不长进下流种子那里弄来。"

贾琏是谁？长房嫡子呀。王夫人的心理活动是：你把东西给我看做什么？是你儿子媳妇做的好事，你还问我？

然而凤姐合情合理地讲了一大堆理论出来，赌咒发誓说不是自己的，王夫人无话可答，这才说："你起来。我也知道你是大家小姐出身，焉得轻薄至此，不过我气急了，拿了话激你。但如今却怎么处？”一点儿主意没有。

恰值邢夫人陪房王善宝家的走来，便出了个馊主意：“如今要查这个主儿也极容易，等到晚上园门关了的时节，内外不通风，我们竟给他们个猛不防，带着人到各处丫头们房里搜寻。想来谁有这个，断不单只有这个，自然还有别的东西。那时翻出别的来，自然这个也是他的。”

——这分明就是“抄家”，然而王夫人非但不以为忤，反而点头称赞：“这主意很是，不然一年也查不出来。”真正愚不可及！

一场摧花折柳的“抄检大观园”就此展开。在整个过程中，凤姐是很不情愿的：她拦着众人不让搜检蘅芜院，说：“要抄检只抄检咱们家的人，薛大姑娘屋里，断乎检抄不得的。”王善保家的从紫鹃房中抄出许多宝玉旧用的东西，“自为得了意，遂忙请凤姐过来验视”。凤姐却笑道：“宝玉和他们从小儿在一处混了几年，这自然是宝玉的旧东西。这也不算什么罕事，撂下再往别处去是正经。”探春的丫头侍书嘲骂王善保家的，凤姐不怒反赞：“好丫头，真是有其主必有其仆。”——这些都看出凤姐对“抄检”的不以为然。

倘若此时凤姐还做得了主，事情断不至于演变到如此丑陋残酷的地步，然而王夫人几年不理事，如今忽然“雷嗔电怒”起来，要做场好戏给众人看，展示自己的果决手段。结果，无辜的丫环们做了邢、王二夫人勾心斗角的牺牲品，王善保家的“搬起石头砸自己的脚”，害了自己的外孙女儿司棋，入画、四儿等被驱逐，十二官风流云散，晴雯更是含恨惨死。

而王熙凤，也再一次病倒下来，连中秋家宴也未能出席。大观园的最后一次盛会，冷冷清清，贾母叹息：“偏又把凤丫头病了，有他一人来说说笑笑，还抵得十个人的空儿。可见天下事总难十全。”

自此，王熙凤的心是彻底灰了，荣国府的聚宴中，她不再唱主角，而要渐次缺席了。

画着一片冰山，上面有一只雌凤。其判曰：

凡鸟偏从末世来，都知爱慕此生才。

一从二令三人木，哭向金陵事更哀。

“凡鸟”合起来即是一个“凤”字，立在冰山之上，是冰雪将融，大厦将倾的意思，也就是诗中说的“末世”；凤姐之才干超群是毋庸置疑的，所以第二句也很好解释；然而第三句“一从二令三人木”，却是红学课题上的一道不解之谜。

有人说，这是指王熙凤婚姻生活中的三个阶段：初而贾琏对她言听计从，后来反向她发号施令，最终把她休了。“人木”两个字，合起来是个“休”字，也就是脂批所说的“拆字法”。

《金陵十二钗》的册子中，关于王熙凤的那一页，

也有人说，二令合成一个“冷”字，指柳湘莲，因为回目里有《冷二郎一冷入空门》的说法；王熙凤是被柳湘莲杀死的，为的是替秦可卿报仇，至于怎么绕到这个题目上的，说起来太过复杂，不做引论。

还有人说，“三人木”，是指三个木头人，即王夫人、李纨、迎春，还有说板儿的，因为“板”是木头做的……

总之，众说纷纭，迄今无定论。

在这篇文章中，我也来参与一下这个猜谜游戏——我同意“二令”合为一个“冷”字，

但我却认为此“冷”非柳湘莲，而是“冷子兴”。

王熙凤这个人物的第一次出场，是在全书第二回《冷子兴演说荣国府》，正由冷子兴向贾雨村做出一番言简意赅的介绍：

> 若问那赦公，也有二子。长名贾琏，今已二十来往了。亲上作亲，娶的就是政老爹夫人王氏之内侄女，今已娶了二年。这位琏爷身上现捐的是个同知，也是不肯读书，于世路上好机变，言谈去的，所以如今只在乃叔政老爷家住着，帮着料理些家务。谁知自娶了他令夫人之后，倒上下无一人不称颂他夫人的，琏爷倒退了一射之地。说模样又极标致，言谈又爽利，心机又极深细，竟是个男人万不及一的。

这是王熙凤的第一次暗出，却是冷子兴这个人物在全书八十回中的惟一一次正面出场。此次之后，他只有一次侧出，又同王熙凤有关，事见第七回《送宫花贾琏戏熙凤》。周瑞家的替薛姨妈给各房送宫花，她女儿忽然找了来，说女婿惹了官司，被人告到衙门里，要递解还乡——

> 原来这周瑞的女婿，便是雨村的好友冷子兴，近因卖古董和人打官司，故教女人来讨情分。周瑞家的仗着主子的势利，把这些事也不放在心上，晚间只求求凤姐儿便完了。

寥寥数语，收拾了一小段插曲。此后再未见冷子兴其人，因此红学家们也都把他忘记了，忘了他比柳湘莲更有资格来担当这个“冷”字的代言人。如果说柳湘莲有冷二郎之称就是冷，那么尤氏也说过惜春“可知你是个心冷口冷心狠意狠的人”，岂不也是冷字了？妙玉自然更冷，而宝钗亦有冷美人之称，岂不都比柳湘莲更有说服力？

然而冷子兴，却是明明白白，全书独一无二姓“冷”的人。而第二回的回前诗中也有明白的暗示：

> 一局输赢料不真，香销茶尽尚逡巡。

欲知目下兴衰兆，须问旁观冷眼人。

脂砚在此有一行眉批：“故用冷子兴演说。”再次提醒看官：冷子兴即是“冷眼人”，而这“冷眼人”乃是预知贾府兴衰的关键人物。

试问，还有谁比冷子兴更配得上做这“二令”之“冷”的代表人物呢？

要注意的是，冷子兴辗转向王熙凤求助，是因他被判“递解还乡”，还的是哪个乡？自然是金陵，因为开篇已经交代了这冷子兴亦是金陵人氏，在都中开古董行。

他是仗着王熙凤的出手相助而幸免于难，得以留在都中的。

而王熙凤的最终结局是什么呢？

判词最后一句写：“哭向金陵事更哀”。她最后竟离开都中，回到了金陵，同冷子兴掉了个过儿。

这两个人的命运之线，真是遥遥呼应，互为首尾。

很有可能，王熙凤“哭向金陵”的原因与冷子兴有关。会是什么关系呢？

尤氏打趣王熙凤时说过：“我看着你……弄这些钱那里使去！使不了，明儿带了棺材里使去。”脂批说：“此言不假，伏下后文短命。”可见凤姐之死与钱财有关。

钱财招祸的原因，可能有三点：一是贪污受贿，害死人命；二是设贷获利。这两点都是前文明写的，而第三点，则是我的推测，更是惹祸的关键，即当卖犯官财物。

元春省亲时，点的第一出戏就是《豪宴》，庚辰本有双行夹批：“《一捧雪》中伏贾家之败。”说明贾家的败落与一件古董有关。

而冷子兴，正是开古董行的。

此前，王熙凤曾帮着贾琏撺掇鸳鸯拿出贾母眼面前用不着的东西去当，还曾惹得邢夫人大说闲话，显然以后再要腾挪银两时，贾母这条路已经走不通了。那么，最现成也最可能的捷径就是将甄家藏在贾家的财物也偷偷拿去当。

事实上，曹家事败的原因之一，就是曾替雍正的政敌塞思黑收藏了一对金狮子，这是“真事”，注定要在书中的“甄家”身上发作出来。甄家藏匿财物之事露白，很可能便是贾府被抄的导火索，而这个导火索，又由贾府掌门人王熙凤亲手点燃，是非常合理的。

第二十二回《听曲文宝玉悟禅机　制灯迷贾政悲谶语》中，所有人都只注意到宝钗点了一只《寄生草》解与宝玉听，却忽略了凤姐点的是《刘二当衣》，焉知不寓含深意呢？

倘若果然凤姐偷当甄家的财物，那甄家已经获罪，财物属违禁品，不可能在京中出手，这时候冷子兴这个人物就派上用场了。他是专门从京中贩了古董往金陵去卖的，正可替王熙凤跑腿。古董案便在他身上发作出来，王熙凤罪名难逃。

那么，这“一从二令三人木”的“从冷休”意思就很容易理解了，是说王熙凤乃至整个贾府的命运，是从冷子兴这个小人物身上开始败落的，这个“休”字，可以有两个解释，一是“休妻”的休，二是“万事皆休”的休。

很可能贾琏最终休了王熙凤，因为尤二姐死后，他曾指着墙头发誓要查出真凶来替她报仇；张华并没有死，胡太医也只是暂时避风头去了，这两个人很有可能将来会把凤姐害死尤二姐的真相托出，并向官府翻案，加上邢夫人一直不喜欢凤姐，很有可能撺掇贾琏休妻。

脂批告诉我们，王熙凤曾淹蹇于狱神庙中，原因可能是被囚，也可能是被休后无家可归，只得寄宿庙中。而无论是被囚后“递解还乡”，还是被休后独自回娘家，都堪称“哭向金陵事更哀”了。

但她是不是安全地回到了金陵呢？

第十六回中，王熙凤在铁槛寺收了净虚老秃尼的银子，枉送了张金哥与守备儿子一双情人的小命后，甲戌本有双行夹批：

> 一段收拾过阿凤心机胆量，真与雨村是一对乱世之奸雄。后文不必细写其事，则知其乎生之作为。回首时，无怪乎其惨痛之态，使天下痴心人同来一警，或可期共入于恬然自得之乡矣。脂砚。

“回首”这个词，与今天流行歌曲里的那个《再回首》是两回事，在书中有特指。全书除了脂批不算，正文中出现过两次这个词，一次是在元春诗谜中提到“一声震得人方恐，回首相看已化灰。”

另一次是在第五十四回，宝玉回房时，正遇见袭人同鸳鸯聊天——

……忽听鸳鸯叹了一声，说道："可知天下事难定。论理你单身在这里，父母在外头，每年他们东去西来，没个定准，想来你是不能送终的了，偏生今年就死在这里，你倒出去送了终。"袭人道："正是。我也想不到能够看父母回首。太太又赏了四十两银子，这倒也算养我一场，我也不敢妄想了。"

由此可见，"回首"在这里特指"死"。

脂批中说熙凤"回首时无怪乎惨痛之态"，可见结局是难逃夭亡。

因此，我猜测凤姐是病死在押解途中，未等还乡即已身亡的，故而才有"哭向金陵事更哀"的"惨痛之态"。

宝钗、熙凤、宝玉、贾母。

而每次生日，都有许多谶言预兆式的情节发生：

在宝钗的十五岁生日宴上，宝玉第一次听曲文而悟禅机，暗示了他出家的宿命；

怡红院群芳开夜宴为宝玉祝寿，众人占花名游戏，更是典型的谶语；

贾母的八十寿宴是书中最后一次生日，在热闹繁华的表面下，“悲凉之雾，遍布华林”，连精明能干的凤姐也力绌图穷，显露出江郎才尽之象。

那么，作者花费了大量笔墨，写了第四十三回《闲取乐偶攒金庆寿　不了情暂撮土为香》和第四十四回《变生不测凤姐泼醋　喜出望外平儿理妆》整整两回的凤姐生日宴，又向我们透露出了一些什么样的信息与暗示呢？

· 凤姐生日的暗示 ·

《红楼梦》前八十回中共正面详细描写了四次大生日：

首先，是凤姐和尤氏两人对话中的玄机。

贾母做主，让众人学小家子凑分子，为凤姐办生日，又将这事交给尤氏办，“越性叫凤丫头别操一点心，受用一日才算。”尤氏往凤姐房中商议，打趣说：“你瞧他兴的这样儿！我劝你收着些儿好。太满了就泼出来了。”

这句“太满了就泼出来了”，正与此前秦可卿向凤姐报梦时所说的“月满则亏，水满则溢”同一意思，而可卿，又正是尤氏的儿媳妇。焉知这不是作者借尤氏之口第二次泄露天机呢？

次日尤氏与凤姐算账时，见短了凤姐答应替出的李纨一份，嘲骂道：“我看着你主子这么细致，弄这些钱那里使去！使不了，明儿带了棺材里使去。”庚辰本在此双行夹批：“此言不假，伏下后文短命。尤氏亦能干事矣，惜不能劝夫治家，惜哉痛哉！”明言这一句是谶语。

待到席上，尤氏与凤姐敬酒时，又调笑说：“我告诉你说，好容易今儿这一遭，过了后儿，知道还得象今儿这样不得了？趁着尽力灌丧两钟罢。”脂砚又有夹批说：“闲闲一语伏下后文，令人可伤，所谓‘盛筵难再’。”

——又是“太满了就泼出来了”，又是“明儿带了棺材里使去”，又是“盛筵难再”，真是一而再再而三地提醒我们：贾府的好日子就要过去了，而这悲风，将从尤氏和凤姐这两个宁荣府的内当家开始吹起。

可卿判词中原有“漫言不肖皆荣出，造衅开端实在宁”的句子，而宁府长孙媳秦可卿之死，乃是由凤姐操办；尤氏之妹尤二姐之死，又由凤姐一手造成；这两件宁国府的“造衅”一旦闹腾出来，凤姐都绝对难辞干系——是因为这样，书中才要借尤氏之口一再向凤姐提出警告吗？

凤姐生日宴上还有一个不和谐音来自宝玉。

此日贾府华筵，宝玉却往水仙庵祭金钏，回来又遇见玉钏“独坐在廊檐下垂泪”，偏于繁花闹管中写出一片凄凉来。

平儿理妆的事出来，作者方揭出谜底：“宝玉因自来从未在平儿前尽过心——且平儿又是个极聪明极清俊的上等女孩儿，比不得那起俗蠢拙物——深为恨怨。今日是金钏儿的生日，故一日不乐。不想落后闹出这件事来，竟得在平儿前稍尽片心，亦今生意中不想之乐也。”

原来凤姐竟同跳井的金钏儿同一天生日，这意味着什么呢？除去两人都是“金派”人物外，她们的共同点是什么呢？

难道，只是通过《男祭》这出戏，来影射后来的贾琏祭尤二姐？

贾琏与鲍二家的偷情，被凤姐撞破，大闹了一场后，次日贾母出面调停，命贾琏与凤姐赔罪。

> 贾琏听如此说，又见凤姐儿站在那边，也不盛妆，哭的眼睛肿着，也不施脂粉，黄黄脸儿，比往常更觉可怜可爱。

脂砚特地在“黄黄脸儿”后面批了一句：“大妙大奇之文，此一句便伏下病根了，草草看去便可惜了作者行文苦心。”

张爱玲的生前好友宋淇非但没有“草草看去”，还写过一篇题为《王熙凤的不治之症》的文章，一一结算出书中描写熙凤之病共有“伏线四次，正面详细描写两次，正面交代两次，因病不克参加贾敬丧事、中秋赏月各一次；借贾蓉之口、平儿和鸳鸯之口、宝玉和凤姐之口共三次。各种写法间隔使用，不露痕迹，使人读来不嫌其烦，可见作者用心之深，功力之厚。”

文章中伏线如此之多，铺垫如此之隆，看来凤姐是难逃“天逝”的宿命了。

然而事情到这里还没有完，第四十五回《金兰契互剖金兰语　风雨夕闷制风雨词》中，又借赖嬷嬷之口补出一件小事：

（赖嬷嬷）方起身要走，因看见周瑞家的，便想起一事来，因说道：“可是还有一句话问奶奶，这周嫂子的儿子犯了什么不是，撵了他不用？”凤姐儿听了，笑道：“正是我要告诉你媳妇，事情多也忘了。赖嫂子回去说给你老头子，两府里不许收留他小子，叫他各人去罢。”赖大家的只得答应着。

周瑞家的忙跪下央求。赖嬷嬷忙道：“什么事，说给我评评。”凤姐儿道：“前日我生日，里头还没吃酒，他小子先醉了。老娘那边送了礼来，他不说在外头张罗，他倒坐着骂人，礼也不送进来。两个女人进来了，他才带着小幺们往里抬。小幺们倒好，他拿的一盒子倒失了手，撒了一院子馒头。人去了，打发彩明去说他，他倒骂了彩明一顿。这样无法无天的忘八羔子，不撵了作什么！”赖嬷嬷笑道：“我当什么事情，原来为这个。奶奶听我说：他有不是，打他骂他，使他改过，撵了去断乎使不得。他又比不得是咱们家的家生子儿，他现是太太的陪房。奶奶只顾撵了他，太太脸上不好看。依我说，奶奶教导他几板子，以戒下次，仍旧留着才是。不看他娘，也看太太。”凤姐儿听说，便向赖大家的说道：“既这样，打他四十棍，以后不许他吃酒。”赖大家的答应了。周瑞家的磕头起来，又要与赖嬷嬷磕头，赖大家的拉着方罢。

自有了“纵有千年铁门槛，终须一个土馒头”这句话，我们都知道，“馒头”在书中的意味非同寻常。宝玉说过：“怪道我们家庙说是‘铁槛寺’呢。”

只怕还要再补一句：“怪道‘水月庵’又被叫作‘馒头庵’呢。”

固然，书中对“馒头庵”的解释是“因他庙里做的馒头好，就起了这个诨号”，然而这只是在瞒人，其真实含义无非是再次提醒关于“铁门槛”与“土馒头”的佛偈。

那么，周瑞家的儿子在凤姐生日里“撒了一院子馒头”，意味着什么呢？

前文已经讨论过周瑞家的女婿冷子兴与凤姐千丝万缕的关系，此处又出来一个周瑞家的儿子，看来，在贾府之败、凤姐之死这件事上，周瑞一家子可真是没做过什么好事啊。

其下脂批又有红笔注明："雪芹旧有《风月宝鉴》之书，乃其弟棠村序也。今棠村已逝，余睹新怀旧，故仍因之。"点明在《红楼梦》之前，曹雪芹在更年轻时曾经写过另外一本书，叫作《风月宝鉴》。这书应该已经写完了，所以还正经八百地请表弟还是堂弟棠村给写了个序。

至于这本书的内容，显然后来已经化入《红楼梦》之中了。其中的故事，可以猜得出的至少有"贾天祥正照风月鉴"和"苦尤娘赚入大观园"两段。

前者不消说了，"风月宝鉴"的名字就是由此而来，全书八十回，那镜子也只出现在那回中，后来再未顾上照应，而"贾瑞戏熙凤"的故事也极其完整，几乎是干净利落地就把个大好青年给打发了，快快送上了黄泉路。

"红楼二尤"的文字同样紧凑，从六十三回《死金丹独艳理亲丧》二尤出场，到第六十六回《情小妹耻情归地府》，再到六十九回《觉大限吞生金自尽》，两姐妹一个饮剑自刎，一个吞金自尽，脚跟脚儿地赶着死了。痛快淋漓，一点痕迹不留下，一点旁枝不掺杂，甚至都没提一下尤二姐进贾府之后，尤老娘去了哪里。

除了情节过于紧凑完整，不似红楼惯有的"草蛇灰线伏脉千里"的写法之外，这两段故事还有一个共同特点，就是时间上的突兀。

贾瑞初见熙凤是秋天，王熙凤去宁府探

· 若隐若现的《风月宝鉴》·

《红楼梦》开卷第一回便说过，此书有别名《风月宝鉴》，乃东鲁孔梅溪所题。

可卿之际。然后好好地写着可卿患病一事，平插进来贾瑞被熙凤调理的宗宗倒霉事儿，说他“二十来岁之人，尚未娶亲，迩来想着凤姐，未免有那指头告了消乏等事；更兼两回冻恼奔波，因此三五下里夹攻，不觉就得了一病：心内发膨胀，口内无滋味，脚下如绵，眼中似醋，黑夜作烧，白昼常倦，下溺连精，嗽痰带血。诸如此症，不上一年，都添全了。”

这就一年过去了。接着又说“倏又腊尽春回，这病更又沉重。代儒也着了忙，各处请医疗治，皆不见效。”然后才是“这日有个跛足道人来化斋，口称专治冤业之症。”遂给了贾瑞一面镜子，言明三日后来取。谁知贾瑞不听劝，非要照镜子正面，不到三日便一命呜呼了。

这个故事至此算是讲完了，回末偏又添一蛇足：“谁知这年冬底，林如海的书信寄来，却为身染重疾，写书特来接林黛玉回去。”

无端又一年过去了。接下来，才是第十三回《秦可卿死封龙禁尉　王熙凤协理宁国府》。秦可卿死在两年后，而且并非张太医说的春天。

这里就有了混乱：秦可卿到底死在什么时候？若说是隔了两年，肯定有问题；若说是当年冬天，也就是凤姐秋天探病之后，没隔上两月可卿便死了，那么她们俩的故事算是顺上了，贾瑞这一年又跑到哪里去了呢？凤姐忙着料理宁国府还不够，又哪来的时间跟贾瑞磨牙斗智？贾蓉刚死了老婆，也断无道理跟贾蔷两个装神弄鬼，敲诈贾瑞一笔“赌账”。

更混乱的是林黛玉的时间，第十二回末明明说林如海是冬天写书来接了黛玉回去的，到了第十四回《林如海捐馆扬州城》，又说昭儿从苏州回来，禀告凤姐道：“二爷打发回来的。林姑老爷是九月初三日巳时没的。二爷带了林姑娘同送林姑老爷灵到苏州，大约赶年底就回来。二爷打发小的来报个信请安，讨老太太示下，还瞧瞧奶奶家里好，叫把大毛服带几件去。”

——这又给弄回到秋天去了。到底也不知道林老爷是什么时候死的，秦可卿又是什么时候死的？

惟一的解释就是——贾瑞这场戏，是后来强加进荣宁府故事中的。在原来的《风月宝鉴》里，收拾贾瑞的另有其人，至曹雪芹作了《红楼梦》后，边写边改边整理，不舍得那段故事，遂改名换姓，把《风月宝鉴》的女主人公与王熙凤合为一人，生生插在可卿之死的故事中间，如此便造成了时间上的混乱。

同样的，宝玉、黛玉的故事也是后来写成，强作主线，所以才出现了众多时间隧道般的混乱，比如黛玉初进贾府是几岁？其时迎、探、惜三春分别几岁？宝钗初次识通灵以及宝玉初试云雨情又是几岁？都很难给出具体的时间表来。

而二尤篇章，除了时间情节上的过分紧凑之外，更蹊跷的还是文法的不统一，非但故事离奇如唱本，连遣词造句也与别回有极大的不同，宛如民间小调，且看第六十八回《苦尤娘赚入大观园　酸凤姐大闹宁国府》一段：

凤姐上座，尤二姐命丫鬟拿褥子来便行礼，说："奴家年轻，一从到了这里之事，皆系家母和家姐商议主张。今日有幸相会，若姐姐不弃奴家寒微，凡事求姐姐的指示教训。奴亦倾心吐胆，只伏侍姐姐。"说着，便行下礼去。

凤姐儿忙下座以礼相还，口内忙说："皆因奴家妇人之见，一味劝夫慎重，不可在外眠花卧柳，恐惹父母担忧。此皆是你我之痴心，怎奈二爷错会奴意。眠花宿柳之事瞒奴或可，今娶姐姐二房之大事亦人家大礼，亦不曾对奴说。奴亦曾劝二爷早行此礼，以备生育。不想二爷反以奴为那等嫉妒之妇，私自行此大事，并不说知。使奴有冤难诉，惟天地可表。前于十日之先奴已风闻，恐二爷不乐，遂不敢先说。今可巧远行在外，故奴家亲自拜见过，还求姐姐下体奴心，起动大驾，挪至家中。你我姊妹同居同处，彼此合心谏劝二爷，慎重世务，保养身体，方是大礼。若姐姐在外，奴在内，虽愚贱不堪相伴，奴心又何安。再者，使外人闻知，亦甚不雅观。二爷之名也要紧，倒是谈论奴家，奴亦不怨。所以今生今世奴之名节全在姐姐身上。那起下人小人之言，未免见我素日持家太严，背后加减些言语，自是常情。姐姐乃何等样人物，岂可信真。若我实有不好之处，上头三层公婆，中有无数姊妹妯娌，况贾府世代名家，岂容我到今日。今日二爷私娶姐姐在外，若别人则怒，我则以为幸。正是天地神佛不忍我被小人们诽谤，故生此事。我今来求姐姐进去和我一样同居同处，同分同例，同侍公婆，同谏丈夫。喜则同喜，悲则同悲，情似亲妹，和比骨肉。不但那起小人见了，自悔从前错认了我，就是二爷来家一见，他作丈夫之人，心中也未免暗悔。所以姐姐竟是我的大恩人，使我从前之名一洗无余了。若姐姐不随奴去，奴亦情愿在此相陪。奴愿作妹子，每日伏侍姐姐梳头洗面。只求姐姐在二爷跟前替我好言方便方便，容我一席之地安身，奴死也愿意。”

长篇大论，一口一个“奴”字。这固然是女子的自称，然全书八十回，于此仅见。其余时候，无论王熙凤也好，尤二尤三也好，都是自称“我”，连真正做奴才的袭人、平儿之流，也从来都是称“我”不称“奴”的。

这个“奴”，是《金瓶梅》的标准用语，潘金莲、李瓶儿等人自始至终都是自称“奴”的，这大概可以看作《红楼梦》或者说是《风月宝鉴》承袭《金瓶梅》之一斑。

如果多看几部明清小说，大概就会意识到，在《金瓶梅》之后，闲酸文人们一度掀起了色情小说的高潮，便如《红楼梦》开篇第一回石头所言：“更有一种风月笔墨，其淫秽污臭、荼毒笔墨、坏人子弟又不可胜数。”曹雪芹虽然这样说了，但估计他自己在写《红楼梦》之前也做过此类文章，就是《风月宝鉴》。此为练笔之作，不可能一开始就成浩佚之卷，必然从小品文开始，便如贾瑞夭逝，二尤之死，甚至多姑娘儿一类。

红迷们将《红楼梦》视为天书，一听说将其与《金瓶梅》相提并论就觉得无法接受，然而甲戌本第十三回《秦可卿死封龙禁尉》，贾珍欲以樯木为可卿解锯造棺，贾政因劝道：“此物恐非常人可享者，殓以上等杉木也就是了。”脂砚斋在此眉批：“写个个皆到，全无安逸之笔，深得《金瓶》壶奥！”

第二十八回《蒋玉菡情赠茜香罗》中，宝玉、薛蟠一行人往冯紫英家喝酒，行令做女儿歌，薛蟠云：“女儿悲，嫁了个男人是乌龟。”众人哄堂。脂砚眉批：“此段与《金瓶梅》内西门庆、应伯爵在李桂姐家饮酒一回对看，未知孰家生动活泼？”

第六十六回《情小妹耻情归地府　冷二郎一冷入空门》中，柳湘莲向宝玉问知尤三姐身份来头，跌足道：“这事不好，断乎做不得了。你们东府里除了那两个石头狮子干净，只怕连猫儿狗儿都不干净。我不做这剩忘八。”庚辰本在此亦有双行夹批：“奇极之文！趣极之文！《金瓶梅》中有云‘把忘八的脸打绿了'，已奇之至，此云'剩忘八'，岂不更奇！"

——脂砚斋三次将《红楼梦》与《金瓶梅》情节描写相比较，可见深以"红楼"有"金瓶"之风为傲。

如此，曹雪芹曾模仿《金瓶梅》而作《风月宝鉴》，便不足为奇。贾琏这个人物的塑造，亦很可能师承西门庆，既淫佚无度，又精明能干。《金》书中，西门庆为了脱罪，请人将公文上"西门"二字下加添两笔，改成了一个"贾"字——此或可谓西门庆变身为贾琏的一个花絮？一笑。

综上所述，王熙凤见尤二的文字，很可能是挪自《风月宝鉴》，没有改干净的。不过《红楼梦》在整理流传的过程中一改又改，后来曹雪芹大概也注意到这个毛病了，遂在新版本中改去了"奴"字，一律称"我"了，这大概便是红楼诸版本关于这一段行文不同的真正原因吧！

势败休云贵，家亡莫论亲。
偶因济刘氏，巧得遇恩人。

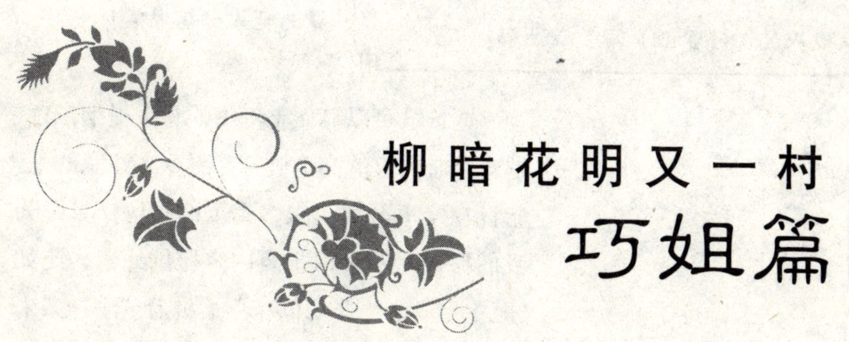

柳暗花明又一村
巧姐篇

陋室空堂，当年笏满床，衰草枯杨，曾为歌舞场。

蛛丝儿结满雕梁，绿纱今又糊在蓬窗上。

说什么脂正浓，粉正香，如何两鬓又成霜？

昨日黄土陇头送白骨，今宵红灯帐底卧鸳鸯。

金满箱，银满箱，展眼乞丐人皆谤。

正叹他人命不长，那知自己归来丧！

训有方，保不定日后作强梁；

择膏梁，谁承望流落在烟花巷！

因嫌纱帽小，致使锁枷扛；昨怜破袄寒，今嫌紫蟒长。

乱烘烘你方唱罢我登场，反认他乡是故乡。

甚荒唐，到头来都是为他人作嫁衣裳！

· 谁承望流落在烟花巷 ·

《红楼梦》开卷第一回，甄士隐为跛足道人的《好了歌》写了篇注解：

这首歌可以算作整部书的一个提纲挈领，是对中心内容的高度概括。更令人注意的是，脂批在字里行间有很多重要的批语，可以为我们探佚后四十回主要内容提供线索，比如“陋室空堂，当年笏满床”后批着“宁、荣未有之先”，“衰草枯杨，曾为歌舞场”后批着“宁、荣既败之后”，这就清楚地写明了后部的故事乃是宁荣府由盛转衰的过程，而不是程高本的什么家道复兴，“兰桂齐芳”。

再比如，脂批在“说什么脂正浓，粉正香，如何两鬓又成霜？”后批着“宝钗、湘云一干人”；在“昨日黄土陇头送白骨”后批着“黛玉、晴雯一干人”。让我们知道宝钗和湘云虽然也属于“薄命司”，却并没有像黛玉和晴雯那样青春夭逝，而是一直活到了两鬓成霜。

另外，在“金满箱，银满箱”后面批着“熙凤一干人”，“展眼乞丐人皆谤”后面批着“甄玉、贾玉一干人”，“训有方，保不定日后作强梁”后面批着“柳湘莲一干人”，“因嫌纱帽小，致使锁枷扛”后面批着“贾赦、雨村一干人”，“昨怜破袄寒，今嫌紫蟒长”后面批着“贾兰、贾菌一干人”，这些批语都向我们透露出某些信息和人物命运。

然而，“择膏粱，谁承望流落在烟花巷”这明显有所指的一句话后面，却并没有注明某某人，而是写着“一段儿女死后无凭，生前空为筹划计算，痴心不了。”这不由让我们猜测莫明：那流落烟花巷的人，到底是谁呢？

电视连续剧里把这个命运派给了湘云和巧姐儿，一个做了船妓，一个做了雏妓。而周汝昌则引经据典，考证说应该是那个只出过名字而未有过正传的傅秋芳，理由自然是因为三十五回那一段傅秋芳小传：

> 傅试有个妹子，名唤傅秋芳，也是个琼闺秀玉……那傅试原是暴发的，因傅秋芳有几分姿色，聪明过人，那傅试安心仗着妹妹要与豪门贵族结姻，不肯轻意许人，所以耽误到如今。目今傅秋芳年已二十三岁，尚未许人。争奈那些豪门贵族又嫌他穷酸，根基浅薄，不肯求配。

——这一段，的的确确算得上是“择膏粱”三个字的注解了。然而若据此就说她的下落是沦入风尘，则未免牵强。而且这样一个蜻蜓点水的小小配角的命运，也未必有资格能进得了甄士隐的《好了歌》。

因此，相比于傅秋芳，我倒情愿更偏向电视剧的结局，但只取巧姐儿一段，绝不能苟同湘云沦为娼妓，那样一个“光风霁月照玉堂”的人物，做侠女还差不多，如何能忍辱偷生做了船妓呢？这还是一听岫烟受气便摩拳擦掌地要去打抱不平的史湘云吗？

倒是巧姐儿，在八十回正文里年纪幼小，身不由己，在家族变故中沦入风尘确是很可能的。脂批说“一段儿女死后无凭，生前空为筹划计算，痴心不了。”

开卷时湘云父母已逝，还来不及为女儿“筹划计算”，故而不可能是指她；那最擅“筹划计算”之人，舍凤姐其谁？凤姐的下落不消说，自然是“欠命的，命已还”，“机关算尽太聪明，反误了卿卿性命。”不得好死的了。十二支曲中的《聪明累》中，更是明明白白写着她“生前心已碎，死后性空灵”，“枉费了意悬悬半世心，好一似荡悠悠三更梦。”生前死后，她最悬心不下的，能是谁呢？

第二十九回《享福人福深还祷福　痴情女情重愈斟情》写清虚观打醮一段，由于人们往往为张道士给宝玉提亲之事所吸引，而都忽略了凤姐儿在这里的重要言行：

……凤姐儿笑道：“张爷爷，我们丫头的寄名符儿你也不换去。前儿亏你还有那么大脸，打发人和我要鹅黄缎子去！要不给你，又恐怕你那老脸上过不去。”张道士呵呵大笑道：“你瞧，我眼花了，也没看见奶奶在这里，也没道多谢。符早已有了，前日原要送去的，不指望娘娘来作好事，就混忘了，还在佛前镇着。待我取来。”说着跑到大殿上去，一时拿了一个茶盘，搭着大红蟒缎经袱子，托出符来。大姐儿的奶子接了符。张道士方欲抱过大姐儿来，只见凤姐笑道：“你就手里拿出来罢了，又用个盘子托着。”张道士道：“手里不干不净的，怎么拿？用盘子洁净些。”凤姐儿笑道：“你只顾拿出盘子来，倒唬我一跳。我不说你是为送符，倒象是和我们化布施来了。”众人听说，哄然一笑，连贾珍也掌不住笑了。贾母回头道：“猴儿猴儿，你不怕割舌头下地狱？”凤姐儿笑道：“我们爷儿们不相干。他怎么常常的说我该积阴骘，迟了就短命呢！”

这一段话，通常读者只作插科打诨忽略了去，即使注意到的，也只是说凤姐性格刚硬，没有忌讳，就如对净虚老尼说自己“从来不信什么是阴司地狱报应”是一样的意思。

然而如果我们把这段话和十二支曲中巧姐的那支《留余庆》结合起来看，

就会发现大有玄机：

> 留余庆，留余庆，忽遇恩人；幸娘亲，幸娘亲，积得阴功。劝人生，济困扶穷，休似俺那爱银钱忘骨肉的狠舅奸兄！正是乘除加减，上有苍穹。

凤姐口中的“阴骘”,与巧姐曲中的“阴功”,都是一个意思,即死后留德。所以曲牌名曰《留余庆》，可见巧姐儿获救，已经是凤姐死后的事情。

那凤姐生前空自为巧姐儿操碎了心，又是为她出花儿供奉痘花娘娘，又是将她的寄名符儿送到庙里求荫庇，又是请刘姥姥为女儿取名镇邪，千娇贵万珍惜，然而两眼一闭时，却又怎能料到女儿竟然飘零沦落，举目无亲呢？

这可不正是“死后无凭，空为筹划，痴心不了”、“生前心已碎，死后性空灵”吗？

可见，那流落烟花巷的不幸女儿，正是巧姐儿。

前八十回中，她虽然出场的次数不算少，却几乎没开口说过话，不是睡觉就是生病，“戏码”最重的一处描写，就是与板儿争柚子。

然而，在太虚幻境薄命司里，却珍存着关于她一生命运的册子，画着“一座荒村野店，有一美人在那里纺绩”，其判云：

> 势败休云贵，家亡莫论亲。
> 偶因济刘氏，巧得遇恩人。

“刘氏”，也有版本作“村妇”，“巧得”作“幸得”。然而我更赞成“巧得遇恩人”，因为这里“巧”字双关，既指她的名字“巧姐儿”，又有侥幸的意思。

·“恩人”与“奸兄”·

> 金陵十二册正册中，巧姐大概要算是最尴尬的一个了。

正如刘姥姥替她取名时所说：“或一时有不遂心的事，必然是遇难成祥，逢凶化吉，却从这‘巧’字上来。”蒙府本在这句话后面原有一句侧批：“作谶语以影射后文。”可见后来那帮助巧姐儿“遇难成祥，逢凶化吉”的恩人，正是刘姥姥。

早在第六回《贾宝玉初试云雨情　刘姥姥一进荣国府》的开篇，脂砚已经有一段回前批：

> 此回借刘妪，却是写阿凤正传，并非泛文，且伏“二进”、“三进”及巧姐之归着。

这里点明刘姥姥曾先后三进荣国府，然

而前八十回中只写了“初进”与“二进”，这“第三进”，应该是后四十回的一个重要情节，并且关乎巧姐归宿。那么巧姐的归宿是什么呢？

我们仍然借着刘姥姥这条线索一路寻来——

在书中起笔开写刘姥姥，“小小一个人家，向与荣府略有些瓜葛”后面，又有一句脂批：

> 略有些瓜葛，是数十回后之正脉也。真千里伏线。

原来姥姥家后来竟成了荣府的正脉，也就是正经亲戚。那只有一个途径，就是结亲。既然是“巧”遇恩人，那么只能是与巧姐儿结亲了。

刘姥姥的第一次进府，并没有见到巧姐儿本人，却见了她的屋子。且看这段描写：

> 刘姥姥此时惟点头咂嘴念佛而已。于是来至东边这间屋内，乃是贾琏的女儿大姐儿睡觉之所。平儿站在炕沿边，打量了刘姥姥两眼，只得问个好，让坐……于是让刘姥姥和板儿上了炕，平儿和周瑞家的对面坐在炕沿上，小丫头子斟了茶来吃茶。

在“大姐儿睡觉之所”一句后，甲戌双行夹批云：“记清。”是让我们记清巧姐儿住在哪间屋吗？还是要提醒我们，那刘姥姥第一次进府，就和板儿两个一起坐在了大姐儿睡觉的炕上？

其后，在刘姥姥向凤姐告贷的描写中，说她“未语先飞红的脸，欲待不说，今日又所为何来？只得忍耻说道”，甲戌本在此又有重要眉批：“老妪有忍耻之心，故后有招大姐之事。”

可见后来巧姐儿为刘姥姥招为孙媳。

然而姥姥为一村妇，招大姐为孙媳，哪怕是已经家败之后的巧姐儿，也仍然是高攀了，又怎么能说得上是“忍耻”呢？原因只有一个：就是巧姐儿曾经沦落风尘，是被姥姥自勾栏瓦舍里打捞了来，招入家中的。

再来看刘姥姥的二进荣国府，第四十一回《栊翠庵茶品梅花雪　怡红院劫遇母蝗虫》的一段重要描写：

忽见奶子抱了大姐儿来，大家哄他顽了一会。那大姐儿因抱着一个大柚子玩的，忽见板儿抱着一个佛手，便也要佛手。丫鬟哄他取去，大姐儿等不得，便哭了。众人忙把柚子与了板儿，将板儿的佛手哄过来与他才罢。那板儿因顽了半日佛手，此刻又两手抓着些果子吃，又忽见这柚子又香又圆，更觉好顽，且当球踢着玩去，也就不要佛手了。

庚辰本在这一段中有两段双行夹批：

庚辰双行夹批：小儿常情遂成千里伏线。

柚子即今香团之属也，应与缘通。佛手者，正指迷津者也。以小儿之戏暗透前回通部脉络，隐隐约约，毫无一丝漏泄，岂独为刘姥姥之俚言博笑而有此一大回文字哉？

巧姐儿的未来，是嫁与了板儿为媳，于荒村野店中纺绩为生，这一点已经可以说是尘埃落定。

问题是，是谁将她送进火坑，使之“流落在烟花巷”的呢？

昭示巧姐命运的《留余庆》曲中说：“劝人生济困扶穷。休似俺那爱银钱忘骨肉的狠舅奸兄。”

“济困扶穷”，指的是凤姐接济刘姥姥，然而“那爱银钱忘骨肉的狠舅奸兄”是谁呢？

所谓舅，自然是凤姐的兄弟，续书里派给了王仁，各大家均无异意，这是因为书里面提到王家亲戚时，只有一个王仁可以算是凤姐的兄弟；然而我却认为还有一个可能，就是薛蟠，他是凤姐的姑舅兄弟，也可称为巧姐的舅舅。作者怕人忘记，还曾在薛蟠偶遇贾琏时特意点了一笔：

贾琏听了道：“原来如此，倒教我们悬了几日心。”因又听道寻亲，又忙说道：“我正有一门好亲事堪配二弟。”说着，便将自己娶尤氏，如今又要发嫁小姨一节说了出来，只不说尤三姐自择之语。又嘱薛蟠且不可告诉家里，等生了儿子，自然是知道的。薛蟠听了大喜，说："早该如此，这都是舍表妹之过。"湘莲忙笑说："你又忘情了，还不住口。"薛蟠忙止住不语。（第六十七回）

薛蟠虽"狠"，似乎不至于坏到要卖巧姐儿来换钱，然而他生性混沌，不知进退，在蒙蒙噩噩中做出失德败行之事也是有可能的；前文让他买香菱，后文让他卖巧姐儿，亦有对照之韵；况且，让薛蟠做"狠舅"，总比前八十回中从未出场之王仁的可能性更大些。

而奸兄呢，高鹗的续书里派给了贾环和贾芸，纯属胡说八道。那贾环和贾琏是同属"玉"字辈的，是叔不是舅，更不是兄；而贾芸，在脂批里曾赞他"有志气，有果断"，又说他将来"有大作为"，自然不是奸兄。

可以称得上兄的，属草字辈，除贾芸外，还有众多嫌疑，抛开只出过名字没有正传的人物不算，至少还有贾兰、贾菌、贾蓉、贾蔷、贾芹等人。

然而书中说贾菌"年纪虽小，志气最大"，应该不会是奸人；贾兰是要"胸悬金印"重振家风的，最多见死不救，还不至下贱到卖巧姐儿的地步；那便只剩下蓉、蔷、芹三个了。其中贾芹肯定是个坏人，又是赌钱，又是养老婆小子的，如果他来卖巧姐，是有犯罪动机的；贾蔷是往苏州买十二戏子的人，路头熟，既能买人，自然也能卖人；然而这两个，又不如贾蓉的嫌疑更大。

可记得贾蓉的第一次出场？无巧不巧，正是在刘姥姥前来借贷之时，"只听一路靴子脚响，进来了一个十七八岁的少年，面目清秀，身材俊俏，轻裘宝带，美服华冠。"与寒酸羞窘的刘姥姥恰成鲜明对比。

他两个，一个来借屏风，一个来打秋风，无疑云壤之别；而到了凤姐死后，一个是卖巧姐的，一个却是救巧姐的，前呼后应，恰成反比。这才正合了巧姐那句判词："势败休云贵，家亡莫论亲。"

而在第五回开篇，有首五言诗云：

朝扣富儿门，富儿犹未足。
虽无千金酬，嗟彼胜骨肉。

来扣富儿门的人是刘姥姥，虽然凤姐不过是给了二十两银子，算不上“千金酬”，将来她却是以命相报，远胜至亲骨肉。这个“骨肉”，便是与刘姥姥同时出场的贾蓉。

因此可以肯定，贾蓉就是那个“爱银钱忘骨肉”的“奸兄”。

“恩人”竟与“奸兄”同时出场，而且，两个人的作为，早在回前诗里已经欲先揭盅了。

写刘姥姥二进荣国府，为讨贾母与众公子小姐欢心，便搜肠挖肚，讲了许多民间传奇故事，其中一个甚至还颇为凄艳，以至于让宝玉念念不忘。

且看原文——

那刘姥姥虽是个村野人，却生来的有些见识，况且年纪老了，世情上经历过的，见头一个贾母高兴，第二见这些哥儿姐儿们都爱听，便没了说的也编出些话来讲。因说道：“我们村庄上种地种菜，每年每日，春夏秋冬，风里雨里，那有个坐着的空儿，天天都是在那地头子上作歇马凉亭，什么奇奇怪怪的事不见呢。就象去年冬天，接连下了几天雪，地下压了三四尺深。我那日起的早，还没出房门，只听外头柴草响。我想着必定是有人偷柴草来了。我爬着窗户眼儿一瞧，却不是我们村庄上的人。”贾母道：“必定是过路的客人们冷了，见现成的柴，抽些烤火去也是有的。”刘姥姥笑道：“也并不是客人，所以说来奇怪。老寿星当个什么人？原来是一个十七八岁的极标致的小姑娘，梳着溜油光的头，穿着大红袄儿，白绫裙子——”

刚说到这里，忽听外面人吵嚷

第三十九回《村姥姥是信口开河 情哥哥偏寻根问底》中，

起来，又说："不相干的，别唬着老太太。"贾母等听了，忙问怎么了，丫鬟回说："南院马棚里走了水，不相干，已经救下去了。"贾母最胆小的，听了这个话，忙起身扶了人出至廊上来瞧，只见东南上火光犹亮。贾母唬的口内念佛，忙命人去火神跟前烧香。王夫人等也忙都过来请安，又回说"已经下去了，老太太请进房去罢。"贾母足的看着火光息了方领众人进来。宝玉且忙着问刘姥姥："那女孩儿大雪地作什么抽柴草？倘或冻出病来呢？"贾母道："都是才说抽柴草惹出火来了，你还问呢。别说这个了，再说别的罢。"宝玉听说，心内虽不乐，也只得罢了……

一时散了，背地里宝玉到底拉了刘姥姥，细问那女孩儿是谁。刘姥姥只得编了告诉他道："那原是我们庄北沿地埂子上有一个小祠堂里供的，不是神佛，当先有个什么老爷。"说着又想名姓。宝玉道："不拘什么名姓，你不必想了，只说原故就是了。"刘姥姥道："这老爷没有儿子，只有一位小姐，名叫茗玉。小姐知书识字，老爷太太爱如珍宝。可惜这茗玉小姐生到十七岁，一病死了。"宝玉听了，跌足叹惜，又问后来怎么样。刘姥姥道："因为老爷太太思念不尽，便盖了这祠堂，塑了这茗玉小姐的像，派了人烧香拨火。如今日久年深的，人也没了，庙也烂了，那个像就成了精。"……

宝玉又问他地名庄名，来往远近，坐落何方。刘姥姥便顺口胡诌了出来。宝玉信以为真，回至房中，盘算了一夜。次日一早，便出来给了茗烟几百钱，按着刘姥姥说的方向地名，着茗烟去先踏看明白，回来再做主意。那茗烟去后，宝玉左等也不来，右等也不来，急的热锅上的蚂蚁一般。好容易等到日落，方见茗烟兴兴头头的回来。宝玉忙道："可有庙了？"茗烟笑道："爷听的不明白，叫我好找。那地名座落不似爷说的一样，所以找了一日，找到东北上田埂子上才有一个破庙。"宝玉听说，喜的眉开眼笑，忙说道："刘姥姥有年纪的人，一时错记了也是有的。你且说你见的。"茗烟道："那庙门却倒是朝南开，也是稀破的。我找的正没好气，一见这个，我说可好了，连忙进去。一看泥胎，唬的我跑出来了，活似真的一般。"宝玉喜的笑道："他能变化人了，自然

换言之，现在的李纨，即是将来的湘云。两个人的形象，其实代表着同一个人在不同阶段的情状。

当宝玉突闻可卿之死，竟然吐了一口血出来。如果一定要问什么样的关系才能如此关心情切？那是不了解感情的腐朽们才会问的话。因为他不曾试过暗恋一个人。

有些生气。”茗烟拍手道：“那里有什么女孩儿，竟是一位青脸红发的瘟神爷。”宝玉听了，啐了一口，骂道：“真是一个无用的杀才！这点子事也干不来。”茗烟道：“二爷又不知看了什么书，或者听了谁的混话，信真了，把这件没头脑的事派我去碰头，怎么说我没用呢？”宝玉见他急了，忙抚慰他道：“你别急。改日闲了你再找去。若是他哄我们呢，自然没了，若真是有的，你岂不也积了阴骘。我必重重的赏你。”……

刘姥姥信口开河塑造出的这位神龙见首不见尾般的奇女子，在不同版本中，有两个名字：一曰“若玉”，一曰“茗玉”。

通常人们都比较倾向于“若玉”，因为比较口语化；而“茗玉”则过雅，不像是个庄稼人能随口“诌”得出来的。

然而我却以为不然，正是由于这点“不像”，才格外引起我们注意，让我们不禁要同宝玉一样寻根问底，找出“茗玉”背后藏着的故事。

几乎所有人都注意到“若玉”也好，“茗玉”也好，重点是有个“玉”字，因此觉得这个故事或者蕴有深意；然而不知可有人想过，这个“茗”字意味着什么呢？

全书中名字带“玉”的人不少，有宝玉、黛玉、妙玉，还有个林红玉；然而带“茗”字的，却只有一个，就是“茗烟”。而那么巧，正是这个“茗烟”受“宝玉”之托，去寻找“茗玉”之庙（妙）。

如此，茗烟、宝玉、妙玉、刘姥姥这几个风马牛不相及的人，便借着一个传说中的“茗玉”给连到一起了。

而妙玉，又正是送了一只成窑杯给刘姥姥的人，那杯子，却又并非妙玉亲赠，而是通过宝玉转手。

我们都知道，刘姥姥最重的戏份在于救巧姐儿出火坑，而在这场“救风尘”的戏目中，宝玉、妙玉、茗烟等人是否扮演过什么重要角色、或者至少有次串场呢？

宝玉不消说，整部书都应该由他亲睹亲闻，而茗烟是书中前八十回里惟一知道刘姥姥住处的人，因为曾经依照宝玉所嘱之“地名庄名，来往远近，坐落何方”去寻找过茗玉之庙。

而靖藏本在刘姥姥为巧姐取名一段描写后，曾有一句批语云："狱庙相逢之日始知'遇难成祥，逢凶化吉'实伏线于千里，哀哉伤哉！此后文字不忍卒读。辛卯冬日。"

虽然关于"狱庙"的解释有多种争议，有说是"岳庙"或"东岳庙"的，有说是供奉狱神的临时看押犯人之处，然而不管怎么说，这"狱庙"二字，恰好谐音"玉庙"，即茗烟遍寻不到的那座"茗玉之庙"，而反过来读，又变成"妙玉"。这仅仅只是"巧"合吗？

妙玉的判词中说她"可怜金玉质，终陷淖泥中"，曲子中又说她"风尘肮脏违心愿"，"红粉朱楼春意阑"，似乎都有沦落为娼之意。于是我不禁有这样的猜想：会不会那巧姐儿流落风尘，被卖青楼时，正与妙玉在一起呢？会否刘姥姥为了救巧姐而卖物筹钱，卖掉了妙玉的那只成窑杯？会否她们的相逢之处，正是在茗烟当年误打误撞的那座破庙里？而那位"青脸红发的瘟神爷"，就是什么"狱神"？又或者，那狱庙重逢的，其实是宝玉与巧姐，于此闻知了巧姐"遇难成祥"的全故事，而带宝玉来此的，正是茗烟？

另外，说起茗烟时，我们不应该忘了他的那位小情人：东府里的万儿姑娘。

万儿虽然只出场一次，名字却颇有来历，茗烟曾经如此解说：

> 茗烟大笑道："若说出名字来话长，真真新鲜奇文，竟是写不出来的。据他说，他母亲养他的时节做了一个梦，梦见得了一匹锦，上面是五色富贵万不断头的花样，所以他的名字叫作万儿。"宝玉听了笑道："真也新奇，想必他将来有些造化。"说着，沉思一会。

不知道宝玉在沉思什么。然而我们倒实在应该好好沉思一会儿的。

如前文所说，那卖巧姐入火坑的"奸兄"，正是贾蓉。而万儿，恰恰是东府里的丫鬟。所以我猜测，贾蓉卖巧姐之事，无意中被万儿闻知，于是告诉了茗烟，再由茗烟告诉刘姥姥。这样，所有的人物就都串起来了。

宝玉说万儿"将来有些造化"，她有没有造化我们不知道，然而她的名字既然是由一匹锦得来，而巧姐未来命运的写照正是"一座荒村野店，一个美人在纺绩"，想必二者之间是有些联系的吧？

俞平伯先生在《红楼梦研究》中曾经写道："关于巧姐事，八十回屡明点'巧'字，则巧姐必在极危险的境遇中，而巧被刘姥姥救去。高本所写，似对于'巧'字颇少关合。"

对此，我的理解是，倘若巧姐儿遇难到被救的过程中，机缘巧合，依次与刘姥姥、宝玉、茗烟、妙玉、甚至万儿等人先后发生关系，则可谓"巧"之又"巧"了。

桃李春风结子完，到头谁似一盆兰。
如冰水好空相妒，枉与他人作笑谈。

自是霜娥偏爱冷
李纨篇

这两句诗是史湘云在咏白海棠时写的，然而用来形容李纨，却是最恰当不过。且看李纨出场时的人物介绍：

> 这李氏亦系金陵名宦之女，父名李守中，曾为国子监祭酒，族中男女无有不诵诗读书者。至李守中继承以来，便说“女子无才便有德”，故生了李氏时，便不十分令其读书，只不过将些《女四书》、《列女传》、《贤媛集》等三四种书，使他认得几个字，记得前朝这几个贤女便罢了，却只以纺绩井臼为要，因取名为李纨，字宫裁。因此这李纨虽青春丧偶，居家处膏粱锦绣之中，竟如槁木死灰一般，一概无见无闻，唯知侍亲养子，外则陪侍小姑等针黹诵读而已。

· 李纨和湘云的两位一体 ·

“自是霜娥偏爱冷，非关倩女亦离魂。”

李纨从一出场，即已居孀，即湘云咏白海棠诗说的“霜娥”。“霜娥”一词，从字面讲是指青女，“青女素娥俱耐冷，月中霜里斗婵娟”，是位神仙；但有时又借指“孀娥”，即寡妇。李纨是寡妇这不消说，而湘云在做此诗时还是个至少表面上看起来很活泼热情的少女，这两句诗其实颇不合她的身份脾性，而更像是替李纨写的，然而脂砚斋却偏偏在此有一句批语：“又不脱自己将来形状。”意思是湘云将来的结局也是要做寡妇。

换言之，现在的李纨，即是将来的湘云。

两个人的形象，其实代表着同一个人在不同阶段的情状。

这种说法乍听上去有些匪夷所思，因为豪爽开朗的湘云与木讷持重的李纨简直有天壤之别，完全不可同日而语。

然而我们都知道，一个人的双重性格往往是有着极大的冲突与和谐的。而作者的用意，很可能就是想用这样一个反差极大的形象来说明：生活的磨难，对一个天真少女的改变有多大。

这种说法是否可能，让我们不妨先跳开《红楼梦》，来说一下李家的故事：

曹寅的妹夫李煦，乃是康熙钦定的苏州织造，曾协助曹寅四次接驾，银子花得跟淌海水似的。康熙深知其苦，于是将两淮盐政这一肥缺令曹寅、李煦隔年轮番管理，好让他们弥补亏空。

清人章学诚《丙辰札记》有载：

> 曹寅为两淮巡盐御史，刻古书凡十五种，世称“曹楝亭本”是也。康熙四十三年，四十五年，四十七年，四十九年，间年一任。与同旗李煦互相番代。李于四十四年，四十六年，四十八年，与曹互代；五十年，五十一年，五十二年，五十五年，五十六年，又连任，较曹用事为久矣。然曹至今为学士大夫所称，而李无闻焉。

另外，苏州织造的职官年表中也有写明：

> 康熙二十九年至三十二年　　曹寅
> 康熙三十二年至六十一年　　李煦

两证都足以说明，曹寅与李煦是轮班任职，“互相番代”的。可以说，曹家的故事即是李家的故事，两者同样是可以“互代”的。

事实上，两家的命运也的确差不多——康熙死后，雍正继位，李煦因贪污公款被革职，雍正元年《苏州织造胡凤翚奏折》中称：

> 臣请将解过苏州织造银两在于审理李煦亏空案内并追；将解过江宁织造银两行令曹頫解还户部。

可见李家败落了，姻亲的曹家也跑不了，这便是《红楼梦》中说的“一损俱损，一荣俱荣”。

已有多位红学家考证，几乎可以说是达成红学界的共识：即书中的贾家其实是历史上的曹家，而史家便指李家。李煦的两个儿子，一个名李鼎，一个名李鼐，正与书中史湘云两位叔叔同名。

然而如果我们就这样刻板地理解成“史”即“李”，则未免胶柱鼓瑟了。

事实上，作者的笔触是相当灵活的，很可能，在有一个“史”家的替身之外，“李”家在书中也是会同时出场的；这就像“贾”家代表“曹”家之外，“甄”家同样也是另一个藏在幕后的“曹”家一样，其目的，是为了真假互代，虚实结合。

我们都知道，书中“甄”即是“真”，“贾”却不“假”，甄宝玉和贾宝玉的故事是可以互代的；那么很可能，李纨和史湘云也可以互为替身。李纨，很可能就是史湘云将来的写照；而湘云，则是少女时代的李纨。

这样，也就可以理解史湘云为什么会那么可怜了。

书中说李纨在家时只以纺绩为要，故名宫裁；而史湘云在家里，主要的任务就是做针线，手艺也很好，给宝钗祝寿时是特意打发人回家取两色针线来做贺礼，而宝钗同袭人聊天时也说过湘云在叔叔家过活，“他们家嫌费用大，竟不用那些针线上的人，差不多的东西多是他们娘儿们动手。为什么这几次他来了，他和我说话儿，见没人在跟前，他就说家里累的很。我再问他两句家常过日子的话，他就连眼圈儿都红了，口里含含糊糊待说不说的。想其形景来，自然从小儿没爹娘的苦。”又说湘云“在家里做活做到三更天，若是替别人做一点半点，他家的那些奶奶太太们还不受用呢。”

在小说里，湘云的两个叔叔，一个是忠靖侯史鼎，一个是保龄侯史鼐，虽然湘云到底住在哪个叔叔家里有点含糊不清，但可以肯定的是，两家都是望族，钟鸣鼎食之家，似乎不至于苛刻女眷到逼令她们做针线活到三更半夜的地步。那可是贾母老太君的娘家呢，怎么会如此寒酸？

怎么看，这一处描写，形容得也不像是“阿房宫，三百里，住不下金陵一个史”的史侯家。但如果说是国子监祭酒李守中这样的薄宦之家，倒是很有可能的。

因此我认为，作者在这里，是把史湘云和李纨的处境给弄混了，这种混淆，是宥于真实原型而致——在曹雪芹的记忆中，从他认识史湘云这个人物的原型时，李家便已经没落了，“史湘云”是活泼天真的，却也是寒酸困窘的；然而在传说里，“史湘云”却曾有过辉煌富贵的背景，是两淮盐政李煦的孙女。因此，作者便在塑造人物时同时保留了史湘云公侯小姐的身份和针线丫头的实情，然而这仍然不足以表现“史湘云”后来的处境，也就是在作者写此书时的孀妇身份，于是便又塑造了李纨这个人物作为补充。

换言之，史湘云，是作者少年时认识的天真少女；李纨，则是那少女后来的性格——“槁木死灰一般”。

作者面对着这个旧时好友或者表妹的今昔之变，无比怜惜，于是同时塑造了史湘云和李纨这样两个看上去截然不同、实质上却两位一体的形象。他喜爱少年湘云的豪爽形象，也同情中年李纨的清冷处境。

当然，这些只是我的揣测——既然脂砚斋曾指出曹雪芹在创作人物时有“钗黛一体”的手法，那么，将湘云和李纨这样同一个女子的不同阶段放在同一环境中出现，也是极有可能的。

那王熙凤弄权铁槛寺，为了三千两银子害了张金哥一条性命；扣着丫鬟的月钱不按时发放，自己拿去放高利贷，简直可以用“无恶不作”来形容了；贾琏更不消说，“油锅里的钱还要找出来花呢”，连老太太的东西都敢捣腾出来去当；“螳螂捕蝉，黄雀在后”，邢夫人又更棋高一招，捏了儿子的短儿，竟向媳妇敲诈。

——这是个什么家庭啊，母子，夫妻，婆媳，都是这样乌眼鸡似的，“恨不得你吃了我，我吃了你”。

而李纨青年守寡，既然生活在这样的大环境中，难免不会暗自留心，未雨绸缪。只不过，她敛财的方法与凤姐不同，凤姐是八爪鱼式的东征西敛，四处出击；而李纨却是蚂蚁搬家式的聚沙为塔，只进不出。

· 给李纨算笔账 ·

> 说到敛财，人们总是立刻想到贾琏夫妻和邢夫人，

第四十三回《闲取乐偶攒金庆寿　不了情暂撮土为香》中，因凤姐过生日，贾母一时兴起，要学小家子凑份子操办。李纨和尤氏都说要出十二两，贾母说：“你寡妇失业的，那里还拉你出这个钱，我替你出了罢。”凤姐为讨贾母的好，忙说这钱由自己代出——当然，这只是面子功夫，真到尤氏来拿钱时，凤姐却用一顿软硬兼施的说笑给混过去了。然而钱是没出，账却已经给李纨记下了，并在第四十五回中，李纨带姑娘们来与她要钱办诗社时，好好地跟李纨算了一笔账——

凤姐儿笑道："亏你是个大嫂子呢！把姑娘们原交给你带着念书学规矩针线的，他们不好，你要劝。这会子他们起诗社，能用几个钱，你就不管了？老太太、太太罢了，原是老封君。你一个月十两银子的月钱，比我们多两倍银子。老太太、太太还说你寡妇失业的，可怜，不够用，又有个小子，足的又添了十两，和老太太、太太平等。又给你园子地，各人取租子。年终分年例，你又是上上分儿。你娘儿们，主子奴才共总没十个人，吃的穿的仍旧是官中的。一年通共算起来，也有四五百银子。这会子你就每年拿出一二百两银子来陪他们顽顽，能几年的限？他们各人出了阁，难道还要你赔不成？这会子你怕花钱，调唆他们来闹我，我乐得去吃一个河涸海干，我还通不知道呢！"

李纨笑道："你们听听，我说了一句，他就疯了，说了两车的无赖泥腿市俗专会打细算盘分斤拨两的话出来。这东西亏他托生在诗书大宦名门之家做小姐，出了嫁又是这样，他还是这么着；若是生在贫寒小户人家，作个小子，还不知怎么下作贫嘴恶舌的呢！天下人都被你算计了去！昨儿还打平儿呢，亏你伸的出手来！那黄汤难道灌丧了狗肚子里去了？气的我只要给平儿打报不平儿。忖夺了半日，好容易'狗长尾巴尖儿'的好日子，又怕老太太心里不受用，因此没来，究竟气还未平。你今儿又招我来了。给平儿拾鞋也不要，你们两个只该换一个过子才是。"说的众人都笑了。凤姐儿忙笑道："竟不是为诗为画来找我，这脸子竟是为平儿来报仇的。竟不承望平儿有你这一位仗腰子的人。早知道，便有鬼拉着我的手打他，我也不打了。平姑娘，过来！我当着大奶奶姑娘们替你赔个不是，担待我酒后无德罢。"说着，众人又都笑起来了。

凤姐心思缜密，出语尖酸，原不足奇；然而向来笨口拙腮、罕言寡语的李纨竟然这般伶牙俐齿起来，真是破天荒头一回。原因无他，只为凤姐揭出了她的心病，于是老实人也发起火来，哑巴也会唱歌了，不但回敬了凤姐一连串诸如"无赖泥腿"、"贫嘴恶舌"等咒骂之语，且还会指东打西，转移目标，并不反驳凤姐关于自己怕花钱、调唆姑娘们来闹事的话，却说起凤姐生日那天泼醋打平儿的事来。凤姐原也没打算认真跟她计较，遂便息事宁人，当众跟平儿赔了个不是，又满口答应："明儿一早就到任，下马拜了印，先放下五十两银子给你们慢慢作会社东道。"将一场潜在的口角之争消于无形。

然而凤姐不计较，局外人的我们却不妨多管闲事，也来给李纨算笔账——李纨带姑娘们找凤姐，是为了给诗社找个"出钱的铜商"，然而诗社究竟需要多大花费呢?

在第三十七回《秋爽斋偶结海棠社　蘅芜苑夜拟菊花题》中，探春起意建诗社，李纨热情非凡，进门第一句话便是："雅的紧！要起诗社，我自荐我掌坛。前儿春天我原有这个意思的。我想了一想，我又不会作诗，瞎乱些什么，因而也忘了，就没有说得。既是三妹妹高兴，我就帮你作兴起来。"接着又主动请缨，自荐为社长，且说："我那里地方大，竟在我那里作社。我虽不能作诗，这些诗人竟不厌俗客，我作个东道主人，我自然也清雅起来了。"然而探春说："原系我起的意，我须得先作个东道主人，方不负我这兴。"李纨立刻顺水推舟："既这样说，明日你就先开一社如何？"

很明显，这第一社，是探春的东道，李纨自认社长，还邀请众人往稻香村起社，却只是口头建议，并未出钱。

次日史湘云来了，听说众人起社的事，急得了不得。李纨道："他后来，先罚他和了诗：若好，便请入社；若不好，还要罚他一个东道再说。"这就又把史湘云拉下水了，却再不提自己做东道的事。

于是第二社咏菊花，便是史湘云的东道，薛宝钗赞助的螃蟹宴，仍然不花李纨一分钱，倒跟着白吃了一顿螃蟹。

因此，从三十七回建社，到四十三回李纨来找凤姐要钱的时候，其实自己还从没出过一分钱；那么当李纨要到钱之后呢？她把这笔钱用在经营诗社上了吗?

且看第四十九回《琉璃世界白雪红梅　脂粉香娃割腥啖膻》。大观园增添了宝琴、岫烟、李绮、李纹、香菱等新生力量，于是大家雅兴大作，准备好好地邀一满社：

湘云道："快商议作诗！我听听是谁的东家？"李纨道："我的主意。想来昨儿的正日已过了，再等正日又太远，可巧又下雪，不如大家凑个社，又替他们接风，又可以作诗。你们意思怎么样？"宝玉先道："这话很是。只是今日晚了，若到明儿，晴了又无趣。"众人看道，"这雪未必晴，纵晴了，这一夜下的也够赏了。"李纨道："我这里虽好，又不如芦雪广好。我已经打发人笼地炕去了，咱们大家拥炉作诗。老太太想来未必高兴，况且咱们小顽意儿，单给凤丫头个信儿就是了。你们每人一两银子就够了，送到我这里来。"指着香菱、宝琴、李纹、李绮、岫烟，"五个不算外，咱们里头二丫头病了不算，四丫头告了假也不算，你们四份子送了来，我包总五六两银子也尽够了。"宝钗等一齐应诺。

凤姐不是已经给了李纨五十两银子吗？而这里也写得很明白，办一社最多只要五六两银子（估计李纨还要扣下点），可见五十两银子，办十社也有余了，怎么这会子又让大家凑起份子来？而李纨这个社长，到底什么时候做过哪怕一次真正的东道主呢？

接着"只因李纨因时气感冒；邢夫人又正害火眼，迎春岫烟皆过去朝夕侍药；李婶之弟又接了李婶和李纹李绮家去住几日；宝玉又见袭人常常思母含悲，晴雯犹未大愈；因此诗社之日，皆未有人作兴，便空了几社。"（第五十三回）

此后又是"因凤姐病了，李纨探春料理家务不得闲暇，接着过年过节，出来许多杂事，竟将诗社搁起。"（第七十回《林黛玉重建桃花社　史湘云偶填柳絮词》）

直到次年春天，因黛玉写了一首《桃花行》，鼓起众人之兴，这才又打算振兴诗社。

宝玉听了，忙梳洗了出来，果见黛玉，宝钗，湘云，宝琴，探春都在那里，手里拿着一篇诗看。见他来时，都笑说："这会子还不起来，咱们的诗社散了一年，也没有人作兴。如今正是初春时节，万物更新，正该鼓舞另立起来才好。"湘云笑道："一起诗社时是秋天，就不应发达。如今却好万物逢春，皆主生盛。况这首桃花诗又好，就把海棠社改作桃花社。”宝玉听着，点头说：“很好。”且忙着要诗看。众人都又说：“咱们此时就访稻香老农去，大家议定好起的。”说着，一齐起来，都往稻香村来……

已至稻香村中，将诗与李纨看了，自不必说称赏不已。说起诗社，大家议定：明日乃三月初二日，就起社，便改“海棠社”为“桃花社”，林黛玉就为社主。明日饭后，齐集潇湘馆。

虽然这一社因为恰值探春的生日，未能起成。然而这里却透露出一个信息：众人拿诗去稻香村与李纨看，李纨却并未再提自己做东，在稻香村办社的话，只是“称赏不已”，结果又议定了以黛玉为社主——换言之，倘若这一社办得成，黛玉便是东道，仍然不关李纨的事。

这一耽搁，转眼又到暮春，史湘云以柳絮为题，写了一首小令，拿与宝钗和黛玉同看。

黛玉看毕，笑道：“好，也算新鲜有趣。我却不能。”湘云笑道：“咱们这几社总没有填词。你明日何不起社填词，改个样儿，岂不新鲜些。”黛玉听了，偶然兴动，便说：“这话说的极是。我如今便请他们去。”说着，一面吩咐预备了几色果点之类，一面就打发人分头去请众人。这里他二人便拟了柳絮之题，又限出几个调来，写了绾在壁上。

——黛玉这个东道，到底还是补上了。做完诗后，众人又放了一回风筝，便散了。

这是大观园最后一次起社。仲秋夜赏月时，湘云说过：“可恨宝姐姐，姊妹天天说亲道热，早已说今年中秋要大家一处赏月，必要起社，大家联句，到今日便弃了咱们，自己赏月去了。社也散了，诗也不作了。”

从湘云话中透露，大家原意是要在仲秋起一社的，然而这社即使起得成，也自然是借家宴的现成资源，无须任何人做东。从头至尾，李纨也没打算过要出任何钱来为诗社效力，她这个社长的作用，好像仅仅是为了收银子——凤姐为诗社赞助的银子，以及众人凑份子办社的银子。

固然，只是这么百十两银子也撑不肥李纨，然而却已足够我们见微知著，窥一斑而知全豹了。

众人皆知，伪续是违背曹雪芹原意的，然而关于贾兰中举的想法，却一直为大多红迷所接受。这主要是因为《红楼梦》十二支曲中属于李纨命运的那支《晚韶华》的暗示，且看曲词全文：

镜里恩情，更那堪梦里功名！那美韶华去之何迅！再休提绣帐鸳衾。只这带珠冠，披凤袄，也抵不了无常性命。虽说是，人生莫受老来贫，也须要阴骘积儿孙。

气昂昂头戴簪缨；光灿灿腰悬金印；威赫赫爵禄高登，昏惨惨黄泉路近。问古来将相可还存？也只是虚名儿与后人钦敬。

· 贾兰可能中举吗？ ·

高鹗的伪续中，让贾兰高中举人，使家道中兴。

曲词中的“带珠冠，披凤袄”与“头戴簪缨”，“腰悬金印”等句子让我们知道，李纨、贾兰母子的确有过非常辉煌炫赫的日子。

而全书第一回甄士隐所作“陋室空堂”的歌中，在“昨怜破袄寒，今嫌紫蟒长”一句旁，甲戌本有侧批：“贾兰、贾菌一干人。”亦可见贾兰他日身披紫蟒，得意非凡。然而，这是不是就意味着贾兰会高中举人呢？

我以为不可能。

首先，按照清朝例律，凡是参加科举的考生都必须写明直系三代姓名资历，记入《登科录》以备擢选。而三代之内倘有人犯重罪，则不许参加科考。曹雪芹本人深受其苦，虽学富五车，却因为父亲曹頫是康熙钦点的重犯，曾“枷号”多年，而没有资格考举。《石头记》借一块“无才可去补苍天”的石头之口洋洋万言，其实不过说了“怀才不遇”四个字，又怎么会让贾兰走上中举之路呢？

其次，《红楼梦》第七十八回中，特别有一段文字照应中举之议：

> 近日贾政年迈，名利大灰，然起初天性也是个诗酒放诞之人，因在子侄辈中，少不得规以正路。近见宝玉虽不读书，竟颇能解此，细评起来，也还不算十分玷辱了祖宗。就思及祖宗们，各各亦皆如此，虽有深精举业的，也不曾发迹过一个，看来此亦贾门之数。况母亲溺爱，遂也不强以举业逼他了。所以近日是这等待他。又要环兰二人举业之余，怎得亦同宝玉才好，所以每欲作诗，必将三人一齐唤来对作。

这里说得明白，不能从举业发绩，乃是“贾门之数”。可见贾兰即使有出头的一日，也绝不会是因为科举取仕。

这段话在程高本中被删掉了，就是因为高鹗觉得与自己杜撰的宝玉、贾兰叔侄高中一说不符吧？由此也可以反证出，贾兰中举纯属高鹗臆想，不足为信。

那么，贾兰若想“爵禄高登”，既然没了“文举”这条路，便只剩下“武功”一途了。有没有可能呢？

且看贾兰在第二十六回中那精彩的出场：

> 宝玉……出至院外，顺着沁芳溪看了一回金鱼。只见那边山坡上两只小鹿箭也似的跑来，宝玉不解其意，正自纳闷，只见贾兰在后面拿着一张小弓追了下来。一见宝玉在前面，便站住了，笑道：“二叔叔在家里呢，我只当出门去了。”宝玉道：“你又淘气了。好好的射他作什么？”贾兰笑道：“这会子不念书，闲着作什么？所以演习演习骑射。”宝玉道：“把牙栽了，那时才不演呢。”

贾兰在书中对白甚少，这算是相当浓墨重彩的一笔了。画家们每每为李纨造像，就有个固定名目叫作“李纨课子”，而贾兰的形象，就是个很用功的小书呆子。

然而如果让我为贾兰选景，我一定会定格在他射鹿的这一幕上。“中原逐鹿”，向来就有建功立业之意。焉知这不是曹雪芹的深意呢？

关于习射，第七十五回《开夜宴异兆发悲音　赏中秋新词得佳谶》还有一段故事：

> 贾珍近因居丧，每不得游顽旷荡，又不得观优闻乐作遣。无聊之极，便生了个破闷之法。日间以习射为由，请了各世家弟兄及诸富贵亲友来较射……贾赦、贾政听见这般，不知就里，反说这才是正理，文既误矣，武事当亦该习，况在武荫之属。两处遂也命贾环、贾琮、宝玉、贾兰等四人于饭后过来，跟着贾珍习射一回，方许回去。

可见贾兰除了学习文采之外，也一直没有荒疏武事。而贾家事败后，贾兰或是因为没了科举的念想，从而弃文从武；或是因在“武荫之属”，应征入伍；甚至被钦点充军，送上战场，都是非常可能的。

因此，我们可以推想，那贾兰参军后，屡立战功，做了大将军，终于得以“气昂昂头戴簪缨；光灿灿腰悬金印；威赫赫爵禄高登”。

说到这里，便又引出一个常见的歧误来，就是“昏惨惨黄泉路近”的人到底是谁呢？

以往很多人都认为是李纨。说李纨守寡一辈子，好容易守得儿子出息了，她却无福享受，撒手归西了。并有“带珠冠，披凤袄，也抵不了无常性命”一句作证。

我猜这多少是受了“范进中举”的影响。那范进当了一辈子童生，胡子一把了，却忽然中了举人，他娘高兴得痰迷心窍，差点噎死。

然而身为“皇嫂”的李纨会如此不济吗？她好歹也是国子监祭酒李守中的女儿，见识如何竟会跟个乡下贫婆子一般？况且生性沉稳，“槁木死灰”一般，便是天大的事临到头上，想必也可以处之泰然的。

更重要的是，“气昂昂头戴簪缨；光灿灿腰悬金印；威赫赫爵禄高登；昏惨惨黄泉路近。”接连四句排比，既然前三句肯定只能是说贾兰的，如何到了最后一句，忽然主角就变成李纨了呢？

因此我认为，既然“头戴簪缨”的人只能是贾兰，那么这“黄泉路近”的人，也一定是贾兰。至于那“带珠冠，披凤袄，也抵不了无常性命”虽然说的是李纨，却只是说珠冠凤袄不能换来长命，并不一定是指她本人短命，解释作功名救不了儿子的命也一样成立。

这样，便不难对李纨母子的命运做出如下推测：那贾兰虽然立下战功，爵禄高登，却因为或是在战场上受了重伤，或是在军旅生涯中患了急症，以致有福不能享，英年早逝。李纨辛苦了一辈子，临老时，借着儿子的战功得了不少赏赐，甚至可能挣得诰命，凤冠霞帔，可是却要承受丧子之痛，得不偿失。

前文说过，李纨把钱看得很重，只进不出，深藏密敛。这样一个人，习惯了未雨绸缪，而从“李婶之弟又接了李婶和李纹李绮家去住几日”这句话看来，李婶娘母子进出大观园甚是方便，是极好的内应外援。很可能，早在抄家之前，李纨就已经把自己多年的积蓄分期分批地托李婶娘带出府去，这使得众人流散之后，李纨、贾兰母子仍然还能够保持小康的生活，也就是“人生莫受老来贫”。

在这时候，贾府的其余子弟很可能会上门求助，比如平儿就很可能会向李纨借钱，而李纨却不肯，眼睁睁看着巧姐儿被卖进火坑。巧姐儿的判词里提到“狠舅奸兄”，贾兰也可以称作她的“兄”，因此这种假设是有其可能的。

而贾兰和巧姐儿这对贾家的第五代儿女，也就形成了鲜明对比：一个是飞黄腾达，却青年早夭；一个是荆钗布裙，而逢凶化吉。

这也就是李纨判曲中所说的：“虽说是人生莫受老来贫，也须要阴骘积儿孙。”这句话也正是从反面告诉我们，李纨不积阴骘，伤及儿孙。虽然挣了珠冠凤袄，却一世孤零，无子送终，也就难怪“枉与他人做笑谈”了。

情天情海幻情身，情既相逢必主淫。
漫言不肖皆荣出，造衅开端实在宁。

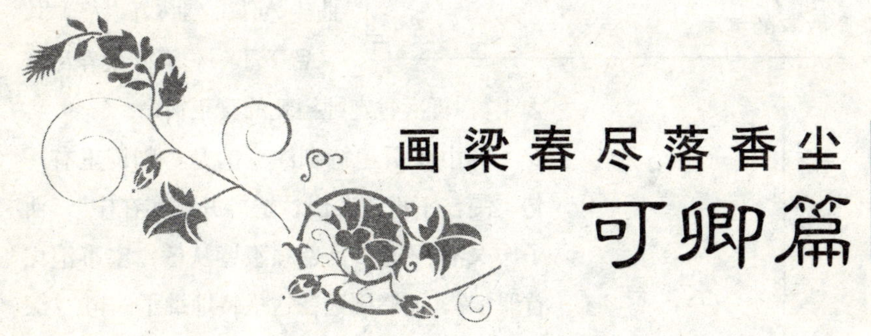

画梁春尽落香尘
可卿篇

箕裘颓堕皆从敬，家事消亡首罪宁。宿孽总因情。

脂砚斋批：“《秦可卿淫丧天香楼》，作者用史笔也。老朽因有魂托凤姐贾家后事二件……其事虽未行，其言其意则令人悲切感服，姑赦之，因命芹溪删去。”

因而，秦可卿在书中就变成了病死，然而作者似乎心有不甘，所以又故意留下很多漏洞，或者说线索。

首先是太虚幻境的画册上，她的主页里画着“高楼大厦，有一美人悬梁自缢”。其判云：

情天情海幻情身，情既相逢必主淫。

漫言不肖皆荣出，造衅开端实在宁。

· 宁国府的“情孽”有哪些？ ·

画梁春尽落香尘。擅风情，秉月貌，便是败家的根本。

接着《红楼梦》十二支曲中，可卿之曲《好事终》里，又留下了一句“画梁春尽落香尘”，再次肯定她缢死的真正宿命。

其中要引起特别注意的是，判词里有一句“漫言不肖皆荣出，造衅开端实在宁”，曲子中又有一句“箕裘颓堕皆从敬，家事消亡首罪宁”。而脂砚还在这里特地批了一句：“深意他人不解。”惟恐读者忽略了去。

然而，宁国府究竟犯了什么弥天大罪，要被称之为“造衅开端”，“败家根本”呢？

词里说“情既相逢必主淫”，曲里说“宿

孽总因情”，似乎“情”之一字，便是导致“家事消亡”的“首罪”。

那么，宁国府犯的情孽都有哪些呢？

第一条，自然是贾珍与秦可卿“爬灰”之事。

本来这只是家事，算不上什么大罪。然而贾珍在可卿死后大肆操办，还用“坏了事”的“义忠亲王老千岁”的棺板为可卿装殓，此乃“逾制之罪”，必定会为贾家的“事败”埋下祸根。

第二条，是“贾二舍偷娶尤二姨”之罪。

虽然贾琏并不是宁国府的人，而是荣府长房贾赦之子，然而尤二姐却是宁府内当家尤氏之妹，而这宗亲事，也由宁府族长贾珍、贾蓉父子撺掇而成，故而“箕裘颓堕”，仍当归罪于宁国府。

这罪大到什么程度？

用凤姐的话说就是：“国孝一层罪，家孝一层罪，背着父母私娶一层罪，停妻再娶一层罪。”

且看凤姐将尤二带回园中一段描写：

> 凤姐便带尤氏进了大观园的后门，来到李纨处相见了。彼时大观园中十停人已有九停人知道了，今忽见凤姐带了进来，引动多人来看问。尤二姐一一见过。众人见他标致和悦，无不称扬。凤姐一一的吩咐了众人：“都不许在外走了风声，若老太太、太太知道，我先叫你们死。”园中婆子丫鬟都素惧凤姐的，又系贾琏国孝家孝中所行之事，知道关系非常，都不管这事。

连婆子丫鬟们都知道“关系非常”，可见事情的严重。

也因此，凤姐才会命旺儿教唆张华往有司衙门中告贾琏“国孝家孝之中，背旨瞒亲，仗财依势，强逼退亲，停妻再娶”之罪；而贾珍、尤氏、贾蓉听说后，也才会慌了手脚，任凤姐勒索揉搓。

然而凤姐自作聪明，借了张华来泄愤，又让旺儿杀人灭口，偏偏旺儿阳奉阴违，竟然没有依命行事，留下了张华这个“活口”，将来“事败”，张华必定是推波助澜的元素之一。

第三条，是贾珍聚赌之罪。

且看第七十五回《开夜宴异兆发悲音　赏中秋新词得佳谶》这段：

原来贾珍近因居丧，每不得游顽旷荡，又不得观优闻乐作遣。无聊之极，便生了个破闷之法。日间以习射为由，请了各世家弟兄及诸富贵亲友来较射。因说："白白的只管乱射，终无裨益，不但不能长进，而且坏了式样，必须立个罚约，赌个利物，大家才有勉力之心。"因此在天香楼下箭道内立了鹄子，皆约定每日早饭后来射鹄子。贾珍不肯出名，便命贾蓉作局家。

这些来的皆系世袭公子，人人家道丰富，且都在少年，正是斗鸡走狗，问柳评花的一干游荡纨袴。因此大家议定，每日轮流作晚饭之主——每日来射，不便独扰贾蓉一人之意。于是天天宰猪割羊，屠鹅戮鸭，好似临潼斗宝一般，都要卖弄自己家的好厨役、好烹调。

不到半月工夫，贾赦贾政听见这般，不知就里，反说这才是正理，文既误矣，武事当亦该习，况在武荫之属。两处遂也命贾环、贾琮、宝玉、贾兰等四人于饭后过来，跟着贾珍习射一回，方许回去。

贾珍之志不在此，再过一二日便渐次以歇臂养力为由，晚间或摸骨牌，赌个酒东而已，至后渐次至钱。如今三四月的光景，竟一日一日赌胜于射了，公然斗叶掷骰，放头开局，夜赌起来。家下人借此各有些进益，巴不得的如此，所以竟成了势了。外人皆不知一字。

这里贾珍并不是关起门来自家人赌，而是聚集了"各世家弟兄及诸富贵亲友"，"这些来的皆系世袭公子"，非富则贵，个个来头不小。聚赌已经是恶行，还要教唆宗室子弟，更该罪加一等了。

虽然这些看上去与"情"无关，然而书中曾借"尤氏窥赌"的所闻所见来写出，薛蟠、邢大舅等在赌宴之际，狎昵娈童，争风吃醋，焉知此后不会引起大麻烦、大争执呢？

这一段肯定不是赘笔，必然会酝酿一场是非祸害，那薛大傻子可是曾因争抢香菱打过人命官司的，此时宁府里又添了邢大舅这么个酒糟透了一无是处的人，谁知道又会惹出什么事故来？

难怪中秋之夜，宁府祖祠里会发出异兆悲音来。蒙府本在这一回有回前总批：“贾珍居长，不能承先启后丕振家风，兄弟问柳寻花，父子呼幺喝六，贾氏宗风，其坠地矣。安得不发先灵一叹！”

这可谓“箕裘颓堕皆从敬，家事消亡首罪宁”的最佳呼应了。

这个东府，指的是宁国府。

早在第七回《宴宁府宝玉会秦钟》一节，作者已借宁国府老仆焦大醉骂之际揭出“爬灰的爬灰，养小叔子的养小叔子”。可为“不干净”之明证。

“爬灰”是俚语，特指公公与儿媳妇通奸，而宁国府里惟一的公媳关系就是贾珍与秦可卿，矛头所指，自不待言。

秦可卿死后，贾珍哭得泪人儿一般，问到发送之事，贾珍拍手道：“如何料理，不过尽我所有罢了！”脂砚斋在这里批道：“‘尽我所有’，为媳妇是非礼之谈，父母又将何以待之？……吾不能为贾珍隐讳。”

此前，脂砚斋曾批：“《秦可卿淫丧天香楼》，作者用史笔也。老朽因有魂托凤姐贾家后事二件……其事虽未行，其言其意则令人悲切感服，姑赦之，因命芹溪删去。”

· 秦可卿的性伙伴 ·

柳湘莲说过：“你们东府里除了那两个石头狮子干净，只怕连猫儿狗儿都不干净。”

这删去的部分，应该就是秦可卿与贾珍的一段“爬灰”之文。

但“养小叔子的养小叔子”却又是谁呢？

综合各家之谈，嫌疑人有四组：

（1）秦可卿、宝玉

理由是宝玉在梦中有与警幻之妹可卿云雨之事。然而书中已经明明白白说了是一个梦，况且旁边侍候的丫鬟尽多，两人怎么也不可能当着众丫鬟的面颠鸾倒凤。这里面描写的仅仅是少年宝玉对成年美丽风情女子的一种向往之情，少年维特之烦恼罢了，若因为一梦就说二人果真有肌肤之亲，未免也太“胶柱鼓瑟”些。

秦可卿应该是宝玉在爱情史上的第一个暗恋对象，也就是书里说的“意淫”。这在梦中借警幻之语已经说得很明白，实不必再暗示什么暧昧关系。也正因如此，当宝玉突闻可卿之死，竟然吐了一口血出来。如果一定要问什么样的关系才能如此关心情切？那是不了解感情的老朽们才会问的话。因为他不曾试过暗恋一个人。

暗恋，在很多时候比明明白白的相爱来得更强烈。

再者，秦可卿是贾蓉之妻，与宝玉是叔叔与侄儿媳妇的关系，也不能称之为“养小叔子”。所以，这种说法是第一个行不通的。

（2）凤姐、宝玉

这两个人的关系的确是叔嫂了。但这时候宝玉尚小，虽然已曾初试云雨情，也还不至雨露均沾至此。况且即使二人之间有什么，也还轮不到一个宁国府的老仆来过问荣国府主子的事。他们俩应该不在焦大的醉骂范围之内。所以，也可以排除。

（3）凤姐、贾蓉

这两个人似乎是有些暧昧的，但二人是婶子和侄儿的关系，也不叫“养小叔子”，所以焦大骂的应该也不是凤姐。

（4）秦可卿、贾蔷

这是惟一的一种可能性了。因为在整个宁国府里，只有秦可卿和贾蔷这两个主子之间称得上是叔嫂关系。焦大所指，只能是这两个人。

冷子兴演说荣国府时，曾讲宁国府的情形与贾雨村听：

> 宁公居长，生了四个儿子。宁公死后，贾代化袭了官，也养了两个儿子。长名贾敷，至八九岁上便死了，只剩了次子贾敬袭了官，如今一味好道，只爱烧丹炼汞，余者一概不在心上。幸而早年留下一子，名唤贾珍，因他父亲一心想作神仙，把官倒让他

袭了。他父亲又不肯回原籍来，只在都中城外和道士们胡羼。这位珍爷倒生了一个儿子，今年才十六岁，名叫贾蓉。如今敬老爹一概不管。这珍爷那里肯读书，只一味高乐不了，把宁国府竟翻了过来，也没有人敢来管他。

这是一个宁国府人脉图。而在“宁公居长，生了四个儿子”之后，有甲戌侧批：“贾蔷、贾菌之祖，不言可知矣。”确定这贾蔷是宁国公之后，贾府的正经主子。

第九回《起嫌疑顽童闹学堂》中亦说：

原来这一个名唤贾蔷，亦系宁府中之正派玄孙，父母早亡，从小儿跟贾珍过活，如今长了十六岁，比贾蓉生的还风流俊俏。他兄弟二人最相亲厚，常相共处。宁府人多口杂，那些不得志的奴仆们，专能造言诽谤主人，因此不知又有了什么小人诟谇谣诼之辞。贾珍想亦风闻得些口声不大好，自己也要避些嫌疑，如今竟分与房舍，命贾蔷搬出宁府，自去立门户过活去了。

这些小人们的“诟谇谣诼之辞”会是什么呢？贾珍又听了什么“口声”，又要避什么“嫌疑”呢？应该就是秦可卿养小叔子，与贾蔷不轨之事，而这件事又必定牵出贾珍来，故而他不得不避些嫌疑，分与房舍，令贾蔷搬出去另过了。

那金荣与秦钟斗嘴闹事，贾蔷看了动气，却不便自己出面，于是挑唆了茗烟进去，说“连他爷宝玉都干连在内”。自己却趁机躲出去了。

书中说“他既和贾蓉最好，今见有人欺负秦钟，如何肯依？”其实真相却是“他既和可卿有染”，岂能看着人欺负秦钟；却不好自己出面，于是才要借刀杀人，挑唆茗烟来闹事。

尤三姐死后，曾向尤二姐托梦说：“你虽悔过自新，然已将人父子兄弟致于麀聚之乱，天怎容你安生。”这里的父子兄弟，指的是贾珍、贾琏、贾蓉，尤二同这三个人俱有不妥关系。可见这“父子兄弟麀聚”竟是宁国府的传统，尤二姐并不是第一个，秦可卿才是开拓者。

宁国府之中，除了贾敬好仙、出了府不算，能算得上男主子的只有三个，一是贾家族长贾珍，二是贾珍的独子贾蓉，三是自小父母早亡、由贾珍抚养长大的贾蔷。

而贾珍、贾蓉、贾蔷这两代三位主子，竟都与秦可卿有染，也就难怪红楼梦曲子里说：“擅风情，秉月貌，便是败家的根本”了。

这是刘心武对于推动红学研究做出的不可磨灭的贡献，然而，其方向却大大背离了《红楼梦》著作本身，把读者引向了一个遥远的历史谜案。

刘心武先生“秦学”的基本观点是：秦可卿是清朝废太子胤礽之女，贾家为了保护龙脉，将她冒充养生堂抱来的一个弃婴拜在营缮郎秦业门下，然后又秘密接至府中养大，并让她嫁给了贾家第四代长子贾蓉。后来这个秘密被贾元春发现，并向皇上告了密，于是秦可卿被迫自缢而死，贾元春却论功行赏做了皇妃。但是过了两年，太子余党起义造反，逼死了贾元春，而皇上也因为迁怒，秋后算总账地收拾了贾家，于是宁荣二府就此败落。

· 秦可卿会是太子之女吗？ ·

“百家讲坛”推出了刘心武的“秦学”新说，从此引发了又一场“红学热”，

刘心武将这个观点不断阐发，用清朝初期的种种历史大事来做论证，写出了一部又一部揭秘红楼。然而他所引用的所有资料中，包括正史、野史、《清史稿》、《清史编年》、稗钞、老档，却没有半个字提及，太子胤礽曾经有过一个女儿。

刘心武先生对此做出的解释是：他只是猜测太子有这么个女儿，既然是猜测，当然找不出实证。

换言之，这是他的凭空想象。“太子之女”这个论题首先就是一个伪命题，是不存在的；然而，连论题都是虚无缥缈的，那么围绕着这个伪命题进行的诸多论证又有什么意义呢？这就好比地基还没有打，却已经建筑了十二

层高楼，可是它们立在哪里呢？

至于刘先生提出的“太子对联”证据，即荣禧堂上那副“座上珠玑昭日月，堂前黼黻焕烟霞”的对联，与太子所作“楼中饮兴因明月，江上诗情为晚霞”相类同，似乎也不能成立，因为那副对子根本不是太子所作，而是出自中唐诗人刘禹锡的《送蕲州李郎中赴任》，原诗作：

楚关蕲水路非赊，东望云山日夕佳。
薤叶照人呈夏簟，松花满怨试新茶。
楼中饮兴因明月，江上诗情为晚霞。
北地交亲长引领，早将玄鬓到京华。

可见，迄今为止，刘先生尚不能找出任何一段可以文字证实的历史依据来。不过即使能找得到，也还是脱离了红楼谈红楼，最关键的，还是让我们回到原著中来看看，“太子之女说”能不能成立吧。

书中第五回，贾宝玉梦游太虚境，偷看了《金陵十二钗》的簿子，正册以宝钗、黛玉为首，秦可卿殿后；副册是香菱，与钗、黛两个同样出身名门却委身做了薛门之妾的红楼第一薄命女；又副册是晴雯、袭人，比之香菱更弱，已经沦为鬟婢辈，出身低微。——不难看出，即使是太虚幻境，也依然有阶级之分。是凭着各人的身份、地位及在书中起到的重要作用来划定界限的。

那么问题就出来了，倘若秦可卿的身份如此高贵，而她对整个贾家的影响又是如此的至关生死，整个《红楼梦》故事都在围绕她展开。那么如何解释八十回大著中，她只出现在寥寥两三回中就早早死了？难道其余的七十多回都是废话，目的只是为了掩饰这两三回的正文？

况且，忝居十二钗之末的秦可卿已经成了太子之女，那么并列十二钗之首的宝钗、黛玉的身份得有多尊贵呢？难道是皇后、皇太后、太皇太后？曹雪芹总不可能孤立地写出一个太子之女及其对立面的贾元春，而将其余的十钗全都置身于这个主线络之外吧？那么宝、黛等人在这段历史中扮演的又该是什么角色呢？无辜而无谓的牺牲者？

刘先生又说，贾母认定可卿“乃重孙媳中第一个得意之人”，但是宁荣两府里就这么一个重孙媳，怎么论得到“第一个”呢？可是照刘心武这样的分析，其实贾母根本没有重孙媳。因为贾母只有两个儿子贾赦和贾政，孙子有贾琏、贾琮、贾珠、贾宝玉、贾环，而重孙就只有贾兰，贾兰尚未娶媳，自然就没有重孙媳。

派可卿做贾母的重孙媳，是一种大排行，即同族排辈。而按照族里排行，则贾蓉、贾蔷、贾菖、贾菱、贾芸、贾芹、贾蓁、贾萍、贾藻、贾蘅、贾芬、贾芳、贾兰、贾菌、贾芝等都可算做贾母的重孙子，刘先生又怎么知道这些人都未娶媳呢？既然他们的媳妇都应该算做贾母的重孙媳妇，那么贾母认为相对较近的可卿是其中第一得意之人是非常正常的，有什么可猜疑的呢？

读者或会说这些皆是文中不重要之人，错矣。且看第五十三回《宁国府除夕祭宗祠》：

> 只见贾府人分昭穆排班立定：贾敬主祭，贾赦陪祭，贾珍献爵，贾琏、贾琮献帛，宝玉捧香，贾菖、贾菱展拜垫，守焚池……贾荇、贾芷等从内仪门挨次列站，直到正堂廊下。槛外方是贾敬贾赦，槛内是各女眷。众家人小厮皆在仪门之外。每一道菜至，传至仪门，贾荇、贾芷等便接了，按次传至阶上贾敬手中。

从这一段可以看出，贾府正宗嫡派草字辈可不止贾蓉、贾蔷、贾兰三个人，还有贾菖、贾菱、贾荇、贾芷也是有头有脸有名有姓之辈，可以在祭宗祠时派差使担大任的，与宝玉等肩身份。换言之，这贾菖、贾菱、贾荇、贾芷的妻子也都是贾母重孙媳妇，只不如秦可卿那般得人意而已。

刘先生又说：“也许贾母曾有过将秦可卿许配给嫡孙的考虑，但贾琏、贾珠成年后都另有更相当的女子可娶，年龄也比秦可卿大得较多，而宝玉又出生得太晚，最后形成的局面是贾蓉最合适。”

然而倘若贾母如此中意可卿，可卿的身份又如此高贵，贾琏、贾珠又有什么女子会比娶可卿更“相当”呢？刘先生推算贾蓉当年约十六七岁，而可卿似比他稍长，近二十岁的样子。这样看，两人可是一点也不相当，非但年纪不相当，连辈分也不对，就算抬高贾代善其人，把他和皇上视作一辈，那么太子的平辈人应是贾敬、贾赦、贾政，而可卿则与珍、琏、玉同辈，如今倒舍琏、珠而嫁贾蓉，这不成了孙绍祖说的“论理我和你父亲是一辈，如今强压我的头，卖了一辈”么？贾府何其欺人太甚？

总之，如果刘先生的太子之女理论成立，一则贾家收养了太子女，就不该趁人之危，娶为儿媳；二则即使娶了，也该是年纪相当的贾琏或贾珠来娶，而不会自抬辈分，让她嫁给比自己年龄还小的贾蓉；三则即使贾府如此黑心地把秦可卿许了贾蓉，也该好好珍惜于她，不可能再让贾珍染指于她，“秽乱宫帷”——这已经不是欺君，简直是弑主了！这公公是不是活得不耐烦了？这太子之女是不是有点贱得离谱？那贾家真是活该被抄一千次，就是满门抄斩诛连九族也一点不冤。

更要命的是，他们的淫行并不避人，不但贴身丫环瑞珠、宝珠知道，连外围的老家丁都知道，于醉后公开骂出来“爬灰的爬灰”，对这淫奔无耻的太子女哪有半点尊重？可卿事败后自缢而死，尤氏气得“犯了胃病”，不愿意料理后事，只有贾珍一个拄着拐到处颠颠儿忙活，书里用的形容词是“如丧考妣”，可谓极尽挖苦之能事。可见不仅焦大，连作者曹雪芹对这“太子女”的尊重也实在有限。

而事实上，作者对秦可卿的评语的确也不大好听。

引发刘心武“秦学”巨论的导火索在于脂砚斋的一小段评语：“《秦可卿淫丧天香楼》，作者用史笔也。老朽因有魂托凤姐贾家后事二件，的是安富尊荣坐享人能想得到处？其事虽未行，其言其意则令人悲切感服，姑赦之，因命芹溪删去。”又道是，“此回只十页，因删去天香楼一节，少去四五页也。”

那一回有七千字，合每页七百字算的话，四五页就有两三千字。而刘心武先生猜测就在这两三千字中，蕴藏了关于可卿身世的大秘密，从而洋洋洒洒，发挥出了一场“秦学”宏论。可是脂批明明写得很清楚，删去的那段回目乃是《秦可卿淫丧天香楼》，一个“淫”已经为秦可卿做了定语，曹雪芹对这个“太子之女”也太不当回事儿了，居然给了这么个封号！

要知道，回目中任何一个带有评语性质的词语都是不能忽视的，比如《贤袭人娇嗔箴宝玉》，脂砚就是“贤”字后批了一个“当得起”；比如《敏探春兴利除宿弊　时宝钗小惠全大体》，比如《懦小姐不问累金凤》，比如《俏平儿情掩虾须镯》，比如《慧紫鹃情辞试莽玉》，比如《勇晴雯病补雀金裘》，每个评字都不白给。

同样以“死亡”为回目，说到黛玉之母贾敏时，是《林夫人仙逝扬州城》，用一“仙”字；说到秦钟时，则是《秦鲸卿夭逝黄泉路》，用一“夭”字；身份不同，高下立现。说到金钏时，是《含耻辱情烈死金钏》；说到尤三时，则是《情小妹耻情归地府》，同样用到一个“耻”字，然而金钏并无真正“耻行”，所以是“情烈”，尤三却是曾经失脚，因而只能是“耻情”。

而秦可卿之死呢？作者用的却是一个“淫”字，是“淫丧天香楼”，岂非比“耻”字更严重？倘若可卿是太子女的身份，作者会这样评价她吗？至少，也会让她和贾敏同等级，给一个“仙丧天香楼”才说得过去吧？

然而刘先生费笔墨最多的还是说可卿倘若只是个被抱养的弃婴，如何有资格做宁府里长孙媳？以秦可卿的地位与王熙凤、李纨等相比，的确使这一论点得到了绝大多数读者的赞同。

但是冷子兴一早说过，因为敬老不管事，如今贾珍做主，把个宁国府翻过来了，毫无礼仪可讲。不只贾蓉的媳妇，就是他自己娶的尤氏，也不是什么好出身，看看娘家人的尤老娘、尤二尤三两姐妹就都知道了。尤家姐妹与珍、蓉父子俱有染指，用书中的话是“聚麀”，意思是乱伦——因为这个词太隐晦偏僻，以至于很多人都忽略了。而程高本又大量删改，把尤三姐改写成了一个贞烈之女，就更加掩盖了宁国府秽乱内帷的真相。

荣府里男女大防看得很重，然而在宁府却马马虎虎，贾蓉当着姨娘的面搂着丫鬟亲嘴，跟身为自己长辈的尤二、尤三任意调笑，哪有半点规矩可言；他撺掇贾琏娶尤二姐，是为了趁贾琏不在时自己好去鬼混，免得跟父亲争抢；贾珍请熙凤协理宁国府时，拄个拐就进去了，唬得众婆娘避之不迭，脂批说“素日行止可知”，骂的就是贾珍没上没下，不讲礼仪。他甚至公然在家中设赌局，勾引了许多官宦子弟来赌钱，每日里“临潼斗宝”一样地卖弄厨子——不管从哪里看，贾珍也不像个保护太子遗孤的大英雄。曹雪芹从头至尾，都在描写一个浪荡随性的败家子族长，如何把整个家族引向灭亡，一笔一笔写得很清楚啊。

除了尤氏外，贾赦之妻邢夫人的出身也马马虎虎。固然两人都是续弦，比不得王夫人、李纨这些人出身名门；然而邢岫烟却也寒素，父母都不济的，薛姨妈却看中了娶作侄儿媳妇，可见娶媳并不是必定要对方如何显赫的。那时候讲究的是嫁女必定强于我家，娶媳宁可不如我家，比如薛宝琴的未婚夫婿是梅翰林之子，便讲究门户高贵；薛蝌娶媳却只是重人品模样儿，也如贾母的哲学：不论她家基门第如何，只要模样好，给她家几两银子便是了。这样看来，贾珍为贾蓉择了秦可卿为妻便没什么不可思议的了。

后记
红楼梦的金玉女儿论

整部“千红一哭”、“万艳同悲”的《红楼梦》，说穿了，不过是“悲金悼玉”四个字。

所有的红楼女儿，都无不可以“金”和“玉”两种特点来形容。换言之，群芳谱，大可分为“金派”和“玉派”上下两部。

其代表人物，自然是薛宝钗和林黛玉，宝钗是“金派”的掌门人物，而黛玉则是玉派的形象代言人。

以十二钗正册为例，钗为金，则黛为玉；元春为金，则探春为玉；湘云为金，则妙玉为玉；迎春为金，则惜春为玉；凤姐为金，则巧姐为玉；李纨为金，则可卿为玉——恰是一对一对的出现，好比金玉齐鸣，琴瑟交错。

下面先做一个简单的说明，其后在正文中再逐一细作分析。

先说“金”，此派以薛宝钗的金锁为祭旗之物，故而最大标致就是首饰配件，比如史湘云的金麒麟。

黛玉曾经讽刺过宝钗，“他在别的上还有限，惟有这些人带的东西上越发留心。”的确如此。

除了“金麒麟”，宝钗还曾留意过邢岫烟戴的“碧玉佩”，询问之下，才知是探春所赠。

这样，探春的“玉派”身份就很明白了。

而迎春贵为贾府第二艳，在书中的戏码却实在少得可怜，上回目更是只有两次，其中一次便是《懦小姐不问累金凤》，故而，她也是立场明确的“金派”。

至于那乘坐“金顶金黄绣凤版舆”而来的皇妃元春，如此豪奢尊贵，自然更是金派。

王熙凤出场的派头也很大，所有读过之人，都不会忘记那身金碧辉煌的装扮吧：“头上戴着金丝八宝攒珠髻，绾着朝阳五凤挂珠钗，项上戴着赤金盘螭璎珞圈，裙边系着豆绿宫绦，双衡比目玫瑰佩，身上穿着缕金百蝶穿花大红洋缎窄　袄，外罩五彩刻丝石青银鼠褂，下着翡翠撒花洋绉裙。”

这一身上下，得有多少金子呀！况且，这又是红楼中第一贪金好利之人。

凤姐的心腹丫头平儿，戴的是虾须镯，故而也是金派。依此类推，那偷金的坠儿自然也是金，而偷玉的良儿，便是玉派了。

这可真是无独有偶，有一个金，便必有一个玉来配，就连有个偷金的，也定要找个窃玉的对应。真个是势均力敌，绝不落空了。

除了以饰物做标志外，“金派”的另一特征是姓名。

第一个是莺儿，这是宝钗的头号心腹，贴身丫环，原名黄金莺；再如夏金桂，这是宝钗之嫂，切身相关者。

还有为宝玉跳井的金钏儿，多有红学家们认为是黛玉的替身儿，并且因此认定黛玉将来也是死在水里。然而原著八十回里，何尝见过曹雪芹关于金钏与黛玉有半点联系了？

那金钏的第一次出场在第七回《送宫花贾琏戏熙凤》一节中，周瑞家的去梨香院回王夫人话，看见金钏与香菱在院门前玩，然后周瑞家的进去，同宝钗聊了一回冷香丸之事，出来，又与金钏说了一回香菱身世。

这里的金钏与香菱，恰是宝钗和黛玉两人分别的化身。金钏的头次出场，即在宝钗窗外。

金钏儿死于一句戏谑：“金簪子掉在井里头，有你的只是有你的。”一语成谶，金簪子当真掉在井里头了。

而金钏死后，用来装裹的，正是宝钗的衣裳，明明白白地点出了两人一体，这暗示何等清楚？

和金钏儿相对的，自然是玉钏儿。而《白玉钏亲尝莲叶羹黄金莺巧结梅花络》，是又一种组合的金玉相对，宝玉见了莺儿，十分欢喜，待看见玉钏也来了，便又丢下莺儿，来讨好这玉钏，正好像他对钗黛两个的情形。

除了金钏，书里投水而死的还有一个人，就是与张金哥相爱的守备之子。

又是一个“金”。虽然金哥死于自缢，她的恋人却是跳河死的。

红学家们认为黛玉沉湖，有个依据就是中秋联句中的“寒塘渡鹤影，冷月葬花魂”之句，可是那说出“寒塘渡鹤”

的人是史湘云而非林黛玉，即使这句话是谶语，代表投水而死，那死的也该是湘云，与黛玉何干呢？

而史湘云，正是那个“挂金麒麟的姐儿”，是金派。

还有一个姓金的人，是鸳鸯，金鸳鸯。曹雪芹生怕我们忽略了这个人，不但在回目里大书明书《金鸳鸯三宣牙牌令》，且借邢夫人之口劝她：“俗语说的，‘金子终得金子换’，谁知竟被老爷看重了你。如今这一来，你可遂了素日志大心高的愿了。”明白提醒：这是个真真正正的“金子”。《鸳鸯女誓绝鸳鸯偶》，她注定了是一世孤独的，这点也像宝钗。

说到一世孤独，要提起鸳鸯之外另一个姓金的了，就是金荣。起初我想不通他怎么也配姓金，但是看到紧接着闹学堂之后的回目名《金寡妇贪利权受辱》，就想明白了。

让金荣姓金，为的不是金荣，而是金氏，金寡妇。

“金寡妇”三个字，何等惊心动魄！金寡妇只是一个串场的小人物，却可以堂皇地出现在回目名中，其目的，正是为了向读者提醒她的身份，就是寡妇。

由此，又道出了“金派”女儿的第三个标志：身份。

书中的寡妇大约都可归入“金派”，比如李纨，就是其中代表。而夏金桂，薛宝钗，史湘云，大抵将来也都是要加入寡妇一族的。

那么玉派人物又是以何为标志的呢？

第一是形象。

脂砚斋明白提出：袭为钗副，晴为黛影。

晴雯为黛玉之分身的定论，自古来从无异议。

除了性情相近外，还借王夫人之口特意点明一句“眉眼又有些像你林妹妹的”。可见这分身的重要标志是相貌神似。

这就可以断定龄官也是玉派。

王熙凤说过：“这个孩子扮相活象一个人，你们再看不出来。”史湘云则干脆点破：“倒象林妹妹的模样儿。”

后来宝玉看见龄官画蔷，最初以为她要葬花，东施效颦，便要叫她，说：“你不用跟着那林姑娘学了。”

这几处都点明龄官亦是黛玉分身。而龄官的多病，亦酷肖黛玉。

但谁又是与龄官相对的“金派”呢？

是后来分入蘅芜苑的蕊官吗？非也。蕊官的对子是藕官，这一对假凤虚凰象征了婚后的宝玉和宝钗，也是徒有夫妻之名，没有夫妻之分的。但蕊官、藕官已经做了一对，便不能与龄官相对了。

故而在十二官中与龄官相对应的人应是芳官。因为芳官又名“金星玻璃”，这也是一个与宝玉有缘无分者。她曾在酒后与宝玉一夜同榻，就像明义诗中说的“梦魂隔个窗儿纱”。宝钗将来与宝玉两个，虽然洞房花烛，终究各不相干。

“芳龄”二官，便是钗黛的化身。

还有尤二姐与尤三姐这一对，尤三姐说过的：“咱们金玉一般的人。”明白点出两人也是一对金玉。但谁是金，谁是玉呢？

小厮兴儿告诉我们：“咱们姑太太的女儿，姓林，小名儿叫什么黛玉，面庞身段和三姨不差什么。”不用说，尤三姐自是林黛玉的又一分身，那么尤二姐就只能是金了。

尤三姐的心上人是柳湘莲，但他为成见所误，害得三姐饮剑而死，“揉碎桃花红满地，玉山倾倒再难扶。”这里的“桃花”、“玉山”都可暗射黛玉，因其曾做《桃花行》。

而尤三姐与柳湘莲一个夭逝、一个出家的结局，也像透了宝玉同黛玉。

至于尤二姐，其结局是死于吞金，这真可令人玩味深远了。

这几人的形象是明确的黛玉投影，然而还有两个人的形象，就显得有争议了。

而这两人，一个是正册的压卷秦可卿，一个是副册的开篇甄英莲。这种安排，真让人不能不感叹作者的匠心之巧。

可卿字兼美，是既像宝钗又像黛玉的，故而很难判断是“金”还是“玉”。然而回前诗中曾有“相逢若问名何氏，家住江南本姓秦”的句子，此乃化用“未嫁先名玉，来时本姓秦”之典。可见秦可卿在金玉之间更偏向“玉派”。

而“名玉”，则是玉派人物的第二个标志。

香菱的形象，据周瑞家的说是“竟有些像咱们东府里蓉大奶奶的品格儿”，可见也是兼宝黛之美，她又拜了黛玉为师，因此也是“玉派”。

行文至香菱学诗一段，探春曾隔窗笑唤：“菱姑娘，你闲闲罢。”后文小舍儿找香菱给夏金桂送帕子时，也曾叫过她“菱姑娘”。

南人“龄”“菱”“林”不分，可见龄官与香菱之名，都是本着“林姑娘”之姓来的。

除了黛玉和香菱这对师徒，书中有“半师之分”的还有妙玉和岫烟。妙玉除了名字中有个“玉”字外，书中还特意点明她自用的茶杯是“碧玉斗”；而岫烟戴的则是“碧玉佩”，故而也都是玉派。

在十二钗正册中，与妙玉对应的人是湘云；那与岫烟对应的“金派”是谁呢？我以为是与她一同出现的薛宝琴。

宝琴为宝钗之妹，自是一派。

而林黛玉，因为没有亲妹妹，书中替她安排了另一个名字只有一字之差的人，即林红玉。

又觉得太过显眼，故而只唤作“小红”。

黛玉的前身是绛珠仙草，绛即红；宝玉将自己的住处起名“绛芸轩”，而红玉的意中人正是贾芸；小红、贾芸两个是因拾帕而订情的，宝玉送给黛玉的，也是手帕。

后来宝玉进了狱神庙，小红和茜雪曾去探望，可见与红玉相对应的金派人物是茜雪。而茜雪之雪，亦通“薛”。

除了外貌与名字的相似外，第三个特征相对含糊，却格外重要，那就是：品格。

黛玉在书中是个诗人的形象，其性格特征是“孤高自许，目无下尘”。因此这清高孤傲的一派，都可谓“玉”女。

妙玉是典型，其“好高人愈妒，过洁世同嫌”比黛玉犹过；连其徒弟邢岫烟都因受其熏陶，“举止言谈，超然如野鹤闲云”一般；惜春也是性情乖僻，如探春所说：“这是他的僻性，孤介太过，我们再傲不过他的。”

除了上述这些上下主仆各层不同代表人物之外，另如四儿与五儿，宝珠与瑞珠，傅秋芳与慧娘等等边缘人物，也莫不可以“金”“玉”两派来划分。

让我们先分清了这个大方向大立场，再来探佚诸钗的下落，就相对容易了。

附录 1
金陵十二钗副册猜想

宝玉在离恨天薄命司中，看到了《金陵十二钗》的册子，先看又副册，只见了晴雯、袭人两段判词；又拿起副册，只看了一段香菱的判词，便随手抛开了；最后打开正册，这次把十二钗的名字写全了，不用我们猜谜。

然而副册和又副册的人选呢？因为曹雪芹没有写出，便成了红迷们乐此不疲的猜名游戏。

而由于副册里只写了香菱一个人，便使得众多红学家认为副册的人选身份应该是妾侍，诸如平儿、尤二姐等，甚至将秋桐、嫣红、宝蟾之流都拔选在册，使她们高居于袭人、晴雯之上，这可不屈杀了“贤袭人”与“勇晴雯”？

我认为，在界定香菱身份的时候，不该首先把她定位成妾侍。早在开篇第一回，介绍甄士隐时，脂批已经给了一句定评：“总写香菱根基，原与正十二钗无异。”

后来香菱进了荣国府，王熙凤说她“差不多的主子姑娘也跟他不上呢。”脂砚又批道：“何曾不是主子姑娘？盖卿不知来历也，作者必用阿凤一赞，方知莲卿尊重不虚。”

到了第四十八回《滥情人情误思游艺　慕雅女雅集苦吟诗》，香菱学诗一段后又有双行夹批：“细想香菱之为人也，根基不让迎、探，容貌不让凤、秦，端雅不让纨、钗，风流不让湘、黛，贤惠不让袭、平，所惜者青年罹祸，命运乖蹇，至为侧室，且虽曾读书，不能与林、湘辈并驰于海棠之社耳。”

这些批语，一而再，再而三地强调香菱的根基“原与正十二钗无异”，乃是“主子姑娘”。只不过因为“命运乖蹇，至为侧室”，方才“不能与林、湘辈并驰”罢了。而平儿，在脂批中明明白白与袭人并列其名，可见只能居于又副册。而如果贾琏之妾平儿都只能居于又副册的话，嫣红、秋桐之流又焉得入选？

因此，我猜这在正册的“林、湘”与又副册的“袭、平”之间，位于副册之钗的，只能也是些主子姑娘，只不过家势不如四大家族来得富贵罢了，比如小家碧玉的邢岫烟就是其中代表。

同时，判断某女子是否有资格入选情榜，有一个重要条件，就是脂批所说的："通部情案皆必从石兄挂号，然各有各稿，穿插神妙。"也就是说，这女子必是宝玉认识，且曾留下深刻印象的。

另外，正如前文所讨论过的那样，十二钗正册中，所有的女儿都是一对对出现的，有一金，便有一玉来配，比如黛玉和宝钗，湘云和妙玉。因此，在猜想十二钗副册时，让我们也试着用这种方法为金玉女儿们配对吧。

首先，既然香菱为副册之首，那么与她相对的，只能是夏金桂。

"原来这夏家小姐今年方十七岁，生得亦颇有姿色，亦颇识得几个字。若论心中的丘壑经纬，颇步熙凤之后尘。只吃亏了一件，从小时父亲去世的早，又无同胞弟兄，寡母独守此女，娇养溺爱，不啻珍宝，凡女儿一举一动，彼母皆百依百随，因此未免娇养太过，竟酿成个盗跖的性气。爱自己尊若菩萨，窥他人秽如粪土；外具花柳之姿，内秉风雷之性。"

这段夏金桂小传，鲜明地写出一个刁蛮泼悍的富家小姐形象。有财，有色，但品行差了一截，只能居副。她和香菱是天敌，"自从两地生孤木，致使香魂返故乡。"这"两地孤木"寓"桂"字，而"香魂"则指香菱。

在这段小传后，作者又特借宝玉之眼界心思再次为金桂图形定位：

"此时宝玉已过了百日，出门行走。亦曾过来见过金桂，举止形容也不怪厉，一般是鲜花嫩柳，与众姊妹不差上下的人，焉得这等样情性，可为奇之至极。"

而后宝玉往天齐庙还愿，特地向王道士询句"疗妒方"。

至此，夏金桂已经满足了副册入选的三个条件：主子姑娘，在石兄处挂号，并且名中有金，自是金女无疑。

至于后面的十个，谁前谁后不好枉断，这里且只是试着一对一对地推出名字。

同样是薛家的人，邢岫烟与薛宝琴也应是一对，这两人是一同进京的，也是一个玉派，一个金派。有人说宝琴是四大家族中薛家的女孩儿，应当入正册才对。然而嫁给薛蝌的邢岫烟既然不能入正册，可见旁支处于弱势，那么作为薛蝌之妹的宝琴自然也只好屈居副册了。

《琉璃世界白雪红梅》一回，贾母曾有意为宝玉向宝琴提亲，其事未必当真，然而却足可见薛宝琴已在石兄处“挂了号”，而且是专家号。

邢岫烟虽与宝玉并无情感纠葛，也是一同入过诗社联过句的。更重要的是，在《寿怡红群芳开夜宴》一回中，宝玉得了妙玉的拜帖，因不知下个什么字回复，原欲向黛玉请教，却在半途中偶遇岫烟，方得知岫烟与妙玉竟有半师之分，遂与岫烟说了帖子之事。

> 刚过了沁芳亭，忽见岫烟颤颤巍巍的迎面走来。宝玉忙问：“姐姐那里去？”岫烟笑道：“我找妙玉说话。”宝玉听了诧异，说道：“他为人孤癖，不合时宜，万人不入他目。原来他推重姐姐，竟知姐姐不是我们一流的俗人。”岫烟笑道：“他也未必真心重我，但我和他做过十年的邻居，只一墙之隔。他在蟠香寺修炼，我家原寒素，赁的是他庙里的房子，住了十年，无事到他庙里去作伴。我所认的字都是承他所授。我和他又是贫贱之交，又有半师之分。因我们投亲去了，闻得他因不合时宜，权势不容，竟投到这里来。如今又天缘凑合，我们得遇，旧情竟未易。承他青目，更胜当日。”
>
> 宝玉听了，恍如听了焦雷一般，喜的笑道：“怪道姐姐举止言谈，超然如野鹤闲云，原来有本而来。正因他的一件事我为难，要请教别人去。如今遇见姐姐，真是天缘巧合，求姐姐指教。”说着，便将拜帖取与岫烟看。岫烟笑道：“他这脾气竟不能改，竟是生成这等放诞诡僻了。从来没见

拜帖上下别号的，这可是俗语说的‘僧不僧，俗不俗，女不女，男不男’，成个什么道理。”宝玉听说，忙笑道：“姐姐不知道，他原不在这些人中算，他原是世人意外之人。因取我是个些微有知识的，方给我这帖子。我因不知回什么字样才好，竟没了主意，正要去问林妹妹，可巧遇见了姐姐。”

岫烟听了宝玉这话，且只顾用眼上下细细打量了半日，方笑道：“怪道俗语说的‘闻名不如见面’，又怪不得妙玉竟下这帖子给你，又怪不得上年竟给你那些梅花。既连他这样，少不得我告诉你原故。他常说：‘古人中自汉晋五代唐宋以来皆无好诗，只有两句好，说道：‘纵有千年铁门槛，终须一个土馒头。’所以他自称‘槛外之人’。又常赞文是庄子的好，故又或称为‘畸人’。他若帖子上是自称‘畸人’的，你就还他个‘世人’。畸人者，他自称是畸零之人；你谦自己乃世中扰扰之人，他便喜了。如今他自称‘槛外之人’，是自谓蹈于铁槛之外了；故你如今只下‘槛内人’，便合了他的心了。”宝玉听了，如醍醐灌顶，嗳哟了一声，方笑道：“怪道我们家庙说是‘铁槛寺’呢，原来有这一说。姐姐就请，让我去写回帖。”岫烟听了，便自往栊翠庵来。

这是宝玉与岫烟惟一的一次重要交往，然而邢岫烟将宝玉“用眼上下打量了半日”，又说出一番大道理来，令石兄又是“恍如听了焦雷一般”，又是“醍醐灌顶”的，甚至可以说，这段话对于宝玉将来出家的宿命，也起了若有若无的推动作用。可见也是在“石兄处挂了号”的。

同岫烟、宝琴一道出场的，是李绮、李纹两姐妹，“倒象一把子四根水葱儿”，想必也是在副册中齐名的。

庚辰本第十八回曾有一段很重要却又很模糊的双行夹批：

妙卿出现。至此细数十二钗，以贾家四艳再

加薛林二冠有六，添秦可卿有七，熙凤有八，李纨有九，今又加妙玉仅得十人矣。后有史湘云与熙凤之女巧姐儿者共十二人，雪芹题曰“金陵十二钗”，是本宗《红楼梦》十二曲之意。宝琴、岫烟、李纹、李绮皆陪客也，《红楼梦》中所谓副十二钗是也。又有又副册三断词乃晴雯、袭人、香菱三人，余未多及，想为金钏、玉钏、鸳鸯、平儿等人无疑矣。观者不待言可知，故不必多费笔墨。

这里因为第一次明白地提出了正十二钗的名录，向来很为红学家们所看重。然而批语中将“晴雯、袭人、香菱”全放在又副册上，明明与书中原意相悖，可见看书不仔细，因此这推论也就不足为据了。

同是庚辰本，在眉批中又有一段自相矛盾的评语：

是处引十二钗总未的确，皆系漫拟也。至回末警幻情榜方知正、副、再副及三、四副芳讳。壬午季春。畸笏。

这句话语焉不详，很多歧义。似乎是说前边的批语都是“漫拟”，后来看到“回末警幻情榜”时，才知道真正答案。然而他提到榜上有“正、副、再副及三、四副芳讳”，那算下来至少该有六十个人了。这又与书中第五回“贾宝玉梦游太虚境”时看到的情形不符，且警幻仙姑明明说过“以彼家上、中、下三等女子之终身册籍令彼熟玩”，可见册子只有三本，绝无三副、四副之说。

蔡义江先生对这段话另有一种解释，认为是断句所引致的误解。“正副再副及三四副芳讳”的正确标点应为“‘正副’、‘再副’、及‘三（副）’、‘四副’芳讳”，也就是说，“正副”乃是“副册之冠”的意思，“再副”则是副册第二名，后面还有“三副”（副册第三名）、“四副”（副册第四名），甚至“五副”、“六副”，直到“十二副”。

我认为这种可能性极大，否则无法解释警幻说过余者已“无册可录矣”的原文了。

但是不管怎么说，这段脂批里至少写对了正册十二钗的名字，也提供了“宝琴、岫烟、李纹、李绮”为副十二钗的思路，而这四个人，又是与香菱同时加入诗社的，可谓“同窗”。

因此，我宁愿相信作批者说的“漫拟”，只是在纠正自己把“香菱”的名字混入又副册，与“晴雯、袭人”并列罢了。

现在，我们已经有了六个名字，接下来，我们再来猜另外一半名录吧。

贾家嫡系贾喜鸾与贾四姐肯定是可以在册的。这两人迟至七十一回方才出场，写贾母八旬之庆，亲戚们都来祝寿，众孙女儿中，“贾母独见喜鸾和四姐儿生得又好，说话行事与众不同，心中喜欢，便命他两个也过来榻前同坐。”事后又留她们小住。因此，两人得以进入大观园，同群钗共处，这就进一步提升了她们的地位，使其可以跻身十二钗副册。

更重要的是，书中还特意提及一段话：

> 宝玉笑道：“我能够和姊妹们过一日是一日，死了就完了。什么后事不后事。”李纨等都笑道：“这可又是胡说。就算你是个没出息的，终老在这里，难道他姊妹们都不出门的？”尤氏笑道：“怨不得人都说他是假长了一个胎子，究竟是个又傻又呆的。”宝玉笑道：“人事莫定，知道谁死谁活。倘或我在今日明日，今年明年死了，也算是遂心一辈子了。”众人不等说完，便说：“可是又疯了，别和他说话才好。若和他说话，不是呆话就是疯话。”
>
> 喜鸾因笑道：“二哥哥，你别这样说，等这里姐姐们果然都出了阁，横竖老太太、太太也寂寞，我来和你作伴儿。”李纨尤氏等都笑道：“姑娘也别说呆话，难道你是不出门的？这话哄谁。”说得喜鸾低了头。

喜鸾既然有“我来和你作伴儿”的承诺，也就在石兄处“挂了号”了，可想而知倘若后半部不曾遗失，将来水流花谢之时，喜鸾与四姐必然有重要表现，以践前言。

接下来，红楼二尤也是一定在册的。她们同样出身小家碧玉，又与贾府攀了亲，身份上已经比丫鬟辈高了一级，算得上“主子姑娘”了。而那尤三姐仗剑自刎后，曾来向柳湘莲辞行：

忽听环珮叮当，尤三姐从外而入，一手捧着鸳鸯剑，一手捧着一卷册子，向柳湘莲泣道：“妾痴情待君五年矣，不期君果冷心冷面，妾以死报此痴情。妾今奉警幻之命，前往太虚幻境修注案中所有一干情鬼。妾不忍一别，故来一会，从此再不能相见矣。”说着便走。湘莲不舍，忙欲上来拉住问时，那尤三姐便说：“来自情天，去由情地。前生误被情惑，今既耻情而觉，与君两无干涉。”说毕，一阵香风，无踪无影去了。

这里尤三姐手上捧着的册子，必然是《金陵十二钗》的卷册。而她更清清楚楚地说出自己“来自情天，去由情地”，且“奉警幻之命，前往太虚幻境修注案中所有一干情鬼”，不但坐实了自己在十二钗中的地位，而且是有职司差使的，只是由于前世曾有淫行，才落得排名不高。

她的一番际遇，与秦可卿何其相像？

同样是品行有污之人，却都在太虚幻境中占有重要地位：一个是警幻之妹，带同宝玉同领风月的；一个是有职之司，负责“修注案中一干情鬼”的；而且，秦可卿从未入过大观园，却曾经向王熙凤报梦，说出“树倒猢狲散”的谶语；尤三姐也未入过大观园，却曾向尤二姐报梦，再次泄露天机：

那尤二姐……夜来合上眼，只见他小妹子手捧鸳鸯宝剑前来说：“姐姐，你一生为人心痴意软，终吃了这亏。休信那妒妇花言巧语，外作贤良，内藏奸狡，他发恨定要弄你一死方休。若妹子在世，断不肯令你进来，即进来时，亦不容他这样。此亦系理数应然，你我生前淫奔不才，使人家丧伦败行，故有此报。你依我将此剑斩了那妒妇，一同归至警幻案下，听其发落。不然，你则白白的丧命，且无人怜惜。”尤二姐泣道：“妹妹，我一生品行既亏，今日之报既系当然，何必又生杀戮之冤。随我去忍耐。若天见怜，使我好了，岂不两全。”小妹笑道：“姐姐，你终是个痴人。自古‘天网恢恢，疏而不漏’，天道好还。你虽悔过自新，然已将人父子兄弟致于麀聚之乱，天怎容你安生。”尤二姐泣道：“既不得安生，亦是理之当然，奴亦无怨。”小妹听了，长叹而去。尤二姐惊醒，却是一梦。

秦可卿说“盛筵必散”，尤三姐说“天网恢恢”，都是掌握天机之人。而秦可卿居于十二钗正册之末，却是十二钗中第一个死掉的；这尤三姐既然死得比香菱还早，想必居于十二钗副册之末。

而她劝二姐斩了王熙凤，“一同归至警幻案下”，可见尤二姐也是薄命司人物。况且此前尤二姐曾经在李纨的稻香村借住，是正式进过大观园的，更加提升了身份，又曾为贾琏怀过一个男胎，故而可以越过平、袭之辈，进入十二钗副册。

至于“在石兄处挂号”，可见第六十六回《情小妹耻情归地府　冷二郎一冷入空门》中的一段描写：

尤二姐才要又问，忽见尤三姐笑问道：“可是你们家那宝玉，除了上学，他作些什么？”兴儿笑道：“姨娘别问他，说起来姨娘也未必信。他长了这么大，独他没有上过正经学堂。我们家从祖宗直到二爷，谁不是寒窗十载，偏他不喜读书。老太太的宝贝，老爷先还管，如今也不敢管了。成天家疯疯颠颠的，说的话人也不懂，干的事人也不知。外头人人看着好清俊模样儿，心里自然是聪明的，谁知是外清而内浊，见了人，一句话也没有。所有的好处，虽没上过学，倒难为他认得几个字。每日也不习文，也不学武，又怕见人，只爱在丫头群里闹。再者也没刚柔，有时见了我们，喜欢时没上没下，大家乱顽一阵；不喜欢各自走了，他也不理人。我们坐着卧着，见了他也不理，他也不责备。因此没人怕他，只管随便，都过的去。”

尤三姐笑道：“主子宽了，你们又这样；严了，又抱怨。可知难缠。”尤二姐道：“我们看他倒好，原来这样。可惜了一个好胎子。”尤三姐道：“姐姐信他胡说，咱们也不是见一面两面的，行事言谈吃喝，原有些女儿气，那是只在里头惯了的。若说糊涂，那些儿糊涂？姐姐记得，穿孝时咱们同在一处，那日正是和尚们进来绕棺，咱们都在那里站着，他只站在头里挡着人。人说他不知礼，又没眼色。过后他没悄悄的告诉咱们说：‘姐姐不知道，我并不是没眼色。想和尚们脏，恐怕气味熏了姐姐们。’接着他吃茶，姐姐又要茶，那个老婆子就拿了他的碗倒。他赶忙说：‘我吃脏了的，另洗了再拿来。’这两件上，我冷眼看去，原来他在女孩子们前不管怎样都过的去，只不大合外人的式，所以他们不知道。”尤二姐听说，笑道：“依你说，你两个已是情投意合了。竟把你许了他，岂不好？”三姐见有兴儿，不便说话，只低头嗑瓜子。

这里面写出宝玉与二尤相处的情形，而尤三为宝玉的一番辩解，更可谓是他的红颜知己。尤二姐甚至起了“你两个已是情投意合”的误会，还不叫挂了号吗？

可叹的是，断送尤三姐性命的，却正是她的这位神交知己贾宝玉。

有人总结说“王夫人一掌死金钏，傻大姐一笑死晴雯，贾宝玉一语死三姐”。宝玉没头没脑地跟柳湘莲说了句：“他是珍大嫂子的继母带来的两位小姨。我在那里和他们混了一个月，怎么不知？真真一对尤物，他又姓尤。”惹得柳湘莲大叫后悔，又连连催问："你好歹告诉我，他品行如何？"本来这是宝玉补救的好机会，偏偏他又顶不负责任地说了句："你既深知，又来问我作甚么？连我也未必干净了。"进一步坐实罪名，到底酿造了尤三姐"揉碎桃花红满地，玉山倾倒再难扶"的悲剧。

这种"挂号"，不要也罢！

既然尤二、尤三都已入册，尤氏作为她们的姐姐，又是宁国府的当家人，不是更有资格入选十二钗副册，以"三尤"对战"四春"吗？

王熙凤是荣国府当家，尤氏是宁国府当家，以地位说，是相当高贵的。所以会输给自己的儿媳妇秦可卿而落选于正册，我猜想是因为其为填房，非贾珍原配之故。

《酸凤姐大闹宁国府》一回中，凤姐说："你死了的娘阴灵也不容你，祖宗也不容，还敢来劝我！"可见贾蓉之母已死，尤氏并非贾蓉生母。

贾蓉怎么看也不像庶出之人，而贾珍也不会那么晚娶，可见贾珍原配早死了，尤氏是他后续的填房。这也可以解释了为什么尤氏的出身那样卑微，对贾珍那般畏惧服从，而她娘家的姐妹又为什么会在宁国府受尽贾珍、贾琏、贾蓉父子兄弟打伙儿欺负，皆是因为"名不正，言不顺"之故。

脂砚斋在第四十四回借凤姐生日，两次评价尤氏能干，说"尤氏亦能干事矣，惜不能劝夫治家，惜哉痛哉！"，"尤氏亦可谓有才矣。论有德比阿凤高十倍，惜乎不能谏夫治家，所谓'人各有当'也"。不但将尤氏与凤姐相提并论，甚至置于凤姐之上，她虽因续弦不能入主正册，然而进入副册，却是绰绰有余。

她虽然不是大观园住客，却出入自如，曾往李纨的稻香村洗脸，惜春的暖香坞带走入画，还曾去怡红院做过客。事见七十一回：

> 尤氏已早入园来，因遇见了袭人、宝琴、湘云三人同着地藏庵的两个姑子正说故事顽笑，尤氏因说饿了，先到怡红院，袭人装了几样荤素点心出来与尤氏吃。

而第六十三回《寿怡红群芳开夜宴　死金丹独艳理亲丧》一节，更使之与宝玉合唱了一曲“东边日出西边雨”，以“独艳”对抗“群芳”，地位十分重要。同时，她既然是因为“死金丹”才得到机会崭露头角的，故而当属“金派”无疑。

以上这十一个人，都是实写的；还有最后一个名额，是在文中没有正式出场，却曾虚笔写传的，共有三个人具有这样的备选资格，即傅秋芳、林四娘与张金哥。

这傅秋芳的出名，虽是暗写，倒颇为隆重，乃由怡红公子的视角心思托出。

“宝玉……便知是通判傅试家的嬷嬷来了。那傅试原是贾政的门生，历年来都赖贾家的名势得意，贾政也着实看待，故与别个门生不同，他那里常遣人来走动。宝玉素习最厌愚男蠢女的，今日却如何又令两个婆子过来？其中原来有个原故：只因那宝玉闻得傅试有个妹子，名唤傅秋芳，也是个琼闺秀玉，常闻人传说才貌俱全，虽自未亲睹，然遐思遥爱之心十分诚敬，不命他们进来，恐薄了傅秋芳，因此连忙命让进来。那傅试原是暴发的，因傅秋芳有几分姿色，聪明过人，那傅试安心仗着妹妹要与豪门贵族结姻，不肯轻意许人，所以耽误到如今。目今傅秋芳年已二十三岁，尚未许人。争奈那些豪门贵族又嫌他穷酸，根基浅薄，不肯求配。那傅试与贾家亲密，也自有一段心事。”

这段傅秋芳小传，丝毫不比夏金桂的介绍逊色，虽只廖廖数语，早已将一个薄命红颜的形象画出。那傅试是个暴发户，其妹自然属小家碧玉了。又才貌俱全，连宝玉都生起“遐思遥爱之心”，可谓神交，完全符合入册条件。更何况，她本来就姓“傅”（副），可不正该入副册吗？

至于林四娘，虽是暗出，却浓墨重彩，有完整的一回《老学士闲征姽婳词　痴公子杜撰芙蓉诔》（第七十八回）。

贾政乃道：“当日曾有一位王封曰恒王，出镇青州。这恒王最喜女色，且公余好武，因选了许多美女，日习武事。每公余辄开宴连日，令众美女习战斗攻拔之事。其姬中有姓林行四者，姿色既冠，且武艺更精，皆呼为林四娘。恒王最得意，遂超拔林四娘统辖诸姬，又呼为‘姽婳将军’。”众清客都称“妙极神奇。竟以‘姽婳’下加‘将军’二字，反更觉妩媚风流，真绝世奇文也。想这恒王也是千古第一风流人物了。”

贾政笑道：“这话自然是如此，但更有可奇可叹之事。”众清客都愕然惊问道：“不知底下有何奇事？”贾政道：“谁知次年便有‘黄巾’‘赤眉’一干流贼余党复又乌合，抢掠山左一带。恒王意为犬羊之恶，不足大举，因轻骑前剿。不意贼众颇有诡谲智术，两战不胜，恒王遂为众贼所戮。于是青州城内文武官员，各各皆谓：‘王尚不胜，你我何为！’遂将有献城之举。林四娘得闻凶报，遂集聚众女将，发令说道：‘你我皆向蒙王恩，戴天履地，不能报其万一。今王既殒身国事，我意亦当殒身于王。尔等有愿随者，即时同我前往；有不愿者，亦早各散。’众女将听他这样，都一齐说愿意。于是林四娘带领众人连夜出城，直杀至贼营里头。众贼不防，也被斩戮了几员首贼。然后大家见是不过几个女人，料不能济事，遂回戈倒兵，奋力一阵，把林四娘等一个不曾留下，倒作成了这林四娘的一片忠义之志。后来报至中都，自天子以至百官，无不惊骇道奇。其后朝中自然又有人去剿灭，天兵一到，化为乌有，不必深论。只就林四娘一节，众位听了，可羡不可羡呢？”

众幕友都叹道：“实在可羡可奇，实是个妙题，原该大家挽一挽才是。”说着，早有人取了笔砚，按贾政口中之言稍加改易了几个字，便成了一篇短序，递与贾政看了。贾政道：“不过如此。他们那里已有原序。昨日因又奉恩旨，着察核前代以来应加褒奖而遗落未经请奏各项人等，无论僧尼乞丐与女妇人等，有一事可嘉，即行汇送履历至礼部备请恩奖。所以他这原序也送往礼部去了。

大家听见这新闻，所以都要作一首《姽婳词》，以志其忠义。”

林四娘不但有“传”的，还有“序文”，有“挽歌”。尤其是有贾宝玉的一首古风排律为之作悼。

这一回中，宝玉既悼林四娘，又悼晴雯，而脂批又说宝玉“虽诔晴雯而又实诔黛玉也”。可见三位一体，正、副、又副册的三个薄命女在这里由宝玉隆重一挽，林四娘的位置也就很重要了。

而这林四娘既然姓林，不消说，自然是林黛玉一派。

最后一个可疑人物是张金哥，这是紧接着秦可卿死掉的一个薄命女。事见第十五回《王熙凤弄权铁槛寺　秦鲸卿得趣馒头庵》，这张金哥乃是长安县内张大财主的女儿，原聘与原任守备公子为妻，往庙里进香时被长安府府太爷的小舅子李衙内看上，威逼退亲。净虚老尼谋之于凤姐。凤姐一则贪图银子，二则卖弄才干，竟自做主，棒打鸳鸯，给长安节度使云光写了一封信，将张金哥与守备公子活活拆散了。

谁知那张家父母如此爱势贪财，却养了个知义多情的女儿，闻得父母退了前夫，他便将一条麻绳悄悄的自缢了。那守备之子闻得金哥自缢，他也是个极多情的，遂也投河而死，不负妻义。

庚辰本在此有一句侧批：“所谓‘老鸦窝里出凤凰’，此女是在十二钗之外副者。”将张金哥这个人收入十二钗名录中，却给了个“外副”，这是在“正、副、再副及三四副”之余又出了个新名词儿，究竟也不知道这“外副”是什么意思?

因此，我也将张金哥列入副册备选之一，倘可入选，她才应该是最后一名。因为她的故事乃是因为秦可卿出殡引出的。

那可卿身为十二钗正册之末，却是正册中第一个死的；张金哥若列为副册之末，同时又是副册中第一个死的，岂非很巧妙的安排吗？

不过，按照“从石兄挂号”的原则，张金哥则略显牵强。此人出场，是在一回中，虽然宝玉也在这铁槛寺寄宿，毕竟与金哥素昧平生，并未就其人其事略置一辞。

如此看来，还是尤三姐更有资格担当这压轴之位。

且并列于上，以备擢选吧。

十二钗又副册中，确定了名字的只有晴雯和袭人两个。“晴为黛影，袭为钗副”，这两个人一是玉女，一是金姝，正是旗鼓相当，平分秋色。

而另外十个人会是谁呢？谁是可以同晴雯、袭人并驾齐驱的一品丫头？

我以为第一个就要算平儿。

很多红学家在试拟十二钗副册名单时，因为香菱是侍妾，便将平儿也放在副册中是一种误解。第四十六回《尴尬人难免尴尬事　鸳鸯女誓绝鸳鸯偶》中，鸳鸯向平儿道：“这是咱们好，比如袭人、琥珀、素云、紫鹃、彩霞、玉钏儿、麝月、翠墨，跟了史姑娘去的翠缕，死了的可人和金钏，去了的茜雪，连上你我，这十来个人，从小儿什么话儿不说？什么事儿不作？”

附录 2
金陵十二钗又副册猜想

庚辰本在此有一句夹批：“余按此一算，亦是十二钗，真镜中花、水中月、云中豹、林中之鸟、穴中之鼠、无数可考、无人可指、有迹可追、有形可据、九曲八折、远响近影、迷离烟灼、纵横隐现、千奇百怪、眩目移神、现千手千眼大游戏法也。脂砚斋。”

这句话，虽然不能就此将上述十二人定为又副册名单，但至少肯定了一条：就是平儿是与袭人、紫鹃、鸳鸯等相提并论的。

无独有偶，在第六十回写到柳五儿其人时，又有一段非常有趣的叙述：“原来这柳家的有个女儿，今年才十六岁，虽是厨役之女，却生的人物与平、袭、紫、鸳皆类。因他排行第五，便叫他是五儿。”

这里再次将“平、袭、紫、鸳”并提，又很巧妙地点出五儿“排行第五”，这不是明着告诉我们，这五个人都在又副册之列吗？

脂砚斋第二十一回有一句批语：“不料平儿大有袭卿之身份，可谓何地无材，盖造际有别耳。”而在第四十八回评价香菱其人时，也说她“风流不让湘、黛，贤惠不让袭、平”，同样将平儿与袭人并提，而将香菱置于“湘、黛”和“袭、平”中间。可见，平儿、紫鹃、鸳鸯确是同袭人、晴雯一样，可以入选十二钗又副册的，加上五儿，已是六人，刚好一半了。

而这六个人，晴雯和袭人已经做了一对，余者鸳鸯和紫鹃，同是出于贾母处，一个是“金鸳鸯”，显见是“金女”，一个是黛玉的贴身丫鬟，自然是“玉派”，两人又都是以鸟为名（紫鹃的原名是鹦哥，又作“鹦鹉”，与“鸳鸯”就更加对称了），恰可做一对儿；而平儿为凤姐心腹，又带着虾须镯这样标志性的金饰，自是“金派”；柳五儿是个多愁多病身，大有黛玉之风，明显是“玉派”，当五儿被冤枉做贼时，救她的人，正是平儿，可见这两人也是作为一对出场的。

当然，与鸳鸯相对应的人也可以是司棋，因为正是鸳鸯撞破了司棋的好事；而同紫鹃相对的人很可能是莺儿，因为莺儿也是以鸟为名，且是宝钗的贴身丫鬟，身份与紫鹃更加相配。然而司棋不够格入选又副册，原因下边再说；莺儿则另有更相配的人选，因此，鸳鸯和紫鹃，便成了最佳搭档。

至于“在石兄处挂号”，宝玉是曾猴在鸳鸯身上讨胭脂吃的，还把脸凑在人家脖项上，不住用手摩挲；为了紫鹃一句玩笑话，石兄发起癫来，瞧大夫时也拉着紫鹃的手不放，而紫鹃也不辞劳苦，尽心伏侍了几天；平儿在贾琏和凤姐处受了委屈，宝玉殷勤劝慰，又助其理妆，还替人洗了手帕子；几次想要五儿入园虽未如愿，然而他替五儿应了玫瑰露和茯苓霜的案子，也算是“挂了号”了。

至此，十二钗又副册已经出来了一半。而依照前文《十二钗副册猜想》的论证，可卿居正册之末，却是十二钗中第一个死掉的；张金哥居副册之末，又是小家碧玉的“主子姑娘”中第一个死掉的；那么，这居于又副册之末的，便应该是一品丫头中第一个死掉的薄命女儿了。

这个人呼之欲出，只能是投井而亡的金钏儿。

而与金钏儿相对的，会是玉钏儿吗？很有可能。两人一金一玉，是明显的金玉姐妹。

然而也有另一种可能，就是将玉钏儿与金莺儿做一对。第三十五回的回目《白玉钏亲尝莲叶羹　黄金莺巧结梅花络》，是相当工整的一个对句，工整到让人不忍心拆散白玉钏与黄金莺这样一对黄金组合，而两人的名字，同样是一金一玉。

那如果将玉钏与莺儿作为一对金玉，则谁又与金钏配对呢?

我们先来寻找可能的人选。稍微细心推敲就可以发现，上述九个丫头的名字都曾上过回目。

其中要数平儿最多，足足占了四次，分别是第二十一回《俏平儿软语救贾琏》，第四十四回《喜出望外平儿理妆》，第五十二回《俏平儿情掩虾须镯》，第六十一回《判冤决狱平儿行权》。

其次鸳鸯居二，出现过三次，为第四十回《金鸳鸯三宣牙牌令》，第四十六回《鸳鸯女誓绝鸳鸯偶》，第七十一回《鸳鸯女无意遇鸳鸯》。

莺儿的名字也很沾光，先是第八回《比通灵金莺微露意》中第一次出名，但在不同的版本中，这一回的回目各不相同，因此不能做数；接着第三十五回《白玉钏亲尝莲叶羹　黄金莺巧结梅花络》，明明白白，确定了金玉组合；后来在第五十九回《柳叶渚边嗔莺咤燕》中再次提名，也算是连中三元了。

晴雯、袭人的排名虽前，名字却只出现过一回。晴雯是在第五十二回《勇晴雯病补雀金裘》，袭人是在第二十一回《贤袭人娇嗔箴宝玉》。另外，第十九回的《情切切良宵花解语》可算作袭人的暗出；而第三十一回《撕扇子作千金一笑》与第七十七回《俏丫鬟抱屈夭风流》，则为晴雯的暗出。

再则，紫鹃的名字也只出现过一回，即第五十七回《慧紫鹃情辞试莽玉》。

而金钏除了在第三十二回《含耻辱情烈死金钏》出过一回名之外，另有第四十三回《不了情暂撮土为香》可算是她的故事的一段余韵。

至于五儿，就只在第六十回《玫瑰露引来茯苓霜》与第六十一回《判冤决狱平儿行权》中暗出过两回，并没有一次正式出名；倒是春燕儿还曾在《柳叶渚边嗔莺咤燕》

的时候带了一笔，露了半面。

然而春燕作为怡红院的小丫头，怎么看也是无法和晴雯、袭人平起平坐的。因此不予考虑。

不过，照上面的思路，已经给我们提供了一条寻找又副册人选的重要线索：就是在回目中出现过名字的丫头。

这样的人，除了上述几个，还有谁呢？

找来找去，明出的，就只有龄官一个了，即第三十回的《龄官画蔷痴及局外》。她的身份是优伶，贾蔷的情人，这显然为她加了极重的戏码，使其艳冠十二官。更重要的是，书中曾借凤姐之口说过："这个孩子扮上活象一个人，你们再看不出来。"湘云则明白指出："倒象林妹妹的模样儿。"

只这一句，已经足以为龄官晋级了。更何况，她还是宝玉"情悟梨香院"的女主角，自可跻身又副册之列。

既然确定了龄官这个玉派人选，便可以在十二官中再替她找一个配对的金派女儿了。第五十八回《杏子阴假凤泣虚凰》和第七十七回《美优伶斩情归水月》，两次暗出芳官、藕官、蕊官三人。而这三个人里，芳官虽然只是次于晴、袭一级的小丫头，却曾与宝玉同榻，又经宝玉亲口改名为"金星玻璃"，坐实了金派女儿的身份。

因此可以断定，与龄官做成一对的，正是芳官。

除此，现存《红楼梦》八十回的回目中，再没有明白出现过任何丫头的名字了。

至于暗出，则有第二十四回《痴女儿遗帕惹相思》，第二十六回《蜂腰桥设言传心事》，虽未明写，却说的都是小红的故事。

小红原名林红玉，与黛玉一字之差，也是旗帜鲜明的"玉派"人物。"生得细巧干净"，"说话简便俏丽"，深得凤姐赏识。虽然前八十回中她和宝玉只有一次正式照面，然而在遗失的后文中，却有"狱神庙探宝玉"的重要情节，想来也是可以入选的。

由此可见，林红玉便是与白金钏配对的最后一个悬疑了。两人非但一金一玉，而且一红一白，岂非相映成趣，堪比"琉璃世界白雪红梅"吗？

如此，十二个名字已经全部水落石出。还会不会有遗漏的呢？让我们来小心录遗，再次翻查八十回回目。

其中第五十九回《柳叶渚边嗔莺咤燕　绛芸轩里召将飞符》和第六十回《茉莉粉替去蔷薇硝　玫瑰露引来茯苓霜》，是全书非常集中的两场丫鬟戏。而在戏中出场的重要人物，计有莺儿、春燕、麝月、平儿、芳官、藕官、蕊官、玉钏、彩云、司棋、柳五儿等。

这其中除了已经入选又副册的莺儿、平儿、玉钏、芳官、柳五儿之外，春燕、藕官、蕊官三个的地位太低，就只有麝月、司棋、彩云还算得上一等丫头，有点竞争力。

麝月是最后陪在宝玉身边的人，且和他有一场极其旖旎的镜中戏，入选又副册是绝对有资格的。不过资格是一回事，有没有必要却是另一回事，脂批说麝月是“公然又一个袭人”，既然袭人已经入册，她再加入就未免多余了；而司棋的戏份虽重，却是潘又安的情人，与奴才偷情。

十二钗的评级显然是很讲究出身、根基的，前边已经初步选出的十二个人中，袭人、晴雯、芳官都是与宝玉有情的；柳五儿虽未入园，也已经是宝玉名义上的丫头了；鸳鸯曾被贾赦取中，又是贾母身边的大丫鬟，是丫头中的大姐大；平儿是凤姐的身边人，贾琏之妾，身份也自不凡；金钏、玉钏都是王夫人手下的大丫鬟，月薪一两银子的，且一个为宝玉而死，另一个曾替宝玉尝过汤；紫鹃是黛玉的知己，莺儿是宝钗的心腹；龄官虽是优伶，却与贾蔷相好，也是宁国府的正经主子；连小红也找了贾芸这个靠山，毕竟是贾府嫡系——相比之下，潘又安显然不够秤，也就连累得司棋只能落选了。

这样，剩下的就只有彩云一个人了。她是贾环的情人。那贾环再不济，也是正经的三爷，地位怎么都比贾芸要高贵些。彩云傍了这样的山头，虽不是什么光彩的事，然而忝列十二钗又副册，大概也当得过了。

要特别说明的是，书中的彩云和彩霞两个人好像都同贾环有情。从庚辰本看下来，似乎贾环为之争风吃醋、故意推倒灯油烫伤宝玉的，是彩霞；而偷了茯苓霜给贾环、惹盗窃官司的，是彩云；后来茯苓霜案发，彩云幸有宝玉瞒赃，方才不至身败名裂，却因此使得贾环生疑，两人因而分崩，赵姨娘劝她：“好孩子，他辜负了你的心，横竖我看的真。”然而隔了没多久，赵姨娘向贾政求情，想为贾环收为妾侍的，却又是彩霞。

曹雪芹的这些奇奇怪怪之文，最大的可能就是删改修正太多次，未免张冠李戴，把一个人写成两个人，或者两个人本来就是一个人了。因此，这彩云和彩霞，我们姑且只好当作一个人看待。

而彩云如果入选，原先的十二个人选中就必须退出一个来腾位子，这个人似乎只能是柳五儿。前边已经说过了，她在回目中并没有明确出过名字，又没来得及进大观园便死了，入选又副册略显牵强。然而彩云或是彩霞同样没有在回目中出名，而彩霞后来似乎是与了来旺家的小儿子为妻，地位一落千丈，只怕没什么机会翻身了。

再其余的人，比如四春的丫环琴、棋、书、画，除司棋外，戏目都偏轻了些。另如李纨的丫头素云，尤氏的丫头银蝶，可卿的丫头瑞珠、宝珠等，也都不具备很有力的证据来参与又副册资格之争。再则贾琏之妾秋桐，薛蟠之妾宝蟾，身份虽高过一般丫头，人品却极为低下，实难入选。

这样子，这最后一个名额，就暂在麝月和柳五儿之间徘徊着，同时有待高明改正了。

图书在版编目（CIP）数据

红消香断有谁怜：红楼十二钗典评/西岭雪著. —西安：
陕西师范大学出版社，2008.10
ISBN 978-7-5613-4517-7

Ⅰ.红… Ⅱ.西… Ⅲ.红楼梦—女性—人物形象—文学研究
Ⅳ.I207.411

中国版本图书馆 CIP 数据核字（2008）第 169716 号

图书代号：SK8N0980

上架建议：畅销书|文学鉴赏

红消香断有谁怜：红楼十二钗典评

著　　者：西岭雪
特约编辑：宋海军
责任编辑：冷　湖
封面设计：张丽娜
版式设计：李　洁
出版发行：陕西师范大学出版社
（西安市陕西师大 120 信箱　邮编：710062）
印　　刷：北京市嘉业印刷厂
开　　本：787×1092　1/16
字　　数：150 千字
印　　张：16
版　　次：2008 年 11 月第 1 版
印　　次：2008 年 11 月第 1 次印刷
ISBN 978-7-5613-4517-7
定　　价：28.00 元